おらんだ左近

柴田錬三郎

集英社文庫

目次

海賊土産 …… 7
仇討異変 …… 55
江戸飛脚 …… 115
白髪鬼 …… 197
暗殺目付 …… 267
血汐遺書 …… 337

解説　末國善己 …… 395

おらんだ左近

海賊土産

一

街道に、春のほこりが、舞っていた。

そのほこりをさけるために、旅客は、合羽で顔を掩ったり、笠をまぶかにかたむけたりしていた。

風がなければ、明媚の海景色を愛でながら、往く街道である。

備後尾道の、鞆津から阿武音及び戸崎の両瀬戸を経て三原に通じる狭水道を、眼下に眺めわたす坂道であった。

尾道、というのは、山の尾の道、という意味である。

尤も――。

いま、旅客が往来しているのは、足利尊氏がつくった旧道で、本街道は、問屋、市場、廻船着場などがならぶ海沿いにある。

どうしたのか、昨日から、本街道の通行が禁止されて、一般旅客は、山腹を一上一下するこの道を、通らされているのであった。

「ちえっ！　法螺（ほら）とからっ風は、吹かれる者には、大迷惑だな。ぺっ！　ぺっ！　いい加減にしやがれ」

　唾（つば）を吐き出して、首を振ったのは、若い職人ていの男であった。

　歯ぎれのいい語気と台詞（せりふ）と、小意気な身ごなしで、江戸っ子と知れる。ただの職人ではなさそうである。

　と――その折。

　背後から、せわしい馬蹄（ばてい）と車輪の音が、ひびいた。

　ふりかえった男は、

「おっ！　なんでえ！」

と、目をみはった。

　馬車が、非常なはやさで、駆けて来たのである。

　馬車。

　この時代、京の都には儀式用の牛車（ぎっしゃ）がのこされていたが、馬車など、日本全土のどこにもなかった。

　男も、生まれてはじめて、眺めるしろものであった。

大八車に似た台に車輪を四つつけて、幌をかけていた。

たづなをとっているのは、黒の着流しの浪人者であった。

もうもうと、ほこりをまきあげて、まっしぐらに突進して来るのをみとめた男は、あわてて、さけようとしたが、あいにく左手は屛風状の岩壁になり、右は断崖になっていた。

岩壁にへばりついていれば、もの凄いほこりを、もろにひっかぶることになる。

「止しやがれ！」

男は、大きく手を振った。

しかし、奔馬は、まるで狂ったように疾駆して来た。

「くそっ！」

男は、いったん、岩壁ぎわに背中をすりつけたが、馬が眼前に来た瞬間、身をおどらせて、その背にとびついた。

その敏捷さは、無類であった。

「とう、とう、とっ、とっ！」

馬は、坂を下った地点で、ようやく、停った。

馬上の男が、ふりかえると、浪人者は、皓い歯をみせて、笑った。

「お前は、職人のくせに、馬術の心得があるとみえるな」

「冗談じゃねえや、旦那――。こんな変てこらいなしろものを作って、往来をつッ走られちゃ、はた迷惑もいいところですぜ」

「お前は、どうせ、たたけばほこりの出る人間だろう。ほこりをかぶるぐらい、気にするな」

そう云われて、男は、一瞬険しい表情になった。

自分より三つ四つ年下で――まだ二十六、七であろう。眉目が秀れているばかりではなく、気品らしいものもそなえていながら、こちらを看る眼光は鋭かった。

まさしく――。二年前まで、江戸で、大名屋敷や札差、問屋の大町人の家を、荒しまわった素走り佐平次という盗賊が、この男の正体であった。

浪人者は、一瞥しただけで、それを看破ったのである。

二

素走り佐平次は、馬から降りると、浪人者の脇に寄った。

「旦那も、只者じゃねえ、とお見受けしましたぜ」

「お前のように、たたけば、ほこりのでる人間ではないことだけは、たしかだな」

「人品骨柄、並すぐれておいでであることは、よく判りやすが……、それにしても、旦那は、一風変った御仁のようだ」

「おれは、べつに変人でも奇人でもないぞ」

「旦那、そばに腰を下しても、よござんすかい？」

「うむ。乗れ」

佐平次は、浪人者の横に、腰を据えた。馬車は、走り出した。

「なるほど、こいつは、便利な乗物だ」

「お前も、そう思うか」

「駕籠にくらべりゃ、こんな調子のいい乗物はありませんや。第一、早えや。雨が降ったって、濡れるのは馬だけだ。こいつは、旦那の工夫ですかい？」

「いや、こういう馬車は、海のむこうの国々では、いたるところ走って居る。走って居らぬのは、この日本だけだ」

「へえ、さいですかね」

「本邦にも、そのむかしは、牛車があった。牛を馬に変えて、車を走らせようと、誰も考えなかったのは、おかしいとは思わぬか？」

「思いやすね」

「牛は車を曳くもの、馬は乗るもの——べつべつに考えて、車を馬に曳かせて、走らせたら、さぞ便利であろう、と思いつかなかったとは、日本人という奴は、よほど、愚直で、融通のきかぬ石頭であったな。そう思うだろう?」

「思いやす」

佐平次は、ちらと、浪人者の端整な横顔を、視やって、

――このさむれえ、やっぱり、只者じゃねえや。

と、微かな畏怖をおぼえた。

次の坂を降りきったところに、臨時の関所が、設けられていて、番士が十人あまり、目を光らせていた。

「旦那、本街道を通行禁止にしたのは、なにかの騒動が起っている証拠ですぜ。……関所が、こんな乗物を、通してくれやすかねえ」

佐平次は、不安な顔つきになった。

「お前はいざ知らず、おれは、べつに悪事を犯して居らぬ。おびえる必要はない」

「百姓一揆でも起って、逃散の百姓を、とっつかまえよう、というのかな?」

佐平次は、首をかしげた。

この備後国は、阿部伊勢守正弘(十万石・福山城主)が領主であったが、きわめて、貧困状態にあった。

隣国安芸は、浅野家で、四十二万六千石の、三百諸侯中でも屈指の太守であり、その城下広島は、京都、江戸、大坂に次ぐ繁栄をみせていたが、この大国でさえも、この天

保初年は、農村地帯の窮乏は、他国以上のはなはだしさであった。

寛政の頃、広島藩の学問所に登用された学者香川南浜は、その著『秋長夜話』に、次のように記している。

『広島の繁華は、三都の外比肩すべきところなし。ゆえに、ひと通り見るところにては、富国と見ゆれども、実に、貧困なり。その本、窮して、その末、奢れるなり。……それ他国とても農民の富有なるはすくなけれども、予が足跡の及ぶところもて、うかがい見るに、この国ほど農民の貧困なるはなし』

宝永以来、広島藩は、しばしば、百姓一揆が起って、藩庁は、その鎮圧に、なやまされつづけて来た。

広島城下に、一月ばかり逗留していた佐平次も、百姓たちが、村をすてて、瀬戸内海の島へ、逃散している、という噂を耳にしていたのである。まして浅野家の四分の一の領地の福山藩が、どれくらい貧乏か、およその想像がつこうというものである。

「百姓の逃散ぐらいで、関所は設けぬ」

浪人者は、そう云いすてておいて、馬車を進めた。

番士たちが、一斉に、奔って、馬車を包囲した。

浪人者は、微笑しながら、

「なんのお取調べかな！」

と、番士たちを見まわした。

「降りろ！」

「さあ、どうするかな」

「手向えば、くくるぞ！」

「うしろの荷を調べるのなら、こちらは、降りることもあるまい」

台には、かなりの荷が、積まれてあった。

番士たちが、それらを、乱暴に、地面へひきずりおろそうとすると、浪人者は、

「鄭重にとりあつかって頂きたいな。箱の中身は、爆薬で、うっかり落したりすると、お手前がたは、木っ葉みじんだ」

「な、なにっ?!」

「というのは、嘘だが、貴重な品物が納めてあることは、まちがいない」

番士たちは、箱の中をのぞいて、見たこともない機械や容器が入っているのを、見出して、顔を見合せた。

「これを、どこから、運んで参った？」

険しい視線を集中された浪人者は、

「長崎から、はるばる――」

と、こたえた。

「いつわりを申すな。この尾道で、ひそかに、船から荷揚げいたしたのであろう？」

「ははあ、お手前がたは、これを外国からの密輸入の品だ、と疑って居るのだな。……そういえば、この尾道の湊は、そのむかし、明国はじめ、朝鮮、東京、柬埔寨、呂宋などに往来した海賊船が、本拠としていた、ときいたことがある。お手前がたが目の色を変えているところをみると、いまでも、抜荷（密貿易）船が出入りしているのだな。それとも、浅野家が公儀に内密に、密貿易をやっているというのかな」

浪人者の歯に衣をきせぬ言葉が、番士たちを激怒させた。

三

番士たちは、抜刀するや、

「降りろ！」

「奉行所に、ひっ立てるぞ！」

と、叫びたてた。

浪人者は、微笑すると、佐平次に、そっとささやいた。

「おれが、降りたら、お前は、かまわず、おれに代って馬を走らせろ。よいな。たのむぞ」

「へ、へえ」

なにがなんだか判らぬままに、佐平次は、承知した。

この若い浪人者には、さわやかな男の魅力があったのである。

それにしても——。

まっしぐらにつッ走れば、この国の領主が住む福山城下に至る。

逃げかくれる余地は、なさそうである。

浪人者が、どういう思案を胸中に抱いているのか、佐平次には、見当もつかなかった。

見当もつかないながら、そこは、生死の瀬戸を幾度となく、くぐり抜けて来た図太い盗賊であった。

なんとなく、

——面白（おもしれ）えことになったぞ！

と、血がわいた。

浪人者が、地面に降り立つや、佐平次は、わざと、ひっくりかえると、馬の尻を蹴とばして、

「あっ！　いけねえ！　旦那っ！　あっしは、たづなをとったことがねえんだあっ！」

と叫んでおいて、だだっと、疾駆させはじめた。

番士たちが、なにか呶号して、三、四人追いかけて来た。

「ざまァみろい！」

佐平次は、べろっと赤い舌を出しておいて、滅多やたらに、たづなで、馬の胴をひっぱたいた。

関所を抜けて、ものの三町も行くと、本街道へ出た。

平坦な、広い、一筋道である。

通行禁止のおかげで、街道上に、人影はなく、佐平次は、思いきり、速力を出すことができた。

「おっ、おっ、おーっ、だあ！　こんな結構な乗物は、ねえや。天子様でも、公方様でも、乗せてやりてえや。はねあがって、うれしがってよう、日本中の馬に、車をくっつけさせ奉りあそばすぜ」

大声で、云った時、不意に、背後から、

「おっさん、あんまりいい気になって、走らせるない！」

そう忠告した者があった。

「なんだと？」

振り向いた佐平次は、幌柱のひとつに、くくりつけられた秣桶から、小さな首がのぞいているのを、みとめた。

十歳ぐらいの少年であった。

佐平次は、たづなを引いて、速度をゆるめると、

「あきれた！　浪人さんは、餓鬼を、そこにかくしていたのか」

「おいらが、たのんで、かくまってもらったんだ」

少年は、こたえた。

「逃散百姓の伜（せがれ）か、おめえ？」

「ちがわい」

少年は、のびあがって、山の手の方角を見やっていたが、

「あそこだ！　あの森の中へ、行ってくれえ、おっさん」

と、指さした。

浪人者が、行先を佐平次に指示しなかったのは、この少年を、秣桶の中にかくしていたからである。

四

馬車は、櫟（くぬぎ）ばかりの森へ、まっしぐらに、駆け入った。

森は、山麓につながっていたが、かなりの幅の濠（ほり）が、道をさえぎっていた。

橋が架けられていたが、刎橋(はねばし)になって居り、吊りあげてあった。

濠のむこうには、一見舎利塔ともみえる円形の建物が、黒い山を背負っていた。

素走りの佐平次が、川ぶちで、馬を停めると、秣桶から出た少年は、

「橋をおろしてもらわにゃ――」

と、地上へ跳んだ。

「おい、おめえ、なんでえ、あれァ？」

佐平次が、指さした。

「宮本武蔵(みやもとむさし)先生の住居よ」

「なんだと?!」

佐平次は、あきれて、

「宮本武蔵ってえのは、二百年も前のやっとう使いじゃねえか」

「そんなことは、知らねえや。ご本人さんが、宮本武蔵と名のっているんだから、信じるよりほかはねえじゃねえか」

「ははあん、そいつ、大方、宮本武蔵をあこがれて、てめえも、武蔵のように強くなりてえと思ってやがる、いかれた剣術使いだな」

少年は、人差指と中指を唇にくわえると、ぴいっ、ぴいっ、ぴいっ、と吹いた。

きれいな指笛であった。

　待つほどもなく、刎橋が、軋りながら、降ろされた。

「やれやれ、とんだまきぞえをくらったな。……鬼が出るか、蛇が出るか、こうなりゃ、乗りかかった船だあ」

　佐平次は、覚悟をきめると、降ろされた橋の上を、馬車で渡った。

「おい、あの浪人者は、どうなるんだ？　ここへ来るんだろうな」

　佐平次は、訊ねた。

「来るか来ねえか、わからねえや。気が向いたら、来るだろうよ」

「なんだと？　おめえ、あの浪人者と、親しいのじゃねえのか？」

「いいや、知らねえ人だ」

「冗談じゃねえ。知らねえのに、かくまってもらったのか？」

「おいら、昨夜、尾道に着いた船から、抜け出して、山にかくれていたんだ。そこへあのおさむらいが、妙てけれんな車を走らせて来たから、かくまっておくれ、とたのんだだけさ。……けど、行先は、ここだと教えておいたから、あとから来るかも知れねえ。もし来なかったら、おめえさんが、この車を、街道へ持って行って、待っていなよ」

「ふうん」

　佐平次は、首を振った。

「おめえのように、ませた餓鬼には、はじめてぶっつかったぜ」

舎利塔は、五重塔ぐらいの規模で、高い石垣の上に、そびえていた。

「奇妙奇天烈（きてれつ）な住居もあったものだな。その宮本武蔵ってえ剣術使いと、おめえは親しいのか？」

「話せば、長いことにならあ。他人事だぜ」

少年は、佐平次を振りかえると、にやりとしておいて、石段を駆けのぼって行った。

五

「春太（しゅんた）！」

少年が、舎利塔の前に立つと、頭上から、叫び声が落ちて来た。

碗を伏せたような円塔には、廻廊（かいろう）らしいものがめぐらされてあり、そこに、一人の人物が佇立（ちょりつ）していた。白衣（びゃくえ）白袴（しらばかま）で、むかし僧兵が五条袈裟（けさ）で包んだ裹頭（かとう）らしい頭巾で顔をかくしていた。

尋常とはいえぬ眼光だが、べつに、鬼気迫る、といった凄味をただよわせているわけでもなかった。

「首尾は――？」

そう問われて、春太と呼ばれた少年は、

「ほめてもらいてえや。たしかに、品物は、受けとって来たよ」

「そのおかしな車は、なんだ？」

「これのおかげで、持ってくることができたんだ」

「何者だ、その男？」

「知らねえ。……馬車を走らせてくれたんだから、味方だと思ってくれりゃいいや」

「たわけ！」

宮本武蔵と称する人物は、塔内へ姿を消した。

どうやら、外からは扉が開けられぬらしく、春太は、待っていた。

扉は、鉄板張りであった。

佐平次は、馬車の中で、頤(あご)をなでながら、なりゆきを期待していたが、扉がひらかれたものの、その人物は、現われなかった。

春太は、暗い内部にいるその人物と、なにやら話し合っていたが、急に、

「いやだ！」

と、はげしく、かぶりを振った。

——なんだというんだ？

佐平次が、眉宇をひそめて、見まもっていると、突然、春太の小軀(しょうく)が、内部へひきずり込まれた。

「おっ！」

佐平次が、全身はりつめさせたのは、盗賊稼業の本能的な反射神経の働きといえた。

次の瞬間——。

塔の内部から、手裏剣が、佐平次めがけて、飛来したのである。

「あっ！」

佐平次は、身を沈めて、手裏剣を頭上に掠(かす)めさせるや、

「こん畜生っ！」

思いきり、馬の尻尾をひっぱった。

馬は棹立(さおだ)つと、高くいなないた。

佐平次という男は、二十歳頃まで、江戸の溜池(ためいけ)馬場で、口取り折助(おりすけ)をつとめていたのである。したがって、馬の扱いに馴(な)れていた。いつとなく、裸馬を乗りこなす習練もできていた。

すばやく、石段下の空地の広さをはかった佐平次は、ぱっと馬へとび乗るや、旋風(つむじ)のような速度で、馬首を向きかえさせた。

「三十六計だあっ！」

そのまま、まっしぐらに、刎橋を疾駆して、逃げようとした。

そこへ、第二の手裏剣が、飛来した。

「……うむっ?!」

左の耳朶に突き刺さったが、屈せず、佐平次は、馬腹を蹴った。

舎利塔内から、手槍をつかんだ宮本武蔵が、奔り出て来た。

追う疾駆ぶりも、人間ばなれしたものであった。

佐平次は、森の中へ、逃げ込みながら、ちらと、ふりかえった。

それが、いけなかった。

さし出た木枝に、したたか顔面を打たれて、一瞬、目が見えなくなった。

もんどり打って、灌木の中へたたきつけられた佐平次をのこして、馬は、駆け去った。

佐平次が、はね起きた時、宮本武蔵は、十歩の近くまで、追って来ていた。

「野郎っ！」

佐平次は、懐中から、匕首を、抜きはなった。

しかし、武蔵の方は、佐平次には目もくれずに、馬車のあとを追った。

「な、なんでえ！」

佐平次は、ぼやけた視界をよく見ようと、ぱちぱち、まばたきしつつ、武蔵の後姿を見送った。

馬車は、森と野の境で、停った。

武蔵は、そのわきへ追い着いて、急に、険しい眼光になった。

馬は、自分で、停ったのではなかった。

口を取られたのである。

口を取ったのは、馬の主人――すなわち、少年春太を秣桶にかくして、尾道の旧街道を駆け抜けて来た例の若い浪人者であった。

関所の番士たちを、どうさばいたか、春太が教えたこの場所へ、馬車を受けとりにやって来たのである。

「…………」

「…………」

浪人者と舎利塔の住人とは、無言裡に、対手を凝視し合っていたが、どうやら、互いに、氷炭相容れぬ対手と、感じた模様であった。

「お手前――」

浪人者は、ふっと微笑した。

「なんで、そのように、険悪な目つきをして居るのかな？」

「…………」

武蔵は、こたえる代りに、すっと二歩ばかり進んだ。

とたん、森の中から、

「旦那！　あぶねえ！　その野郎、宮本武蔵ですぜ」

佐平次の叫びが、とんで来た。

「宮本武蔵？」

眉宇をひそめた浪人者めがけて、電光の突きが、襲ってきた。

かわすいとまはなかった。

浪人者は、左手で、刀を鞘ごと、抜きあげると、鍔で、穂先を受けとめた。

しかし、べつだん、表情も変えず、

「お手前、宮本武蔵の末裔だというのか？」

と、訊ねた。

「然らず。拙者は、宮本武蔵だ」

「成程。べつに末裔でなくても、同姓同名の御仁が、当代に在っても、おかしくはないな」

「その通り、拙者は、二天一流・宮本武蔵政名だ」

「お手前がそう名のる以上、こちらは、そうかとうなずくよりほかはないが、いきなり槍で襲いかかって来るところは、そのむかしの武蔵と、いささか、ちがうようだな」

浪人者は、そう云いながら、鍔から穂先を抜きとった。

六

武蔵の方は、

「お主、佐々木小次郎だな」

と、云った。

「あいにくだが、わたしは、兵法者ではない。人を斬る側ではなく、傷ついた人を助ける側にいる。たとえば、お手前のように、病んだ神経を持っている者を、治療することに、わたしは、大いに興味を持っている」

「黙れっ！　佐々木小次郎、尋常の勝負をせい！」

武蔵は、手槍を投げすてると、二刀を鞘走らせた。

太刀を青眼に、脇差を頭上にかざす構えを、冴えた眼眸で看た浪人者は、両手を空けたなりで、

「妙だな」

と、云った。

「抜けっ、佐々木小次郎！」

武蔵は、じりじりと肉薄した。

「妙だな」

浪人者は、くりかえした。

「抜けっ！　抜かぬか、小次郎っ！」

武蔵は呶号した。

「抜けぬな」

「なにっ！」

「わたしは、いま申した通り、人を斬る側に立って居らぬ。お手前と打ち合うよりも、ほかの興味を湧かせている」

「興味だと？」

「左様――、お手前は、おのれを宮本武蔵と名のり、わたしを佐々木小次郎、と呼び、いかにも、神経が病んでいるかのごとく、装うているが……、対手がいけなかったな。わたしは、阿蘭陀（オランダ）医学をまなんだ男だ。お手前の眼光は、狂人のものではない。……どうして、見知らぬわたしに対しても、狂人とみせかけなければならぬのか――その興味が、湧いている。好奇心はつよい方だ、と思ってもらおう」

その返答は、凄（すさま）じい二刀の攻撃であった。

浪人者は、斜横に跳躍して、立木に身をさけた。

突く。躱（かわ）す。なぐ。跳ぶ。

場所が移動したあとには、両断された立木が、音をたてて倒れた。

「じ、じれってえな！」

目撃する佐平次は、血汐がたぎりたって、じっとしていられなくなった。

浪人者は、生命の危機にさらされながら、一向に、抜刀して反撃するけはいをみせぬのである。

「旦那っ！　やっつけなせえ！」

佐平次は、叫びだした。

佐平次の目にも、浪人者には充分の剣の心得があると映ったのである。

どうして闘わぬのか、佐平次には、合点がいかなかった。

「旦那！　どうして、やっつけねえんだ？　たたっ斬っちまっても、かまわねえじゃねえかようっ！」

佐平次は、じだんだ踏んだ。

浪人者は、しかし、もっぱら逃げの一手しかみせなかった。

そのうち――。

武蔵の太刀が、立木を両断しそこねて、幹へなかば食い込んでしまった。

その瞬間を待っていた浪人者が、対手のふところへ、とび込みざま、手刀を、脇差をつかんだ左手くびへ、くれた。

と同時に、浪人者の拳が、武蔵の鳩尾（みぞおち）へ、入っていた。

「やったあっ！」

佐平次は、いつの間にか、全身汗だらけになっていて、ふうっとひと息ついた。

あれほど凄じい攻撃を受けていた浪人者の方は、何事もなかったかのような平然たる態度で、気絶した攻撃者の袴をひき裂いた。

佐平次は、浪人者が何をするんだろう、といぶかって、近づいた。

浪人者は、その股間をむき出させた。

覗（のぞ）き込んだ佐平次は、

「ひえっ！」

と、驚愕（きょうがく）の叫びをあげた。

男子としてあるべき物が、その股間にはなかったのである。

七

舎利塔とみえる円形の建物の内部は、きわめて簡単なつくりであった。

調度らしい物は、何ひとつなく、中央の円柱に、梵字（ぼんじ）の御符が、無数に貼られていることと、正面奥に祭壇が設けられた、摩利支天（まりしてん）像がかかげられていることと、板壁に、数十振(ふり)の刀が架けられているだけであった。

建物は二重になっていて、浪人者は、二階へあがってみたが、粗末な夜具が置かれているほかに、目をとめる品は見当らなかった。

宮本武蔵政名と名のったその男は、円柱にくくりつけられ、なお、意識を失ったまま、首を仰向けていた。裏頭は、剥(は)ぎとられていた。

「どうも、わからねえな」

素走りの佐平次は、頤をなでながら、首を振った。

浪人者が、二階から降りて来ると、佐平次は、

「旦那――、この面(つら)は、どう見たって野郎ですぜ」

べつにきわ立った特長はなかったが、眉目は秀れた方であった。つるりとして、髭(ひげ)はなく、宮本武蔵を名のるにしては、肉づきに優しさがあった。

それにしても、骨格は、あきらかに男のものであった。

浪人者は、微笑しながら、

「まちがいないことだ」

と、こたえた。

「ところが、股ぐらには、あるべきしろものがねえ、というのは、どういうことですかね！」

佐平次は、また、首を振った。

「佐平次、お前は、この者の顔が、どこか、ちがっていることに、気がつかぬか？」

「へえ？」

佐平次は、あらためて、その相貌を、じっと見なおした。

「どこといって、べつに……？」

「ちがっているところが、見わけられぬか？」

「へえ――」

「むりもないな。お前は、同胞以外の種族に、接したことがないであろうから――」

「と仰言ると、こいつは、朝鮮か琉球あたりから渡って来た奴だ、というわけですかい？」

「たぶん、この男、清国人であろうな」

浪人者は、明言した。

「清国人?!……旦那、わかりやした。こいつ、清国で、なにか悪事を犯して、股ぐらの一物も、切り落されて、国にいられなくなって、海を渡って、もぐり込んで来やがったにちげえねえ」

「お前は、中国には、宦官という、おかしな存在があることを知るまい」

「かんがん？　なんです、それァ？」

「宦官とは、陽根、陰嚢もろとも、切り落された男のことをいう。四千年前から、この存在は、中国にある」

「あきれけえった処刑だ。あっしなんざ、いっそ、首を落された方がましだ。……いってえ、どんな罪を犯した奴に、やるんですかい？」

「罪を犯したから、去勢されるのではない。宮廷内で、その職務に就くために、去勢される。……そうだな。お前も、江戸城大奥に、御伽坊主という役目の女がいることを知って居るだろう」

「知って居ります。尼みてえに丸坊主になっている女中でげしょう？」

「そうだ。この御伽坊主は、女であって、女でない存在にされて居る。江戸城の裏御殿には、御数寄屋坊主がいる。……いわば、御数寄屋坊主が、陽物を切断されて、大奥に入って御伽坊主になった——そういう役人だな、宦官とは」

「なある——、ひでえ役人もあったもんだ。だが、どうして、そんな役人をつくったんでしょうかねえ」

「後宮——つまり、江戸城の大奥にあたる——には、大昔から、美女が多く集められて居った。後宮佳麗三千人、と、ある詩人はうたったが、これは誇張ではなく、数万人を集めた時代もある。民間でも、ちょっとした商人でさえ、三妻四妾を持つのが、あたりまえの状態であったのだな。……さしずめ、灘の酒屋とか、江戸蔵前の札差ぐらいになると、妾（めかけ）を百人以上持っているのが、清国ではべつに珍しくはないのだ。……つまり、この後宮に、陽根をぶら下げた男を入れて、職務に就かせるわけにはいかぬ、という考えが、宦官を生んだようだ」

八

その時、円柱にくくられていた男が、不意に、かっと、双眼をみひらいた。

浪人者は、睨（にら）みつける男に対して、微笑をかえした。

「宮本武蔵が、佐々木小次郎に敗北したとは、本邦の雑書にも、記されて居らぬ。清国では、そういう史実でも記した本があるのかな？」

「…………」

「お主、清朝の宦官であろう？」

「…………」

「いまさら、かくしても、はじまるまい。その証拠は、お前の容貌の、なんとも名状しがたい不快な印象だ。そして、髭が一本もない。わたしに襲いかかって来た時の声音のかん高さも異様であった。……おそらく、十代で、お主の股間からは、男子の象徴は、とり除かれたのであろう。お主が、男子であることを示すものは、その眼光のみだ。つまり、お主は、男根を喪ったものの、男子の性情——それもかなり狂暴な性情は、いささかも、すてては居らぬのだろう」

「……………」

「こちらから、推測させてもらうと、お主は、祖先を明朝の高官に持つ漢人ではなかったのか。清朝は、満州からおこって、明軍を破り、中国全土を征服した満人だ。……満人に、王朝を奪われ、北京に都を遷された漢人が、父祖代々、ひそかに憎み、蔑み、その怨みを受け継いでいるであろうことは、容易に想像がつくところ。……漢人であるお主は、少年の頃、むりやりに、去勢されて、宦官にされた。男子として堪えるべからざる屈辱を蒙り、満人の宮廷に奉仕する身となった時、お主は、世をのろい、わが身をのろい、悪鬼の化身になった。……この推測、あたらずといえども、遠からず——いかがだ?」

まだ二十六、七の青年にもかかわらず、隣邦清国についての知識も豊富とみえたし、その冴えた推測ぶりは、なにも判らぬ佐平次さえ、

——なるほど！　そういうことか！

と、うなずかずにはいられなかった。

しかし、縛られた者は、一語も口から発せず、浪人者を睨みかえしているばかりであった。

「小父さんがたよ」

少年春太が、戸口に立った。

「その先生を、どうするんだよう？」

浪人者が、ふりかえって、

「お前が、この御仁にたのまれて、こっそりはこんで来た品物を、ここへ持って来てもらおう」

と、命じた。

「いやだよ！」

「なぜだ？」

「だってよう、おいら、この武蔵先生から、十両という大金をもらったからこそ、あぶねえ橋を渡って来たんじゃねえか。たしかに、小父さんには、秣桶の中にかくしてもらって、関所をくぐり抜けて来たぜ。この恩は恩、十両の礼金の半分五両を、さしあげようと思っていたのさ。……けど、おいら、小父さんが、どこの何者だか、名前も知っちゃいねえさ。その小父さんに、おいらのやとい主が、ひっくくられているんだ。おいらとしちゃ、小父さんがたの味方になるわけには、いかねえや」

「そうだな。それは一理だ。……名前ぐらい名のっておかねばならぬが、あいにく五年前、江戸を出奔する際、親からもらった姓名は、すてた。……ここで、手頃な名前でもつくるか」

浪人者は、ぬけぬけと云った。

――やっぱり、只者じゃねえぜ。

あらためて、佐平次は、その端整な横顔を、見まもった。

「そうだな。わたしは、長崎で、阿蘭陀医術を学んで来た者だから、姓はおらんだとするか。名は――さてと、……生まれた日が、ちょうど桜の満開であったそうだから、左近（さこん）とするかな」

「へへへ、右近の橘（たちばな）、左近の桜、ってえわけですかい。旦那という御仁、気に入っちまった」

佐平次は、手をたたいた。

おらんだ左近は、春太を見やって、

「どうだ、春太、わたしを信用せぬか？」

「信用させるようなことをしてもらいてえ」

「よし、わかった。……佐平次、その人物の縄を解いてやれ」

「大丈夫ですかい！」

「懸念に及ばぬ」

九

佐平次の手で、自由の身にされた清国人は、それまで左近を睨みつづけていた双眸（そうぼう）から、鋭い光を消すと、うなだれた。

左近は、春太に、品物を持って来るように、うながした。

「あいよ」

春太は、ちょうど人の首ほどの嵩（かさ）の油紙包みを、重そうにかかえて、内部へ入って来ると、清国人の前に置いた。

「武蔵先生、たしかに、お渡ししましたよ。おいらの役目は、これで、おしまいさ」

春太は、戸口へひきさがると、

「おらんだ左近さんよ、追手のお役人がたに、馬車を見つけられたら、ことだぜ」

と、忠告した。

「お前、森の中に、かくしておいてもらおうか」

「合点——、と云いてえが、おいら、馬なんぞ、扱ったことはねえや」

「おう、この佐平次が、引き受けた」

佐平次が、席を立った。

左近と清国人との間には、しばらく、沈黙があった。油紙で包んだ品物は、そのまま、清国人の前にあった。

やがて——。

清国人は、顔をあげて、左近を視た。

「貴方が、ご指摘の通り、自分は、清朝の宦官。趙申生と申す」

「この日本へ参られたのは——？」

「ちょうど、十年前に相成る」

「この建物は？」

「文化八年に、朝鮮国王よりの聘使が、遣されて参った。その帰途、正使の通政太夫・金祖玄が、この土地に於いて、客死いたした。それを悼んで、建てた、いわば、慰霊塔です。……土地の者が近づかぬのをさいわいに、自分は、狂人を装おうて、六年前より、住みつき申した」

「わたしの推測が、あたっていたかどうか、おこたえ頂こう」

「ご推測の通りです。漢人たる自分の先祖は、明朝の功臣でした。……満賊が、明軍を破って、北京の都を奪った時、わが先祖は、敗将とともに、明朝十七代毅宗の従弟福王を十八代にいただき、旧都南京に於いて、満賊に対抗いたした。……その末裔たる身が、十三歳の年、いささかの美貌を所有していたため、無理むたいに、南京から北京へ連行され、宦官にされたのです」

北京の紫禁城(しきんじょう)の西門にあたる西華門(せいかもん)外に、廠子(チャンツ)と称される小さな建物があった。

そこが、少年を宦官にする手術場であった。

この建物には、刀子匠(タオツチャン)という執刀人がいた。

十三歳の趙中生は、炕(カン)（温床(オンドル)）の上に仰臥(ぎょうが)させられ、刀子匠の助手たちに、四肢を押えつけられた。

趙中生は、哭(な)き叫んで、許しを乞うたが、刀子匠は、無表情で、少年の下腹部と両股を、しっかりとしばった。

そして、熱い胡椒(こしょう)湯で、三、四度、入念に、股間を洗った。

趙中生は、抵抗するのが徒労と知ると、少年ながらも、

──いまにみておれ！　きっと、清朝を滅してくれる！

と、心中かたく誓ったことであった。

刀子匠は、鎌状に彎曲(わんきょく)した刃物で、趙中生の男根と陰嚢を一気に切断した。そして、白鑞(はくろう)の栓を尿道に挿入しておいて、傷口には冷水でひたした紙をあてて、繃帯(ほうたい)で包んだ。

趙中生は、その折のむざんな自分の姿を、いまも、昨日のことのように、ありありと思い出す。

手術後、三日間は水も飲まされず、のどのかわきと傷の疼痛(とうつう)は、地獄の苦しみであっ

た。

四日目、尿道から栓がひき抜かれると、噴水のように尿がほとばしり出た。

傷が治癒するには、百日ほどかかり、その後、王府に送られて、宦官の実務の練習生にされた。期間は一年間であった。

そして、宦官として、宮廷入りさせられたのであった。

しかし――。

中国に於いては、宦官になるのは、官吏として出世コースを歩む手段のひとつであった。

それが証拠には――。

刀子匠は、切断した男根を、「宝（パオ）」と称して、永く保存できるように一種の加工をほどこして、きれいな容器に入れ、密閉すると、高い棚に、安置しておいた。

高い棚に安置するのは、「高勝（ガオセン）」という意味であった。高勝とは、高位に昇進する、と訳すことができる。

すなわち――。

智能すぐれているが、家が貧しく、学問をする余裕のない少年が、自ら志願して、宦官になる、というケースが大半であった。

趙中生だけは、ちがっていた。慟哭（どうこく）して、拒絶したにもかかわらず、宦官にされたのであった。

十

ここで、いささか煩瑣をいとわず、「去勢」について、述べておく。

「去勢」は、そのむかし——周時代は、刑罰のひとつであった。

その罪の軽重によって、五つの刑がなされた。

すなわち——。

墨（刺青）、劓（鼻を殺ぐ）、剕（足を切断）、宮（去勢）、そして大辟（死刑）の五刑である。

宮刑（男根切除）は、死刑に次いでの重罪であり、漢時代に、最も行なわれた。姦通罪を犯した者などが、なされた。

男にして男にあらざる人間を、数千の美女を擁する後宮に入れたならば、という考えを皇帝が起したとしても、ふしぎではない。

したがって、最初は、罪を犯して去勢された前科者が、後宮の使役人にされた。やがて、この奇妙な存在が、政治をも左右する権勢を持つようになり、民間から、貧しく智能に長けた少年が、宦官志願をするようになった。

この習俗は、やがて、ローマにつたわり、転じて、禁欲主義のキリスト教徒間に行なわれるようになった。十八世紀中葉頃、ロシアのキリスト教徒一派では、聖餐式と称して、信徒たちの面前で、男子は陰茎を切断し、女子は陰唇を剪除して、これを皿に盛って、一同でむさぼり喰う、という途方もない陰惨な儀式が行なわれるに至った。

宮廷の奥ぶかく入って、天子に親近侍御し、後宮佳麗を手玉にとって、どの美女に天子の寵愛を受けさせるか、おのが胸三寸にある地位を与えられた宦官が、異常なまでの権力者にのし上ったのは、当然である。

宦官ほど、閨閥を利用して、甘い汁を吸った存在は、史上他に例をみない。

唐の玄宗の時、後宮には四万人の佳人が集められていた。そして、緋衣紫衣をまとった高位の宦官が一千人、黄衣を着た下位の宦官が三千人いた、という。

歴代の皇帝は、昼夜身近にはべる宦官に、宮廷内の大事小事をまかせたから、宰相すら、この存在をはばかった。

宦官は、男根を喪失したが、必ずしも、性欲をなくしてはいなかった。

『後漢書』の宦官侯覧には、宦官が、人妻を奪ったり、処女をもてあそんだりした事実が記されてある。

『北史后妃伝』には、北斉の武成帝の皇后胡氏が、宦官の愛撫を受けて、気が狂うほどに身もだえたことが、出ている。

去勢者が性欲を有つ以上、指と唇舌と、そして器具を用いれば、かえって、女性を無我夢中にするテクニックが熟練する、と考えられる。後宮の官女の九割以上が、ついに天子の寵愛を享けることなく、孤閨を守らされているのであった。宦官の愛撫をもとめたのは、目に見えている。

史上、最も有名な宦官は、玄宗皇帝に愛された高力士であろう。

高力士は、少年の頃、去勢されて、嶺南の節度使から、宮廷へ奉られた。頭脳が秀れ機敏であったので、則天武后の意にかない、常に左右にはべった。

一度、事情があって、宮中から追放されたが、高延福という金持の養子となり、機会をねらって、時の権臣である武三思に巧みに取り入って、再び宮中に入り、あっという間に、地位をのぼった。

玄宗の時には、内侍省内侍と右監門将軍を兼ね、飛ぶ鳥をも落す勢いとなった。

諸国からのさまざまの訴えは、ことごとく高力士の取次ぎを経なければならぬようになり、楊国忠とか安禄山などの権臣までも、高力士の歓心を買わざるを得なかった。

白楽天の「長恨歌」によって、中国四千年第一の美女とうたわれた楊貴妃は、十四歳の時、玄宗皇帝の太子寿王の妃となったが、一瞥して魂をうばわれぬ男子は、いなかった。

玄宗皇帝は、寵姫武恵妃に死なれて以来、後宮数千の佳人を、つぎつぎと、閨房に呼んでみたが、どれも意に適う者がいなかった。そのうちに、息子の妃である玉環（楊貴妃）を見る機会があり、急に、心を焦した。

高力士は、玄宗の様子をぬすみ視て、合点し、玉環を寿王邸から喚び寄せ、寿王には別の美しい妃を与えて観念させる残忍な取計いをやってのけた。

息子の妻を奪って、その父親に与え、しかも宮廷内はもとより、世間からも非難されぬように手を打った働きぶりは、いかにこの宦官の才智と権力が抜群であったか、という証左である。

しかし――。

宦官は、いかに強大な権勢を誇る位置をつかんでも、人々の軽蔑からまぬがれることはできなかった。

ある時――。

玄宗皇帝は、沈香亭に、牡丹を愛でる宴を催した。もとより、かたわらには、楊貴妃がいた。

咲きほこる牡丹の花の中で、梨園の弟子（俳優）李亀年が、召されて歌舞を演じた。

しかし、玄宗は、満足せず、

「伯楽の詞は、凡庸すぎる。李太白を呼んで、新しい詩をつくらせよ」

と、高力士に命じた。

やがて、高力士に連れて来られた翰林学士李太白は、べろべろに泥酔していて、歩行もかなわぬ有様であった。

顔に、冷水がかけられたが、李白は、もうろうとして、視界がさだまらぬていたらくであった。

高力士は、やむなく、李白の鞾をぬがして、冷水の中へつけて、酔いをさまさせようとした。

その時、李白は、ようやく、対手が高力士とみとめると、

「ご親切なことだが、思いちがいをされるなよ。わが足が、御辺を瀆すのではなく、御辺の手が、わが足を瀆すということを――」

と、あざけった。

酔いをさました李白は、

『雲には衣裳を想い、花には容を想う』

『一枝の濃艶露香を凝す』

『名花傾国両つながら相歓ぶ』

古今に卓絶する三章を成し、糸竹の調べに合して奏し、清平調の曲をきかせた。

あまりの見事さに、玄宗は、李白の官爵を昇らそうと思った。

しかし、李白にさげすまれた高力士は、清平調の詩中に『憐む可し飛燕、新粧に倚

る』とあるのは、賤しい身分から出た飛燕（漢成帝の后）になぞらえてある侮辱だ、と奏上して、ついに、李白に恩賞をさずけさせなかった、という。

十一

本筋に、もどることにしよう。

清朝後宮の宦官にされた趙中生は、清朝を滅亡せしめる機会をねらいつづけた。

やがて――。

その機会は、到来した。

仁宗の嘉慶十八年（日本の文化十年・西暦一八一三年）に起った天理教の乱である。

天理教というのは、宗教的秘密結社・白蓮教の一分派であった。

白蓮教は、弥勒仏の加護によって、現世を極楽にする、という革命思想を持ち、一般庶民の根強い信仰を受けていた。

天理教は、白蓮教の中から分れた、最も過激な集団であった。

白蓮教徒は、仁宗の初年に、突如として蜂起し、華北、華中をあばれまわり、十年にわたって、凄じい叛乱ぶりを発揮した。

この大乱が鎮圧されてしばらくすると、こんどは、天理教徒が、河南北部の滑県と都の北京で、同時に、清朝撲滅の狼煙(のろし)をあげた。

——好機到来!

ふるい立ったのは、趙中生であった。

宮廷内の漢人宦官六人に、おのが志を打ち明けて、同志の誓いをなし、北京蜂起の天理教徒七十余名を農民に変装させて、紫禁城内へ、攻め込ませる計画を樹(た)てた。

その夜、武装した天理教徒は、紫禁城の東華門と西華門を、おどり越えて、不敵にも、内廷ふかく、突入して来た。

趙中生は、すでに、ひそかに、刀術槍術棒術を修練していた。突入して来た天理教徒に加わるや、阿修羅(あしゅら)の働きを示した。

応戦した宮廷護衛軍は、三千余であったが、そのうちの八百六十余人が死傷した。いかに、天理教徒の働きが、凄じかったかということを、示している。

当時、第二皇子であった道光帝(どうこうてい)自ら、鉄砲を把(と)って、撃ったものであった。

しかし、道光帝はじめ、宮廷護衛の将士が撃った鉄砲で、斃(たお)れた天理教徒は一人もいなかった。趙中生ら宦官が、あらかじめ、鉄砲に空弾をつめておいたからである。

趙中生は、生き残った教徒たちとともに、紫禁城を脱出し、河南に遁(のが)れ、半年後に琉球へ渡ったのであった。

十二

おのが素姓と経歴を語りおわった趙申生は、

「琉球に、宮本武蔵の二天一流を継いだという兵法者が、薩摩より流れ着いて居り、自分は、その達人より二刀の術を習い申した。さらに、ここへ参ってからも、毎日、研鑽をおこたらず、工夫に工夫をかさねて、ようやく、おのが業の無敵を誇って居り申したが、……自分よりも強い御仁が居られたとは――」

そう云って、自嘲の薄ら笑いを、うかべた。

「お主は、もう一度、清国へ帰って、清朝を倒す志を燃やして居られるのか？」

左近は、訊ねた。

「漢人たる者、満賊を北京の都より追いはらうのは、先祖より受け継いだ復讐心です。……貴方もご存じであろう。わが漢民族の復讐心は、もし敵が世を去っていれば、その墓をあばき、屍を鞭打つほど酷烈であることを――」

「同志は、まだ、清国に大勢、居られるのか！」

「互いに、胸を切って、流れ出る血汐をすすりあった同志が、百人居り申す。自分の帰国を待って居り申す」

そう告げてから、趙中生は、膝の前に置かれた油紙包みの品を、把りあげた。

「これは、紫禁城の奥ぶかく、宝庫に置かれていた宝玉で飾られた冠です。太子が即位する際に、かぶる冠です。……同志の宦官が、これを盗み出して、自分の許へ送って参ったのは、いよいよ、清朝覆滅の秋が来たとの報せです。……自分は、この冠を持って、琉球へ渡り、そこで待つ同志五人とともに、母国へ帰り申す。槍を突きたてた冠を旌旗の代りとして、先頭に押し立てて、われら同志は、北京へ上る途次、同じ志を抱く国士を、つぎつぎと加えて参るのです。おそらく、北京へ到着した時には、数万の軍勢になって居り申そう。いや、もしかすれば、十万をこえているかも知れぬ」

遠くへ据えた眼光は、妖しいまでに、燃えていた。

左近は、べつに、その熱情にまき込まれはしなかった。

おだやかな音声で、

「皇帝即位の冠を、ひとつ、拝見いたそうか」

と、たのんだ。

「ごらん下され」

趙中生は、油紙をひらいた。

油紙の下は、鹿皮で包んであった。

その鹿皮を解いた瞬間、趙中生の双眸は、かっと、みひらかれた。

あらわれたのは、さんぜんたる玉冠ではなく、髑髏であった。

左近も、眉宇をひそめた。

——どういうのだ？

趙中生は、しばらく、髑髏を凝視していたが、人名らしい言葉——北京語を、しぼり出すように、口にした。

おそらく、趙中生たちが頭領と仰ぐ人物の名前であったろう。

わななく手で、趙中生が、髑髏を持ちあげるや、その頭蓋の中から、たくさんの小さな骨が、ばらばらと、こぼれ落ちた。

阿蘭陀医学を修得した左近には、すぐ、それらの骨が、喉仏であるのをみとめた。

——そうか。この男の同志たちは、ほとんどが捕えられて殺されたに相違ない。わずかに生き残った同志の一人が、壮図は挫折したと報せるために、これを送って来たのだ。

おらんだ左近は、一人で、塔を出ると、刎橋をゆっくりと渡った。

森の中には、佐平次と春太が、馬車わきで、待っていた。

「旦那、どうしましたね、あの清国人？」

「うむ」

左近は、事情を告げようとせず、馬を走らせはじめた。

「小父さん、おいらが、はこんでやった品物を見たかい？」

春太が、幌の内から、訊ねた。

「見たぞ」

「なんだったんだよう？」

「宝玉で飾られた冠であったな」

「へえ?!」

佐平次が、ちょっとうたがわしげな目つきで、小声で、

「ほんとうですかい？」

と、左近の冷たい無表情の横顔を、視た。

「ほんとうだ。あの清国人は、摩利支天像をかかげた祭壇に、あの冠を供えて、毎日、拝むだろう」

「海賊船で、わざわざ、清国から、はこんで来たしろものだから、よっぽど、大切な宝ものなんでしょうね？」

「左様、かけがえのない大切な品だな。あの男は、毎日、それを拝んでいるうちに……」

——本当に狂人になるだろう。

その独語は、しかし、佐平次の耳にはとどかなかった。

仇討異変

一

備前岡山――烏城城下は、大変な混雑を呈していた。

筑前福岡藩主・黒田長溥が、参府の途次、岡山に立ち寄って、烏城で三日ばかりすごしているからであった。

これは、黒田家の、寛永年間からのならわしであった。

黒田氏の先祖は、備前邑久郡福岡の出身であったからである。その土地に、永正の頃、黒田高政という牢人者がいた。これが、黒田如水（孝高）の何代か前の人物である。

黒田孝高は、慶長五年に、筑前に入国したが、新しい城下町にふさわしい名をつけるにあたって、先祖が出た備前邑久郡福岡を思い出し、「福岡」ときめたのである。

その因縁から、黒田家では、陸路を江戸へ向う際には、必ず、先祖の故郷の領主である池田家の烏城へ、挨拶に立ち寄ったのである。

おかげで――。

城下の本陣、脇本陣はじめ、主な旅籠(はたご)は、満員盛況であった。

おらんだ左近と春太は、旭川(あさひがわ)堤下の居酒屋で、素走り佐平次が、どこか手頃な旅籠を見つけてくれるのを、待っていた。

ちょうど、午食刻(ひるどき)であったので、その居酒屋も、たてこんでいた。

左近と春太は、奥の八畳を、衝立(ついたて)で四つに切った一隅で、さし向っていた。

春太は、せっせと、麦四分の御飯をかき込んでいたが、左近の方は、箸をとろうとせずに、茶碗酒を時折り、口にはこびながら、読書に余念がなかった。

卓上にひろげているのは、ただの書物ではなかった。

春太の目には、わけのわからぬ南蛮の横文字が、びっしりとならんでいた。

「先生って、すげえ学者なんだな」

満腹した春太は、首をのばした。

「お前でも、三年も学ぶと、すらすら、読めるようになる」

「先生、ちょっと、声を出して、読んでおくれな」

「うむ」

左近は、朗読してやった。

De geneesheer moet, in de uitoefching van zijne kanst, alleen den mensch zien, en geen onderscheid maken tusschen arnien en rijken, grooten of minderen.

「え、妙てけれんな読みかたをするんだなあ。……先生、なんてえ意味なんです?」

「医術というものは、これを行なうにあたっては、金持と貧乏人、賤(いや)しい者と、身分の高い者との区別をつけてはならん。掌(てのひら)一杯の黄金よりも、貧乏人の双眼にたたえられた感謝の涙の方が、貴い。といった意味だな」

「ふうん、南蛮人て、ええことを云(い)いやがるなあ。……おいらも、先生の弟子になって、オランダ医術を勉強しようかな」

「ははは……、お前に、できるかな?」

「教えておくれよ、先生」

「お前のからだの中には、いろいろな物がある。心臓、肺、胃袋、腸、膵臓、肝臓——これらが、生まれてから死ぬまで、一瞬の休みもなく働いている。……手くびのところを、指でおさえてみるがいい。脈がとくとくと動いているだろう」

「うん」

「それが止ると、死ぬのだ」

「面白(おもしれ)えな」

「血というものは、心臓から流れ出て、大動脈に入り、そこから小枝のように分れた部分にそそいで、ひと巡りすると、静脈というものの小枝に逆行し、大静脈に入って、また心臓にもどるんだ。……大きく呼吸して、息を吐いたり吸ったりしてみろ。それは、肺がやる仕事だ。……お前がいま食べたり飲んだりした物は、胃袋に入っている。胃袋が、それをせっせともみほぐして、血や肉にしてくれる」

二

「あの――、もし」

衝立のむこうから、女の声がかかったのはその時であった。

「卒爾ながら……」

そういって、姿をみせたのは、武家娘であった。二十歳前後であろう、眸子の潤んだ光が優しく、鼻梁と唇のかたちに、気品があった。襟もとと肩の線が、美しかった。

但し、身なりは、かなり粗末で、旅塵でよごれていた。

「貴方様は、蘭学の医術をおそなえでございますか?」

「べつに、わたしは、医師ではない」

左近は、そっけない返辞をした。

「おうかがいいたしとう存じます。労咳(肺結核)にて、幾度も多量の血を喀いた者は、絶対にたすかりませぬか?」

「治す薬はないな。安静に寝て、充分の栄養をとっていれば、あるいは、という希望もなくはないが、動きまわったりして居れば、まず、長くて二年、短くて半年も、保つまい」

「忝のう存じました」

武家娘は、鄭重に礼をのべると、衝立のむこうへしりぞいた。

春太が、ひょいと立ち上って、衝立の上へ首をのぞけて、そこをのぞいた。

「なんでえ」

春太が、坐ると、左近に、

「病人連れかと思ったら、先生よりもひとまわりもごっついさむらいが、酒をくらってやがる」

と、告げた。

「春太、お前は、オランダ医術よりも、まず、言葉遣いを学ぶ必要があるぞ」

「わかってら。……先生、おいら、四つの年から孤児なんだぜ。……まず、他人のおまんまを盗み食いすることからおぼえて、育ったんだ。礼儀作法なんて、おぼえているひまはなかったんだよ」

「これから、おぼえるがいい」

「てえことはよう、先生に、どこまでも、くっついて行っても、かまわねえ、ってえことかい？」

「いささか、迷惑だが、勝手について来るのなら、それもしかたがあるまい」

「先生、おいら、案外、役に立つんだぜ」

「役に立つことは、すでに、見とどけた」

春太との対話の間、左近は、衝立のむこうの武家娘とその連れの武士との、ひくい話し声を、ききわけていた。

左近は、江戸を出奔して、まっすぐに長崎へ行ってはいなかった。途中、対馬に渡って、二年間、剣の修業をしていた。

そこに、ついに世間に名を売ることなく、六十年の生涯を終えた稀世の剣の達人が、住んで居り、左近は、その古武士そのものの兵法者に師事したのであった。

天稟も備えていたが、左近の刻苦ぶりは、師が四十年にわたって会得した奥義を、わがものにするを得た。

左近は、剣の修業とともに、忍びの術の習練もさせられていた。

したがって、衝立をへだてて、あたりをはばかりながらの男女の私語も、ちゃんとききとる耳を、左近は持っていた。

「佐江殿、啄間五郎次は、その場所へ、行き着くまで、生きて居りますまい」

「いえ、生きています。……あの御仁には、常人ならぬ、執念があります。百度血を喀こうとも……、かならず、生きているに、相違ありませぬ」

「しかし、もし万が一、途中で、相果てたら……」

「いいえ、決して!」

「万が一です。……相果てたならば、仇討は叶わず……、拙者と貴女は、永久に、さまよわねばなりませぬぞ。……まるで、広い池の中に落ちた、一本の針を、さがし出すように——」

「いいえ! いいえ! 啄間五郎次は、生きまする! わたくしの手で、討ちとるまでは——」

左近にとっては、かかわり知らぬことであったが、互いに必死になった私語は、どうしても、耳底にのこらざるを得なかった。

——仇討か。

左近は、胸中で、呟いた。

——いつの頃、誰が、きめたのか知らぬが、ばかげた行為だ。父や兄の敵をさがして、五年も、六年も、いや十年近くも、諸方を流浪した挙句、国許からの送金もとだえて、辻斬り強盗を働き、捕えられて処刑になった男もいた、という話をきいたことがある。

……人を斬って、脱藩した者が居れば、その家中が、他の大名の協力を得て、さがし出して、処罰すればよいのだ。その子やその弟だけに、仇討をまかせること自体が、まちがっている。

それにしても――。

その男女の私語には、ただの仇討ではない、秘密めいた内容があるように、受けとれた。

「やれ、やれ、旦那、やっと見つけましたぜ」

素走りの佐平次が、入って来た。

「ご苦労だった」

左近が、さし出す茶碗酒を、ひと息に飲み干した佐平次は、

「足利時代からあるんじゃねえか、と思われるほど、古ぼけた旅籠ですがね、ともかく、一部屋空けてもらいやした。なにね、あっしは、夜は、廓ですごすことにしているんで、とんと、旅籠には縁がねえものだから……」

「廓よりも、物持の土蔵などにひそむ夜の方が、多いのではないか」

「しっ！　声が高えや、旦那！」

三

なるほど、古ぼけた旅籠であった。

構えも、足利時代とはいわぬまでも、この岡山が宇喜多家のものであった頃か、と思えた。土間がおそろしく広くとってあるのは、騎馬武者が、馬をそこに泊めたからである。

左近が、馬車を入れるには、おあつらえ向きであった。

古ぼけてはいるが、一時代前までは商人宿ではなかったに相違ない。

天井が、頭につかえるほどひくい二階の部屋へ案内された左近たち三人は、

「広いのが取柄だな」

「全くで——、別嬪の巡礼でもいたら、相宿してやりてえようなものでさ」

「お前も、泊るつもりか？」

「廓は、黒田家の足軽や中間に、上玉を買い占められていまさ」

「じゃ、どこかの土蔵でも、のぞいて来たらどうだ？」

「旦那、あっしに、また、夜働きをすすめるんですかい？」

「夜働きは、止めたのか？」

「世間の鼻つまみの高利貸が、永患いの病人の夜具でも剝ぎとった、という噂でもききゃ、じっとはして居りませんがね。……どうも、いけねえや。旦那のお供をしていると、妙に殊勝な気持になって、旦那に命じられたら、水の中へでも火の中へでも、とび込む料簡になるんだが……」

佐平次は、首を振って、春太を見ると、

「なあ、おい、そうだろう、ちいせえ兄哥——？」

と、云った。

「おいら、先生の弟子になるんだ」

春太は、大真面目で、こたえた。

夕餉を終った頃あいであった。

手代が上って来て、

「お役人の人別改めがございますので、お受けなさいますように——」

と、告げた。

入って来たのは、二人の池田家目付であった。

「姓名と国を——？」

「尾張浪人・桜左近。……これなる者は、わたしの使い小者で、佐平次、春太と申す」

「土間に、馬に曳かせた荷車があったが、お手前の物か？」

「左様です」

「品目は——？」

「医術の器具と薬品です」

目付衆は、すでに、その荷を調べていたとみえ、

「南蛮品ではないか？」

「左様――、長崎のオランダ商館より購入いたした」

「お手前は、蘭医か？」

「まあ、そういうところです」

左近がこたえた――その時であった。

階下で、突如、呶号(どごう)があがった。

「なんだ？」

目付衆は、踊り場へ奔(はし)った。

「どうした、数田(かずた)？」

階下にも、目付衆が、旅客を調べていたのである。

「怪しい浪人が居り申すぞ。……あっ！　逃げるか！　待てっ！」

その叫びに、二階から目付衆は、だだっと、廊下へとび出し、駆け降りて行った。

佐平次と春太は、興味をそそられて、中庭を見おろした。

中庭には、短銃をつかんだ、中年の浪人者が、各部屋から流れ出る明りの中に、浮きあがっていた。

階下を調べていた二人に、二階から駆け降りたもう二人を加えて、四人の目付衆が、四方をふさいだ。

包囲された浪人者は、銃口をどちらへでも向けられるように、隙のない身構えをみせていた。

と——。

不意に、浪人者は、片手で、自身の口を押えた。

激しくむせると、みるみるうちに、指の間から、血汐が流れ出た。

おびただしい喀血であった。

佐平次が、

「可哀そうに、労咳病みだぜ。逃げられっこねえや」

と、云った。

部屋にいた左近が、その言葉をふときとがめた。

四

浪人者は、喀血して、しゃがみ込んだとはいえ、短銃を手にしているので、池田家目付衆は、包囲したなりで、容易に、近づけなかった。

そこへ——。

急いで二階から降りて来た左近が、浪人者に近づいた。

「よ、よるな！　撃つぞ！」

口から胸へかけて、鮮血を染めて、まるで墓地から匍い出て来た幽鬼のような凄じい形相になりながら、左近へ向って、短銃を狙いつけた。

左近は、平然として、

「ごらんの通り、わたしは、この旅籠に泊っているただの浪人者だ。いささか、医術の心得があるので、手当をして進ぜよう」

と、云った。

「無用のお節介だ」

「安静にして、寝なければ、また血を喀こう。窒息死するおそれがある。第一、そのからだでは、逃げることはおぼつかぬ」

左近は、目付衆に、手当がおわるまで待って頂きたい、とたのんだ。

目付衆が、怪しいとにらんだのは、路銀をいくら所持しているか、と尋問した時、なにやらそぶりが妙なので、

「大金でもかくして居るのか？」

と、睨むと、いきなり、逃げ出そうとしたのであった……。

目付衆は、左近が手当をするのを、みとめた。

左近は、佐平次に浪人者を背負わせて、その部屋へはこばせた。

浪人者は、牀に寝かされると、再び少量の血を喀いた。

「のどにからまったかたまりがあるのなら、怺えずに、みな喀いてしまうことだ」

左近は、濡れ手拭いで、胸をひやしてやりながら、すすめた。

「い、いや、もう……、楽に、なり申した」

浪人者は、目蓋を閉じて、かるい喘ぎをつづけた。かなりの発熱をしていた。

見まもっていた目付衆の一人が、

「尋問いたす。どうして、急に、遁げようといたしたか！」

と、枕元に立って鋭く訊ねた。

「…………」

浪人者は、沈黙を守っている。

「明朝、おちついてから、糺されてはいかがだ？……この状態では、責めるのは酷だ」

左近が、とりなした。

目付衆は、顔を見合せた。

「第一、逃げることは叶わぬ」

城下に、福岡藩主黒田長溥が滞在しているので、形式的に、各旅籠をとり調べているだけであった。つまり、もし万が一、黒田侯を襲撃する企てを持つ曲者がひそんでいてはならぬという配慮であった。そんな騒動など起るはずもない、という気持は、役人にもあった。

しかし——。

いきなり逃げ出そうとしたり、短銃を所持したりしていた浪人者がいたことは、詮議せざるを得なかった。

「それがしが、責任を持ち申す」

左近が、云った。

大喀血して居るし、短銃は取りあげたし、目付衆も、吟味は明日にのばすことにした。

「しかと、あずけたぞ。逃がせば、お主の罪となるぞ」

念を押して、目付衆は、去った。

五

「旦那——」

佐平次が、病人の容態を、横目で見やりながら、そっと、左近の耳もとへ、口を寄せた。

「この浪人者は、たしかに、胴巻きに、大層な金子(きんす)を、持って居りやすぜ」

中庭から部屋へ、背負ってはこぶ時に、気づいたに相違ない。さすがは、江戸で名を売った盗賊であった。

「他人のふところを、気にすることもあるまい」

「だって、逃げ出したところをみると、そいつは、かくさなけりゃならねえ怪しい大金じゃありませんかねえ」

「われわれのかかわり知ったことではない」

左近は、佐平次をきめつけた。

「といって、旦那、明日、吟味された時、この浪人者が、持っていたら、まずいのじゃありませんか」

「他人事に、首を突っ込む興味はないな」

左近が、ひややかに云いすてた時であった。

浪人者が、目蓋を開いた。

「ご厚志のほど……、お礼の申し上げようも、ござらぬ」

と、礼をのべた。

「口をきかれぬがよい」

「いや……、おたすけ、下された上に、……この上、あつかましいお願いを、いたすのは、……まことに、申しわけなき儀ながら……、ぜひとも、おききとどけ、下されたいお願いが、ござる」

浪人者は、胸をはだけて、胴巻きへ、手をかけようとした。

「おっと——、あっしが、はずしてさしあげまさ」

佐平次は、得たりとばかり、膝をすすめて、手ぎわよく、その腹につけた鼠色の胴巻きを、するすると、取った。

左近が眺めただけで、そのずしりとした重さは、百両以上ありそうであった。

「これを、あずかって欲しい、と申されるのか……」

「おとどけ頂けまいか、と存ずる」

「どこへ——?」

「備前と播磨の、境の、舟坂山にある……郷士にて、坂長藤左衛門という御仁に、……なにとぞ、お渡し下されたく——、お、お願い、つかまつる」

「承知いたした」

これはなにやら、面倒なことになる、という予感をおぼえつつ、左近は、承知せざるを得なかった。

浪人者は、

「では、どうぞ……、部屋へおひきとり、下され」

と、たのんだ。

「………」

「今夜は、胸をひやしつづけなければ、なりますまい。熱ざましの薬を、二刻毎(ふたときごと)に、嚥(の)んで頂かねばならぬ」

左近が云うと、浪人者は、意外に、きりっとした表情で、

「すておいて、下され。……拙者を、一人にしておいて頂きたい。……血を喀くのには、馴(な)れて居り申す」

と、きっぱりと拒絶した。

「そう申されるならば、やむを得ぬ。ひきとり申すが、……目付衆には、わたしが責任を持つ、と約束いたしましたからには、明朝まで、しずかにやすんで居られるように——」

「わかって居り申す」

役人に疑われる大金は、預けたのであるから、浪人者は、このまま、やすむであろう、と思われた。

立ち上りかけに、左近は、

「わたしは、長崎から帰府の途中にある、左近と申す者だが、念のため、お手前の姓名を、おうかがいしておこう」

と、もとめた。

「啄間五郎次と申す」

——啄間五郎次！

この名前は、はっきりと、左近は、ききおぼえている。

旭川堤下の居酒屋で、旅の武家娘が、連れの武士と、交していた私語の中に出て来た名前であった。

あの武家娘は、左近に、

「多量の血を喀いた者は、絶対にたすかりませぬか？」

と、訊ねていた。

あの武家娘が、追うている仇討の対手（あいて）は、この浪人者であったのだ。疑う余地はなかった。

佐平次も春太も知らぬことだった。

一人、左近だけが、判ったのである。

しかし、左近は、胸にたたみ込むと、

「では、くれぐれも、安静になされ」

と、云いのこして、部屋を出た。

佐平次は、二階にひきあげると、しきりに、胴巻きの中をあらためたい気色を示した。

「どうも、この手ざわりじゃ、ただの切餅（小判二十五両）のような気がしねえが……？」

「他人の持物の中身を、調べるのは、許さぬ」

　左近は、禁じた。

「旦那は、案外、律義なところが、おありですぜ」

「死にのぞんだ者が、必死のたのみをしたのだ。こちらが好奇心を起すのは、その覚悟を侮辱することになろう。……男というものは、いったん引き受けたならば、我欲はすてるべきだ。我欲が、ちらとでもつきまとったならば、はじめから、事を受けなければよい」

「旦那！」

　佐平次は、急に真剣な態度になって、膝を、そろえた。

「旦那、そのお言葉、肝に銘じました。……あっしゃ、いままで、時には、義賊気どりで居りやしたが、百両盗んだ時、百両そっくり、貧乏人にばらまいたことは、ありやせんでした。百両盗んだら、五十両は、女と博奕に使って、あとの五十両を、貧乏人に配って、いい気分になって居りやしたよ。……いまさら、江戸っ子面が、はずかしいや」

　佐平次が、頭を下げるのを、かたわらから、春太が、少年らしからぬひきしまった表情で、黙って見まもっていた。

六

もうそろそろ、夜明けに近い頃あいであったろう。

左近は、ふっと、闇の中で、目をさました。

これは、この男独特の、一種の霊感にも似た鋭い神経の働きであった。睡(ねむ)っているあいだにも、神経だけは、まわりの変化に対応するように修練されていたのである。

隣の牀が、もぬけの殻と知った。

——佐平次、階下の浪人者の容態を、そっと見に行ったな。

そう直感した。

佐平次が、音もなく——障子の開け閉めも耳にとどかぬほどひそやかに、戻って来たのは、ものの十分も経たぬうちであった。

「旦那！」

「起きて居る」

「大変でさ。……あの浪人者が、姿をくらまして、しまいましたぜ」

「なに?!」

さすがに、左近は、愕然(がくぜん)となった。

「さがしたか？」

「厠(かわや)かと思いましたが、牀の中へ手を入れると、つめてえので、しまった、と思って、おもてへ、とび出してみたんだが……、街道には、それらしい人影は、ありやせんでした」

月が明るかったし、闇に目の利く佐平次であった。

旭川の堤を、駆けまわってみたが、その斜面に倒れている姿は、なかった。

「どこへ、消えちまったんだか？　あのからだじゃ、とても、遠くへ、行けやしねえんだが……」

「佐平次、灯をつけろ」

「へい」

左近は、佐平次に、浪人者からあずかった胴巻きを、前に置かせた。

しかし、すぐ、中身は調べず、

「あの浪人者は、啄間五郎次という、敵として、追われている身の上らしい」

「どうして、それを、ご存じなので？」

「偶然だった。因縁というやつだな」

左近は、佐平次が旅籠をさがしている間、待っていた居酒屋での、衝立ひとつへだてた武家の男女の私語を、きくともなしにぬすみぎきしたことを、語った。

「へえ、めぐる因果のおそろしさ、というやつだ。その中へ、旦那やあっしが、まき込まれちまったってわけか」

「やむを得ぬ。……こちらは、あの男に行方をくらまされた以上、池田家目付衆を、むこうにまわして、ひと合戦やらねばならぬな」

「冗談じゃねえ。岡山城下ですぜ。……いくら、旦那が、強くっても、敵いっこはねえ」

「孫子の兵法も、いささか心得て居る」

「三十六計ですかい？」

「わたしは、逃げるのはきらいだ。しかし、お前と春太には、さきに逃げてもらおう。……そこで、この胴巻きの中を、一応、調べておく必要がある」

「合点で――」

佐平次は、急にいきいきと目をかがやかせて、なるべく音をたてぬように、胴巻きの中から、金子を、取り出した。

とたん――。

「あきれたぞ、これァ！」

佐平次は、目を見はった。

「こ、こいつは、途方もねえ山吹色だ」

左近は、その一枚を把(と)りあげてみて、

「慶長大判だ。……太閤秀吉(たいこうひでよし)がつくったものだな」

と、云った。

天保もはじめの、この時世に、こんな黄金が残されていようとは、信じられないことだった。

幕府では、慶長大判小判の所持は、禁じていたのである。もし所蔵している者があれば、さし出すように、いくたびも布令を出していた。尤(もっと)も、ひそかに、かくし持っている者は、いるであろうが、当節、それを、使用することは、できぬのであった。

胴巻きの中から出て来たのは、慶長大判が、二十枚であった。

七

辰刻(たつのこく)（午前八時）——。

左近は、啄間五郎次が寝ていた部屋で、腕組みしていた。

朝食を摂(と)ってから、半刻(とき)が過ぎている。

——目付衆が、やって来るのが、どうもおそいな。

夜中のうちに、佐平次に、慶長大判二十枚を持たせて、春太とともに、こっそり発たせていた。

怪しい浪人者をのがした、となると、ひと騒動はまぬがれぬ。それを覚悟の上で、左近は、居坐っているのであった。

ようやく——。

池田家目付衆が、姿を現わした。

左近の方は、云いのがれをするつもりはないので、平然として、迎えた。

意外だったのは、目付衆の態度であった。

そこに、浪人者の姿がないのを知りつつ、それをとがめようとせず、

「これより、即刻、当城下を立ち退くように——」

と、申し渡した。

「妙ですな」

左近は、目付衆を見上げて、微笑した。

「なにが、妙だ、と申す？」

「昨夜、お手前がたが詮議されようとした肺患いの浪人者ですが、わたしの不覚で、昨夜のうちに、どこかへ姿を消されてしまったのです。お詫びいたす」

左近は、かるく頭を下げてから、

「ごらんの通り、いない、となれば、当然、とがめられるものと存じて居ったのだが……、どうして、とがめようとなさらぬのか、おうかがいいたしたい」

「黒田家ご当主には、今朝、当城下を発足された。それゆえ、曲者詮議は無用と相成った。ただ、お主のような、いかがわしい浪人者が、いつまでも、当城下に、とどまって居るのは好ましくないゆえ、即刻、立ち退くように、命じて居るのだ」

——成程、理は通っている。

目付衆が、立ち去ると、左近は、あらためて、腕を組んだ。

——理は通っているが……、しかし、あの浪人者が、たしかに怪しい曲者であったことは、事実なのだ。黒田侯と関係なく、今朝、吟味すべきではないか。どうして、姿を消したことをとがめもせずに、このおれを追いはらおうとするのか？

どうも合点しがたい、と首をかしげながら、左近は、出発すべく、立ち上った。

——まあ、よかろう。他人事だ。

土間へ降りて、馬車へ乗りかかった時であった。

戸口を、二つの人影が、ふさいだ。

「…………！」

左近は、眉宇をひそめた。

昨日、旭川堤下の居酒屋で、衝立をへだてて隣りあわせた若い武士と娘であった。

二つの顔は、鋭く緊張したものになっていた。

「貴公！」

武士は、土間に入って来ると、左近を睨みつけて、

「昨夜、目付衆と争うた浪人者を、かばって、身柄をあずかった由、きき及び申した。その浪人者は、まだ、この旅籠に、寝て居り申すか？」

と、問うた。

昨夜のような出来事は、あっという間に、噂がひろまるものである。

啄間五郎次という浪人者を、敵として追うこの男女は、噂をきいて、駆けつけて来たのである。

「あいにくだが、昨夜のうちに、行方知れずになりました」

左近は、こたえた。

八

「かばいだてをされるか！　たとえ、病人とはいえ、われらにとっては、敵でござる。どこへかくしたか、申されい！」

武士は、逞(たくま)しい体軀(たいく)に殺気をみなぎらせて、迫って来た。

左近は、佐江という娘を、見やった。

「貴女は、昨日、労咳で幾度も多量の血を喀いた者は、たすかるのぞみはないか、と訊かれた娘御ですな？」

「はい」

「わたしが、昨夜、手当をした浪人者が、その敵だ、といわれる？」

「そうです。わたくしどもは、敵啄間五郎次が、この岡山城下に身をひそめた、とつきとめて、追って参ったのです。お手前様が、かばいだてされている御仁こそ、啄間五郎次に相違ありませぬ」

「実は、その通り、わたしが手当をして進ぜた浪人者は、啄間五郎次と名のりましたな」

「ならば、かくれている場所を、お教え下さいませ。……仇討をいたさねばなりませぬ。わたくしの父を殺した敵なのです」

「わたしは、生来嘘のつけぬ男です。いま申し上げた通り、啄間殿は、昨夜のうちに、姿を消してしまったのです」

しかし、佐江とその連れの武士は、左近の言葉を信じようとはしなかった。

「拙者は、備中・木下備中守家中・馬廻り役利倉又三郎。これなる利倉数右衛門が娘、佐江の従兄にあたり申す。佐江の仇討の助太刀をいたす者」

武士は、まず、そう名のってから、啄間五郎次が利倉数右衛門を殺した一件を、手短に、物語った。

木下備中守利恭は、備中足守二万五千石の小大名であった。

禄高こそすくなかったが、木下家の先祖は、豊臣家定であった。

すなわち——。

豊臣秀吉の正室北政所の兄であった。

家定は、若年より秀吉に仕えて、木下という家号をもらっていた。

家定には、多くの息子があった。長男勝俊、次男利房、三男延俊、四男俊定、五男秀秋、六男出雲守某。

長男勝俊は、若狭国九万石を領し、若狭少将といった。慶長五年、徳川家康が上杉景勝を伐つべく奥州へ下った際、勝俊は、伏見城の留守居となっていた。石田三成が、挙兵を企てるや、勝俊は、徳川家と戦うのを好まず、伏見城を去って、京都に在る叔母の北政所を守護した。

関ケ原役において、東軍（徳川方）に加わったのは、三男の延俊と、五男の小早川秀秋であった。

西軍（石田三成方）に加わったのは、次男の利房であった。

関ケ原役が終ると、利房は所領を没収され、ようやくにして、死罪をまぬがれた。長男勝俊も、向背に苦しんだ挙句、伏見城をすてたので、若狭九万石を召し上げられてしまった。

次男利房は、十余年の蟄居ぐらしの後、家康から許されて、大坂冬の陣に加わって、めざましい働きをなし、次いで夏の陣にも、戦功をたてて、備中賀陽郡足守二万五千石をもらった。三男の延俊は、豊後国速見郡日出一万五千石を領していた。

豊臣と名のった木下家定の血統が、徳川幕府になってからも、絶えることなく、相続されたのは、次男利房と三男延俊によってであった。

いわば――。

三百諸侯中、足守木下家と日出木下家の二家だけが、豊臣秀吉と縁故のある大名であった。

備中足守は、羽柴秀吉の水攻めで有名な高松の西北にあたり、足守川に添うた貧しい山の中の邑であった。城もなく、小さな丘陵に、陣屋を構えていた。

瘦地で穫れる石高は、備前平野などのそれの三分の二にも足らず、典型的な貧しい小藩であった。

佐江の父利倉数右衛門は、その貧しい台所をやりくりする勘定役であった。啄間五郎次は、その下僚であった。

啄間五郎次は、元服した頃からすでに、俊才ぶりを発揮し、その父は勘定所の最下位にいたが、隠居した父のあとを継いだ五郎次は、二十歳になった時には、すでに、金穀出納事務を、勘定役の利倉数右衛門から、まかされていた。

勘定所には、十二人がいて、事務分担処理することになっていたが、利倉数右衛門の信頼感は、五郎次にだけかけられていた。

収税、給与、食事、土木、植林、そして賑恤(しんじゅつ)など、すべての勘定庶務は、五郎次にまかされ、利倉数右衛門は、その書類に目を通すだけとなって、十年が経っていた。

藩主はじめ、家中一同の信頼を、一身に集めていたその啄間五郎次が、あろうことか、昨年暮、上役たる勘定方利倉数右衛門を殺して、逃亡したのである。

理由は、誰にも判らなかった。

わかっているのは、勘定所で、二人が激しく口論していたことだけであった。

五郎次は、おそらく、翌年度の収税について、幾割か増さねばならぬ、と主張し、数右衛門がこれをしりぞけた——そのための口論と、推測されただけであった。

九

「つまり、これは、仇討であるとともに、上意討だ、といわれる?」

左近は、利倉又三郎の話をききおわると、訊ねた。

「左様——、その通りでござる。主命によって、必ず討ち取らねばならぬわれわれでござれば、なにとぞ、啄間五郎次のかくれ場所を、お教え下されい」

又三郎も佐江も、頭を下げた。

「さきほど、申したように、わたしは、嘘をつけぬ男です。昨夜半、この旅籠からぬけ出て、何処かへ行ったことを、信じて頂こう。……但し、どちらの方角をめざそうと、あのからだでは、ものの五里とは行けぬ。何処かで、倒れているはずです。もしかすれば、まだ、この城下内に、いるかも知れぬ。……わたしが、お教えできるのは、それだけですな」

左近は、云った。

啄間五郎次から、慶長大判二十枚を預ったことは、二人には教えなかった。これは、武士と武士との約束だったので、左近は、守ることにしたのである。

利倉又三郎と佐江は、ようやく、左近の言葉を、納得して、出て行った。

見送った左近は、

——あの重病人を、さがし出して、討ったところで、無意味なことだが——。

ばかばかしさを、おぼえた。

馬車は、土煙をまきあげながら、東へ向って、街道を走って行く。

街道は、東大川に沿うて、まっすぐにのびていた。

――和気郡に入ったならば、伊部に寄って、古備前でも、眺めるか。

伊部窯は、歴史が古い。

数寄道具に、古備前伊部焼きは、大層珍重されていた。白土に虹のように赤い線がある、たすきと称する古備前の壺には、百両の高価なものもあった。

古備前は、生魚を盛っておくと、盛夏でも腐らない、といわれていた。

左近には、そういう陶器類を愛でる趣味もあった。

左方が、かなりの山嶽、右方がこんもりした丘陵になった地点を過ぎて、

――あのあたりかな、伊部は？

と、前方を見やった――その時。

突如――。

鋭い唸りとともに、飛矢が、つづけざまに、襲って来た。

右方の雑木林の中からであった。

一本は頭上を掠め、一本は片袖を縫い、そして、一本を、脇差ではらった。

さらに、射かけられるおそれがあったので、左近は、ぴたっと身を伏せて、馬へ鞭をくれた。

馬は、速力を増した。

　はたして、つづいて、三本の矢が、飛んで来た。

　三本とも、幌に突き刺さった。

　——仕損じたから、あきらめる、という対手ではないようだな。こんどは、馬で、追いかけて来るか？

　左近は、襲撃者たちが何者か、見当つかぬままに、その予感がした。

　予感は、的中した。

　ものの五町と駆けぬうちに、せわしく追跡して来る馬蹄の音が、きこえて来た。

「やむを得ぬな」

　左近は、左手でたづなを握りながら、上半身を幌の内へ倒し、右手をのばして、ひとつの木箱を引き寄せた。

　箱の中から、とり出したのは、鶏卵大の黒い包み物であった。

　左近は、包んだ紙を、歯で破ると、

「そうれ！」

　と、幌越しに、後方へ、投げた。小さな投擲物は、路上へ落ちるや、ものすごい炸裂音をあげて、黄色の煙を噴いた。

　煙は、あっという間に、濃霧のように、街道を押し包んだ。

　それへ、追跡の三騎が、突入した。

馬は、いなないて、棹立ち、乗り手たちは、むせて、転落した。

左近が、投げたのは、催涙ガスを詰めた弾丸だったのである。

左近は、ふりかえって、

「なるほど、効目あらたかだな」

と、呟いた。はじめて、使用してみたのである。

それにしても——。

襲撃者が何者か、どうして、こちらの生命を狙わねばならぬのか、判らぬままに、左近は、馬車をとばして行く——。

十

山というより、丘陵といった方がふさわしい、松が疎らにちらばった白い土肌をむき出した頂上に、佐平次と春太は、腰を下していた。

麓には、東西に街道が、まっすぐのびて居り、そのむこうに、高い山でかこまれた深い入江が、湖水のように、ひろがっていた。

浜辺には、漁師の小屋が十数軒ならび、舟を砂地にひきあげていた。

岡山城下から約五里の距離で、はじめて瀬戸内海の入江が見える場所であった。

佐平次と春太は、岡山城下方面が、ずうっと遠くまで街道を見渡せるこの頂上に、陣取って、左近の到着を待っていたのである。

「先生、おそいなあ」

春太が、舌打ちしてから、あくびをした。夜が明けぬうちに、城下を抜け出して来たので、ねむいのであった。

「春太、おめえ、幾歳(いくつ)から孤児になったんだ？」

佐平次は、訊ねた。

「たぶん、四つだろう」

「親は、百姓か？」

「へっ、これでも、れっきとしたさむらいの伜(せがれ)だぜ」

「さむれえの伜なら、おめえ、親戚縁者がいたろうじゃねえか。浮浪児になることはなかったろうに——」

「親爺(おやじ)は、切腹したんだ。おふくろも、そのあとを追って、のどを突いて死んじまった。どんな理由(わけ)があったのか、おいら、知らねえ。……おいら、寺へあずけられて、小僧にされることになったんだ。なんまんだをとなえて、木魚を叩くのは、まっぴらごめんだから、逃げ出した、ってわけさ」

「生国(くに)は、どこだ？」

「四国の松山さ。……おっさんだって、盗っ人になったからにゃ、おいらの育ちかたと、似たり寄ったりじゃねえのかい？」

「まあ、そんなとこだ。しかし、おめえ、まさか、おれのように、夜働きになるんじゃあるめえな。お天道様を拝めねえ、裏街道を歩くような、兇状持ちになるなよ」

「冗談じゃねえや。おいら、これで、ちゃんと、志をたてているんだぜ」

「なんだ、志とは？」

「大商人になることよ。千石船をつくって、おいら、南蛮へ渡って、おおもうけをしてやるんだ」

「ふうん、ご禁制を冒して、海のむこうへとび出して行こうってわけか。えれえ！　あっぱれな志だぜ。……その時は、この素走りの佐平次も、乗せて行ってもらおうぜ」

「その頃は、よぼよぼの爺さんになっているじゃねえかよう」

「なにを云ってやがる。夜働きで、きたえあげたからだだぜ。六十になっても、とんぼ返りをしてみせてやるから、まァ見ていな」

佐平次は、そう云い乍ら、城下方面を見やり、「おっ！」と、声をあげた。

「大名行列が来やがった。黒田の殿様だぜ。……面妖しいな。旦那は、行列なんぞよりさきに、馬車をとばして来なけりゃならねえはずなんだが……？」

「とっつかまったのかな？」

「おらんだ左近ともあろう御仁が、木っ葉役人なんぞに、つかまるはずはねえ」

それにしても、どうしたことか、と不安なままに、佐平次は、黒田の延々たる行列が近づいて来るのを、見まもっていた。

やがて、行列は、眼下に来た。

と――。

急に、佐平次が、鋭く目を光らせた。

「春太、おめえ、ここで、ちょっと、待っていな」

「なんでえ？　どうするんだい？」

佐平次は、返辞をせずに、素走りという二つ名通りの敏捷(びんしょう)さで、斜面を、駆け降りて行った。

春太は両手をさしあげて、また大あくびをした。

「あァあ、ねむいや」

どたんと、仰向(あおむ)けに、ひっくりかえってしまった。

十一

左近が、馬車をとばして、その麓にさしかかったのは、黒田家行列が行き過ぎてから、小半刻あとであった。

「旦那！」

佐平次が、路上へとび出して来た。

「おう、ここで待っていたのか」

左近は、たづなを引いた。

「春太はどうした？」

「頂上で、ぐうぐうねむっていまさ。……旦那、妙なことになりましたぜ」

「どうしたな？」

「啄間五郎次って、あの浪人者ですがね。あきれたことに、黒田家のお行列に、加わっていましたぜ」

佐平次は、通り過ぎて行く行列を、見下しているうちに、後列に、一人だけ、馬に乗っている武士に目をとめて、愕然となったのであった。血を喀いて寝ていた浪人者そっくりのように、みとめられたのである。

春太を頂上にのこして、斜面を駆け降りた佐平次は、松の木立の中から、まさしくそれが啄間五郎次にまぎれもないことを、たしかめたのである。

「ふむ。……啄間五郎次は、黒田侯へ救いをもとめて、逃げ込んだ、というわけか。……たしかに、妙な話だな」

逃げ込んだ重病の浪人者を、黒田家で、受け入れて、行列に加えた、というのも面妖しなことである。

理由もなく、どこの馬の骨とも判らぬ浪人者を、行列に加えるはずはない。啄間五郎次が、黒田家の重役がたに、なにか納得させる条件を申し入れたに相違ない。

「……そうか、そのことを、池田家の目付衆も、知ったので、あの男を行方知れずにさせたわたしを、べつに咎め立てしなかったのだな」

「あの浪人者は、一人で道中できねえので黒田家のお行列に駆け込み訴えをして、馬でわが身をはこんでもらっているんですぜ」

「ふむ」

左近は、宙へ、思慮ぶかい眼眸を置いた。

「あっしが考えるに、啄間五郎次は、舟坂山まで、連れて行ってもらおう、ということんじゃありませんかねえ」

「どうかな……」

左近は、ちょっと、首をかしげた。

啄間五郎次は、慶長大判二十枚を、左近にあずけて、備前と播磨の国境舟坂山に住む坂長藤左衛門という郷士に、渡して欲しい、とたのんだのである。

もとより――。

自分で、そこへ、持参しようとしていた途中であったろうが、池田家目付衆に曲者詮議をされ、おびただしい血を喀いて、動けなくなったので、左近にたのんだのは、明白であった。

——それにしても、黒田家の行列に加わったとは？

左近が、看た限りでは、五郎次は、自身で余命いくばくもないとさとり、生きのびようとする気力は、きわめて乏しいようであった。

——是が非でも、生きのびるべく、黒田家に救いをもとめたのではないようだ。

とすると、なにか秘密の理由があって、行列に加えてもらったに相違ない。

「旦那、どうなさいやす？……黒田家のお行列は、今夜は、三石泊りだろうから、あっしが、ひとつ、本陣へ忍び込んで、啄間五郎次に逢ってみますかね」

「お前が、逢ったところで、あの男が、まことのことを打ち明けるはずがない」

「しかし、行列に加わっていると、判りながら、みすみす、見のがしておくことはありませんぜ。……勝手に、慶長大判をあずけておいて、のうのうと、馬に乗って行ってやがる姿を見たら、あっしゃ、無性に、業っ腹が立っちまったんだ」

「ははは……、お前のように、踏んでも蹴っても死ぬ気づかいのない男なら、油断をしていると、姿をくらまされてしまうが、対手は、重病人だ。どこまで、行こうとするのか、黒田家の行列から、当分はなれることはあるまい。それよりも、あの男にたのまれた仕事を、さきに片づけるとしよう」

「さいですか」

佐平次は、不服であった。

左近は、ここまで来る途中、三人の刺客に襲撃されたことは、わざと、佐平次には、きかせなかった。

その宵——。

蠟石(ろうせき)で有名な三石の本陣、脇本陣に、黒田家の行列が入った頃、左近は、舟坂山の麓にある和気関址(わけのせきあと)にいた。

舟坂山は、三石と峠をへだてた目と鼻のさきにあった。

十二

「かなりな構えだな」

左近は、地下(じげ)の者に訊ねて、その郷士の家の前に立つと、暮れなずむ春空の下に、どっしりとわだかまったすがたを、眺めた。門に至るには、なだらかな坂道になり、高い石垣の下に濠(ほり)をめぐらした構えは、いかにも由緒ある家柄を示している。

そのむかしは、砦(とりで)として築かれたものに相違なかった。

坂道を登って行きながら、左近は、

「足利時代には豪族であったか」

と、呟いた。

門には、扉はなかった。

門を入ると、桝形になり、表玄関は見えなかった。まさしく、城砦のつくりであった。

表玄関は、江戸ならさしずめ数千石の旗本大身の屋敷のそれであった。

左近が、案内を乞うと、年老いた下男が、出て来た。

「桜左近と申す浪人者が、ご当主に、お会いしたい、とたずねて参った」

「ご用の向きは、なんでございましょうか？」

「足守木下家の元勘定所勤め啄間五郎次という御仁より、あずかった品を、おとどけに参った、と伝えて欲しい」

「しばらく、お待ちを——」

下男が奥へ行って、左近は、かなりの間、待たされた。

やがて——。

玄関へ現われたのは、総髪に、袖なし羽織、たっつけという姿の、初老の人物であった。

「てまえ、当家のあるじ坂長藤左衛門にございます。……お上りを――」

左近を、奥座敷にみちびいた。

奥座敷は、三十畳もあり、書院造りで、折上天井を、仰いだだけでも、その先祖の格式のほどが、しのばれた。

「啄間五郎次殿とは、ご懇意の間柄で――？」

対座すると、藤左衛門は、問うた。

「いや、行きずりに、ちと、ごたごたがあって、かかわり合うただけです。……あずかった品を、お渡しいたす。あらためて頂きたい」

左近は、携げて来た鼠色の胴巻きを、さし出した。

藤左衛門は、胴巻きから、慶長大判二十枚が、出て来ると、

「行きずりの、あかの他人の貴方様に、このような大切な金子を、おあずけなさるとは――？」

と、云った。

左近は、事情を説明した。但し、五郎次が、黒田家行列に加わったことは、伏せておいた。

藤左衛門は、立って、脇床の上の袋戸棚から、天眼鏡をとり出し、座にもどった。

大判を一枚ずつ、丹念に、天眼鏡で、しらべていたが、最後の一枚を置くと、ひとつ、

溜息をついた。

「………?」

左近は、腕組みして、じっと、藤左衛門の様子を、見まもっている。

藤左衛門は、左近に視線をかえすと、

「この大判二十枚、一枚のこらず、贋金でござる」

と、告げた。

左近は、いささかあきれながら、

「あの御仁が、お手前に渡してくれ、とたのんだのは、鑑定をたのむためだったのですな?」

「左様です。てまえは、古銭に、いささか目利きをいたしますので、啄間殿は、これらがほんものかどうか、知りたかったのでございましょう」

「贋金といっても、わたしには、これは、金であることには、まちがいないように思えるが……」

「金は、三分、あとの七分は、鉛でござる。表面は、たしかに薄く純金を張ってありますが、中は、鉛ばかりでござる。……ただ、たしかに、素人目には、慶長大判にまぎれもないように、巧妙につくってあります」

「すると、ごく近頃の作りものであろうか?」

「いえ、古いものには、まちがいありませぬな。したがって、素人目には、贋とは判りかねるのでござる」

——なんということだ。

左近は、ふっと、これを慶長大判と信じていたであろう啄間五郎次に、あわれをおぼえた。

「おじゃまいたした」

左近が、辞去しようとすると、藤左衛門は、月のない夜道ゆえ、泊って頂いてさしつかえない、とすすめた。

「いや、連れの者を、旅籠に待たせて居り申すゆえ、失礼いたす」

左近は、表玄関へ出た。

十三

おだやかな日和(ひより)であった。

枝も鳴らさぬ松林のあわいから、彼方(かなた)にのぞむ明石(あかし)の海は、静かに凪(な)いで、春光に映え、美女にとりまかれた光源氏の絵巻をしのばせる。

街道は、その松林の中を、まっすぐに通じていた。

往来する旅人たちの足どりも軽い。

しかし——。

この美しい景色の中を歩むには、およそふさわしからぬ、暗い表情の男女一組がいた。

啄間五郎次を追う木下備中守家中・利倉又三郎と利倉数右衛門の娘佐江であった。

佐江の双眸は、遠く前方へ置かれて、暗い想いの底に沈んでいた。美しい眺めなど、無縁の重苦しい気分であった。

又三郎もまた、時折り眉間に、いら立たしい険しい色を浮せて、口をひきむすんでいる。

二人の間の沈黙は、いつまでも、つづくようであった。

と——。

木立の中から、すっと、影のように、路上へ現われて、二人の行手をさえぎった者があった。

黒の着流しの浪人者で、編笠で顔をかくしていた。

しかし、又三郎も佐江もそれが何者か、対手が編笠をあげるまでもなく、すぐにさとった。

「やあ——」

編笠をあげた浪人者の顔には、明るい微笑があった。

「お主！　やはり、啄間五郎次をかばいだてして居るな！　金でやとわれたか！」

利倉又三郎は、敵意をむき出した。

「誤解しないで頂きたい。右へも左へも傾かぬように生きるのが、わたしの主義だ。……啄間五郎次殿が、行こうとするところへ、お手前がたを、案内しようと思って、ここで、待ち受けて居りました」

「なに?!……たぶらかされはせぬぞ！」

「そう躍起になって、人を疑われるな」

左近は、のびやかな声音でなだめると、

「わたしの連れの男が、啄間殿が、どこへ行こうとしているか、ほどなく、つきとめて、報せにやって参る」

「貴公、なんの存念があって、われわれの味方になるとみせかけるのだ？」

「不偏不党の生きかたをしている、といま申したはずだ。どちらの味方をしようとしているのでもない」

「ならば、なぜ、他人事に首を突っ込んで来るのだ？」

「好奇心をそそられた——とまでは、申さぬが、ひとつだけ、興味のあることを知らされた、と思って頂こう」

「興味あることとは？」

「それは、啄間五郎次殿が辿りついた場所で、解明されよう」

「………」

「さあ、同道いたそうか」

左近は、先に立って、歩き出した。

「貴公！」

又三郎が、険しく呼んだ。

「啄間から、何か打ち明けられたな？」

「いや、なにも打ち明けられては居らぬ」

「では、どうして、秘密を――」

と云いかけて、又三郎は、はっと、口をつぐんだ。

左近は、きかぬふりして、

「佐江殿に、うかがっておきたい」

「はい」

「貴女の父上は、どのような人柄であったか、そのことです」

「立派な武士であった、と娘のわたくしからも、申し上げられます」

「主家のためには一命をすててもつくす、奉公一途な御仁であった、ということですな？」

「はい」

「ついでに、うかがっておく。利倉家は、慶長のむかしからの譜代であったのですな？すなわち、貴女の先祖は、徳川大御所より足守二万石をもらった木下利房の股肱であった？」

「はい」

「それだけ、うかがっておけばよい」

十四

又三郎と佐江をともなった左近は、やがて、兵庫湊を左方に見ながら、街道を右へそれた。

「お主！」

又三郎は、疑惑の念を強いものにして、

「啄間五郎次が、どうして、この方角へ参った、とわかるのだ？」

と、問うた。

「わたしの連れの男は、数年前、江戸で名を売った夜働きで、あとを尾けることなど、朝飯前でしてな」

「では、啄間が――あの重病人が、岡山城下から抜け出した時から、その男が尾けた、と申されるのか？」

「いや、啄間殿は、岡山城下では、黒田家家中へ駆け込んで、救いをもとめ、行列に加わった。そのおかげで、この兵庫まで、辿り着けた。……啄間殿が、そうしたのは、必死の智慧であった、と合点できたのは、つい、いましがたでした。そのむかし、関ケ原役で、西軍に味方した木下利房が、死罪をまぬがれたのは、黒田如水のとりなしであった。また、利房が、十余年の蟄居ののち、徳川大御所に許されて、大坂役に加わることができたのも、黒田侯の口添えがあったからであった。……黒田家と木下家は、因縁浅からぬ間柄である、と判ってみれば、啄間殿が、その行列に入れて欲しいと乞い、許されたのも、合点がゆき申す」

左近の説明に、又三郎と佐江は、顔を見合せた。

――啄間五郎次は、その秘密を、黒田家重役に、打ち明けて、救いをもとめたに相違ない！

――まちがいありませぬ！

二人の目は、そう云い交していた。

とたん――。

左近が、ふりかえって、

「啄間殿としては、必死の、やむを得ぬ行動でしたろうが、おかげで、こちらは、まきぞえをくらって、黒田家の隠密衆から、襲撃をくらい申した」

と、云った。

「但し、これは、啄間殿が、わたしを殺して欲しい、とたのんだのではなく、黒田家重役が、勝手に、わたしが余計なことを知った、と解釈して、消そうとしたふしがある」

「………」

「ともあれ、その場所へ行けば、すべて、事は解決いたそう」

脇道は、やがて、坂になった。

ものの三町も登ったろうか。左近は、素走り佐平次の駆け降りて来る姿を、みとめた。

「つきとめたか？」

「へい。つきとめやした。……ぼろぼろになった無住寺の墓地でさ」

「墓地か」

左近は、うなずき、

「たぶん、豊臣家残党が、落人(おちうど)詮議で捕えられて、処刑された――その無縁仏のならんだ墓地であろうな」

と、云った。

又三郎が、興奮した形相で、

「啄間五郎次が、一人で、その墓地へ行ったのではあるまい」

「へえ、もちろん、黒田家のさむらいが、十人ばかり、一緒に行きやした。あの重病人は、馬に乗って、この山を登って行ったんでさ。一人で、歩いて、登れるわけがねえ」

「啄間に、そんな助太刀があっては！」

又三郎の顔色は、蒼（あお）いものとなった。

するとと、左近が、

「ご懸念無用。お手前がたの仇討に、黒田家隠密衆は、邪魔をすることはない。余計者のわたしに、立ちむかって参ろう」

と、云った。

「し、しかし……」

「お手前がたは、木下家の家来だ。黒田家の隠密衆は、むしろ、お手前がたに、仇討をさせるのではあるまいか。その方が、都合がいいのだ」

謎めいた言葉を、左近に口にされても、又三郎と佐江には、信じられなかった。

ほどなく――。

勾配の急な坂道を、幾曲りかして、松の木立のむこうに、その荒廃した無住寺が、見出された。

十五

崩れかかった山門をくぐると、本堂へ、まっすぐに通じている石だたみの左右は、雑草が生い茂っていた。

本堂の荒廃ぶりも、凄じかった。

無住寺となって、すでに二百年か、それ以上経過しているに相違なかった。

四人の視線は、本堂へ上る階段へ、集中した。

そこに——。

啄間五郎次は、ただ一人、腰を下していた。

腰を下している、というよりも、垂死の痩軀を倒しかけている、といった様子であった。

「墓地は、裏にありまさ」

佐平次が、左近に、告げた。

その裏手から、物音がひびいて来るのを、左近は、耳にした。

——掘って居るな。

掘っているのは、黒田家隠密衆に相違ない。

又三郎と佐江は、啄間五郎次に向って、まっすぐに、進んだ。

「啄間五郎次！　利倉佐江が、亡父の讐を復たんがために、参った。利倉又三郎が助太刀いたす。立て！」

又三郎の口上に、五郎次は、

「討たれ申す」

と、うなずいてから、左近の方へ、視線を向けた。

「お手前に、お願いいたした件、……おはたし下されたか？」

「たしかに――」

「坂長藤左衛門は、あれは、まちがいないもの、と鑑定しましたか？」

「左様、真物と――」

左近は、こたえた。

坂長藤左衛門は、贋物と鑑定したのである。にもかかわらず、左近は、まぎれもない慶長大判とみとめた、と五郎次へ報せたのである。

「忝のうござった」

礼をのべてから、五郎次は、さいごの気力をふりしぼると、身を起した。

高熱のために、視界もおぼろにかすんでいるものと、左近にはみとめられた。

「佐江殿……、か、かかって参られい」

五郎次は、刀を抜くと、鞘（さや）の方を杖にした。

佐江は、しかし、あまりに無慚（むざん）な五郎次の姿に抜いた小刀を突きかけるのをためらった。

又三郎が、

「ためらうな！　父の敵だぞ！」

と、はげました。

なお、ためらう佐江に、五郎次の方から、

「どうなされた？　は、はよう……、討たれい！……討たぬうちに、拙者が、倒れると、もう再び、起（た）て申さぬ」

と、うながした。

十数歩、後方に在る左近と佐平次は、息をのんで、この仇討のありさまを、見まもっている。

その時――。

墓地の方で、どっと、歓声があがった。

「宝を掘りあてた、とみえる」

呟いた左近は、急に、大声で、

「啄間殿、これで、安心して、あの世へ行くことができ申すぞ」

と、云いかけた。

「さ、さよう……、安心して——」

五郎次は、こたえつつ、二歩よろめき出るや、

「佐江殿！」

その呼びかけを、この世へ最後にのこす声にして、刀をふりあげた。

佐江は、なにか意味をなさぬ叫びをあげて、小刀を突きかけた。


左近と佐平次は、坂道を降りていた。

「旦那、どういうんですかい？　さっぱりわけが、わからねえや、あっしにゃ——」

「そうだろうな。……この世に、こんな無意味な仇討は、ないのだからな」

左近は、自分に云いきかせるように、ひくく云った。

「教えておくんなさい、真相を——！」

「昨年暮、足守木下家の陣屋内で、勘定役利倉数右衛門は、一枚の古文書と、数十枚かの慶長大判を、発見した。古文書には、豊臣家軍用金が、埋蔵されている場所が——つまり、あの無住寺が、記されてあった。……この時、利倉数右衛門は、考えた。この古文書と慶長大判を、公儀に届け出れば、当然埋蔵されている莫大な軍用金は、公儀に召し上げられる。そこで、埋蔵金を、木下家の所有にするために、ひとつの方法を考えた。

慶長大判は、むかしから、利倉家があずかって、かくしていたことにする。そうするために、忠実な部下である啄間五郎次に、云いふくめて、自分を討たせて、逃亡させる。娘の佐江と利倉又三郎を、仇討に出す。……五郎次は、肺を患っているゆえ、せいぜい数年の寿命だから、わざと討たれても、べつに惜しいいのちではない。主家のために、病人の一命を捧げるのだからな。……佐江と又三郎は、五郎次が埋蔵金欲しさに、父を討って逃亡した、と藩の重役から、教えられて、追って参った」

「なるほど、じゃ、あれは、討たれた利倉数右衛門がつくりあげた仇討だったのですかい。……けど、旦那、計算通り、うまくはこんだのだから、ようござんしたよ。埋蔵金を、黒田家に上前をはねられるのは、ちょいと計算狂いだったろうが……」

——そうだ、計算通りにはこんだのだ。ただ、慶長大判が贋ものであるという事実を除いては、だ。

左近は、胸中で、暗然として、呟きすてていた。

江戸飛脚

一

「若！……若ではありませぬか？」

　数人の供連れをした乗物が、西へ向って進んでいたが、むこうからやって来た黒の着流しの若い浪人者のわきに来て、不意に、乗物の中から、そう呼びかけて来た。

　若い浪人者は、ちょっと迷惑そうに、眉宇をひそめたが、やむなく、足を停めた。

　淀堤の千両松のかたわらの街道上であった。

　乗物から、いそいで出て来たのは、五十年配の恰幅のいい武士であった。

　尾張家京都屋敷の留守居・船津図書であった。なにか用件があって、大坂の蔵屋敷の方へおもむいている様子であった。

　若、と呼ばれたのは、左近であった。

「やあ、久しぶりだな」

左近は、笑った。

「久しぶりではござらぬ！　五年前、行方知れずになられて……、いったい、どこで、どうすごして居られましたのじゃ？」

船津図書の顔には、憤りの色があった。

おらんだ左近――と、つい、先日、勝手に、自分に仮名をつけたこの青年は、実は、徳川御三家のひとつ尾張大納言斉朝の実子であった。

尾張家は、始祖義直の直系は、九代宗睦によって、絶えていた。

宗睦は、実子が早世したので、一橋治国（十一代将軍家斉の弟）の第一子斉朝を養子に迎えたのであった。寛政十一年のことであった。

十代斉朝は、正室との間には、子がなかった。

しかし――。

名古屋城下から三里ばかりはなれたところにある鷹野（狩猟場）で、たまたま、休息所で、給仕に出た鷹匠の娘のういういしい美しさに惹かれて、斉朝は、これに手をつけた。

生まれたのが、斉正――すなわち、この左近であった。

斉朝は、しかし、子を産めぬ正室が嫉妬心の異常につよい女性であったので、このことをかたく秘めて、附家老の成瀬隼人正（犬山城主）にあずけておいた。

斉正が十五歳になって、元服すれば、江戸へつれて来て、将軍家にお目見えさせ、正式に、尾張家嗣子にするつもりであった。

ところが――。

斉正の存在を秘密にしたことが、ひとつの問題を生んだのである。

すなわち、将軍家斉が、

「尾張に子がなければ、わしの子斉温をくれてやろう」

と、云い出したのである。

将軍家斉は、なにしろ男女合せて五十四人の子だくさんであった。斉温というのは、第十九番目の子であった。たくさんの子を、つぎつぎに、親藩、譜代、外様の大名へ、養子として押しつける必要があった。

将軍家の命令であった。

尾張斉朝は、斉正という実子がありながら、将軍家第十九子斉温を、養子として、次代を継がせざるを得なかった。

斉正（左近）は、十五歳になったが、江戸の尾張屋敷へ入ることを許されず、成瀬隼人正の江戸屋敷に入って、青年となったのである。

まことに、不運な身の上であった。

しかし、斉正は、そのような不運など、一向に恨まず、明るい気性を崩さなかった。

いや、日蔭の身を逆に利用して、自由に市中へ遊びに出て、貧しい住民たちとつきあったり、旅に出たりしたことであった。

そして――。

二十歳になった正月、斉正は、忽然として、成瀬邸から姿を消し、行方を断ってしまったのである。

尤も、どうやら、成瀬隼人正だけは、斉正が、なんの目的があって、江戸を出奔し、何処でなにをしているか、ちゃんと知っている模様であったが、絶対に他言しないので、家来の者たちで、その消息をきいた者は一人もいなかった。

いま――。

尾張家は、斉朝が隠居し、当主は将軍家第十九子斉温であった。

二

「若！……なんということでござる！　五年もの間、行方を絶たれて、……便りぐらいは下されても、よろしかろうに、おなさけないお仕打ちでござる！」

船津図書の双眼には、泪さえにじんでいた。

左近は、十八歳の頃、半年ばかり、京都屋敷に滞在して、船津図書の世話になったこ

とがある。図書は、左近の明るい気性、文武のはずみぶりなど、つぶさに見とどけて、

――ああ！　この若者こそ、尾張家十一代をお継ぎになる器量をお持ちになって居られるのに！

と、その不運をなげいたものであった。

実をいえば、将軍家第十九子斉温は、凡庸もきわまる公子だったのである。斉正とは、その器量に於いて、雲泥の差があった。

「そう慍るな。わたしは、この五年の間、一人の人間として、非常に幸せな月日を送って来たのだ」

左近は、云った。

「いったい、どこに、かくれて居られましたぞ！」

「話せば、長くなるが……、江戸を出奔して、まず、行ったのは、対馬であった。いや、実は、清国へ渡る計画であったのだが、その機会がなかったので、対馬で、二年ばかりすごした」

その対馬には、奇人そのものの剣の達人がいた。すでに、六十歳を越えた老人であったが、二間を跳ぶこともできたし、猿のごとく巨樹の頂きまでかけのぼることもできた。左近は、その老人に乞うて、兵法を学び、奥旨を会得するまで、いくたびか死ぬほどの刻苦を積んだのであった。

「……その老人が逝くのを看取って、わたしは、長崎に移り住み、蘭学を学んだ。主として、医術であったが、本邦の医術が、いかにおくれているか、思い知らされた」

「で――若は、その修業を了えられて、これから、どうなされます？」

「江戸へ出る」

「は――？　では、成瀬殿の許へ参られますか！」

「いや、本所か深川あたりの裏店住いをすることになろうな」

「なんと仰せある?!」

「いささか、きざな考えだが、学んだ医術で、貧しい人々に、施療してやろう、と考えている」

「それは、しかし……」

　図書は、眉宇をひそめた。

「さいわいに、長崎のオランダ商館から、薬品やら手術器具やらを、たっぷりとわけてもらって来たので、当分は、医師としてくらせそうだ」

　左近は、大坂の尾張家蔵屋敷へ、馬車を乗りつけ、蔵奉行にたのみ、馬車にのせて来た品を、江戸まで、船で運送してくれるようにたのんで来たのであった。

　素走りの佐平次と春太に、荷積みを命じ、左近は、一人で、大坂を発ち、守口、枚方、楠葉、橋本を過ぎて、この淀堤の千両松に、さしかかった、というわけであった。

図書は、話をきき了えると、ようやく、

――この御仁らしい五年間をすごされた。むだには、月日を費されなかったのだ。

と、納得した。

「では、若――、京都に入られましたならば、お屋敷にて、しばらく、ご逗留下されませい。身共は、明後日には、帰京つかまつりますゆえ、必ず、そうして頂きとうござる」

「気が向けば、ということだな」

「いいや、きっと、そうして下さらなければ、図書は一生のお恨みにいたしますぞ」

図書は、くれぐれもたのんでおいて、乗物の人となった。

左近は、再び、ふところ手の一人歩きをはじめながら、

「尾張家には、隼人正といい、あの図書といい、忠誠一途の人物が、そろっている」

と、つぶやいた。

やがて――。

左近は、伏見に入った。

酒倉がならび、大きな空樽や桶が、春の陽光を受けて、いかにも、酒造りの町のもの静かな風情をみせていた。

「も、もし……」

忍びやかな、喘ぎの声が、酒樽の蔭から、かけられた。

「……………？」

左近は、二、三歩もどって、そこをのぞいてみた。

一人の飛脚が、樽にもたれかかっていた。

左近は、その顔が、すでに死相を呈しているのをみとめた。

三

「どうした？」

左近は、飛脚の胸に、手裏剣が突き立っているのを見て、

「お前は、この手裏剣にやられながら、かなりの道程を歩いたな？」

「は、はい」

飛脚は、うなずいた。

「手裏剣を抜けば、血が流れて、動けなくなる、と知りつつ、抜かずに歩いたところまでは、よかったが……、どうやら、ここまでの体力だったようだな」

「旦那——、お願いで、ございます」

飛脚は、わななく手で、三度箱をさし出した。

普通の飛脚は、どの町へも、月に三度、往復するのがならわしであった。それゆえに三度飛脚といい、かぶった笠を三度笠、かついだ箱を三度箱と称したのである。

無職の渡世人がかぶったのを、三度笠と、後世でいったのは、兇状持ちが、飛脚に化けて、三度笠をかぶったからである。

「こ、この中に、入れてある品物を、京都の、木屋町の、佐倉屋、という質屋へ、とどけて、下さいますか」

「うむ。……気の毒だが、お前の寿命は、尽きている。遺言があれば、きいておこう」

「旦那――、あっしは……、惚れてはならねえ女子に、惚れました。……そのために、こんな、死にざまを、さらします」

遺言ともいえぬ遺言をのこして、飛脚は、目蓋を閉じた。

まだ三十あまりの、いかにも屈強な体軀を持った男であった。

左近は、その手くびへ、指をあて、脈が絶えるのを待ってから、三度箱を携げて、その場をはなれた。

春の街道には、人影が多かったが、樽と樽のせまい隙間に、事切れた飛脚の姿に、気づく者は、いなかった。

――飛脚に、手裏剣を撃ち込んだ者は、たぶん、血眼になって、さがしまわっているに相違あるまいが……。

どんな者が、襲ったか、多少の興味をわかせて、左近は、わざと目立つように、三度箱を、肩にした。

一軒の腰掛け茶屋の前を、通りすぎようとして、左近は、鋭い視線が、落間(おちま)の腰掛けから、あてられるのを感じた。

見ぬようなふりをして、それが六十六部姿であるのを、みとめた。

——この男か？

左近は、そのまま、茶屋の前を、通りすぎた。

はたして——。

六十六部が、あとを尾行して来はじめた。

距離を、しだいに縮めて来る。

——ついでのことだ。襲わせてみるか。

左近は、とある地点で、すっと、街道をそれて、斜面を降りた。

流れまで半町余も、磧(かわら)がひろがっていた。

左近は、清冽(せいれつ)な流れのきわまで、歩いて行き、向きなおった。

六十六部は、七、八歩の距離まで、迫っていた。

「お主、この三度箱を、所望か？」

左近は、問うた。

「………」

対手(あいて)は、黙って、左近を睨(にら)みつけている。

「あの飛脚に、手裏剣を撃ち込んだのは、お主であろう？」

「………」

「わたしは、この三度箱を、あずかった。お主に渡すことはできぬな。……ついでに、申しておけば、あの飛脚は、あずけるにふさわしい人間を、見つけた。わたしは、これで、かなり兵法の心得もあり、いったん約束をしたことは守る男だ。これだけは、はっきり、申しておく」

するど、六十六部は、

「たしかに、お手前は、背中に隙がなかった。ここまでの間、手裏剣を放つことが叶(かな)わなかった。しかし、その三度箱は、なんとしても、こちらに奪わねばならぬ。それが、それがしの使命だ」

と、云った。

「どうやら、お主、隠密のようだな。それも、そこいらの大名の家中ではなく、もしかすれば、公儀の――」

みなまで云わせず、六十六部は、仕込み杖(づえ)から、白刃を抜きつけに、左近へ送りつけて来た。

左近は、横へ跳びかわしたが、白刃が紙一重で掠めた右肩には、じいんとしびれるような反応がのこっていた。

凄じい一撃であった。

「やはりそうか。柳生流飛燕太刀だな。公儀隠密たること、まぎれもない」

左近は、云った。

六十六部は、青眼に構えた。

左近は、なお、左肩に、三度箱をかついだまま、差料の柄に、手もかけてはいなかった。

四

ところで――。

左近と公儀隠密が対峙する磧上の、つい近くに、廃物となった舟が、舳先を流れに沈めていた。

六十六部姿の公儀隠密が、第二撃を放つべく、青眼から上段へ、構えを移すのに対して、ようやく、左近が、腰の差料を抜いた――その時。

廃舟から、むっくり、身を起した男がいた。

四十年配の、尾羽打ち枯らした、という形容そのままの素浪人であった。

「ほう――」

男は、真剣の勝負の光景を、おもしろそうに、にやりとして眺めたが、急に、なにを思ったか、磧へ降り立つと、つかつかと、近づいた。

「おい、六十六部に化けている御仁、この勝負は、後日にすることだな」

無遠慮に、云いかけた。

「余人のかかわり知らぬことだ！」

公儀隠密は、ひややかに、吐きすてつつ、左近を睨んで、じりっと迫った。

「そうは、いかんな。この小笠原右馬之助が、ここにいる上は、この勝負、中止させる」

「黙って、見て居れ！」

「黙って見て居れんから、口出しして居るのだ。……こちらの御仁の白刃が、お主の目に入らぬはずはなかろう。刃引きしてある。つまり、人を斬りたくないという意志をあらわして居るのだな。……仲に立たざるを得んではないか」

小笠原右馬之助と名のる男の指摘した通り、左近の剣は、刃引きしてあった。すなわち、木の小枝さえ斬れぬのであった。

いかにも、左近らしい差料であった。

公儀隠密は、しかし、中止しようとしなかった。

ただの勝負ではなかった。使命をおびた公儀隠密たる者、目的のためには、いかなる手段を用いても、やりとげざるを得なかった。

小笠原右馬之助の言葉を、無視して、凄じい第二撃を送りつけようとした――刹那。

かれ自身が、上段をふりかぶったまま、身を弓なりにそらして、どうと倒れた。

小笠原右馬之助が、横あいから、抜きつけの峰撃ちをくれたのである。

その居合の迅業(はやわざ)は、目にとまらぬほどであった。

左近が、視線を投げた時には、もう、その刀は、右馬之助の腰の鞘(さや)に納まっていた。

「お礼を申さねばならぬところだが、こちらには、襲われる理由があったのです」

左近が、云うと、右馬之助は薄ら笑って、

「身共は、兵法者でござれば、はじめから差のついた勝負など、黙って見物いたして居れなかった、とお思い頂きたい。……尤も、貴公のおちつきぶりを拝見したところでは、充分に勝つ自信を持って居られたようだ。よけいな邪魔だてをいたしたのかも知れん」

と、云った。

左近と右馬之助は、なんとなく肩をならべて、街道を歩き出した。

「あの六十六部は、ただ者ではなかったようだが……？」

右馬之助は、問うた。

「たぶん……、公儀隠密でしょうな」

「貴公が襲われた理由は——？」

「この三度箱を奪う目的だったのです」

左近は、こたえた。

「ははあん、すると、よほど、大切な品が、その中に入っている、というわけでござるな？」

「何が入っているのか、わたしも、知らぬことです」

「のんきな御仁だな、貴公は——」

「行きがかりに、たのまれたのです。……伏見の酒蔵のならんだ処で、死にかけた、飛脚から——」

「興味がござるな、その箱の中に、何があるか？……ひとつ、そこいらの茶店で、蓋をひらいてごらんなされい」

「わたしには、すこしも興味がない。ただ、死に臨んだ者から、届けて欲しい、とたのまれただけのことです。届けてしまえば、わたしには、なんのかかわりあいもない」

「その飛脚、どこへ届けてくれ、とたのみましたかな？」

「木屋町の佐倉屋という質屋へ、届けて欲しい、とたのまれ申した」

「質屋へのう、ふうん。……公儀隠密の欲する品、と申せば、抜荷の珍宝——といったところかな?」

五

小笠原右馬之助は、京都の町に入るまでに、なお重ねて、三度箱の中を見たい、と口にしたが、左近が受けつけぬ、と判ると、五条の辻(つじ)で、

「では、身共は、ここらあたりで、お別れいたそう」

あっさりと、告げた。

左近は、あらためて、礼を述べた。

辻を、東へ行きかけた右馬之助は、首をまわすと、

「妙なことを申すが、お手前とは、いずれまた再会して、その時には、互いの業前を競(くら)べることに相成るような予感がいたす」

と、云った。

「兵法者との決闘は、好みませんな。なるべくは、そうでありたくないものです」

左近は、こたえたことだった。

「身共の予感は、ふしぎに、あたるのでござるよ」

右馬之助は、その言葉をのこして、遠ざかって行った。

——慶長の頃ではあるまいし、この時世に、宮本武蔵のように、兵法ひとすじに、決闘者として生きる者が、居るのか？

左近は、木屋町へ向って、歩きながら、奇妙な人物もいるものだ、と思った。

『佐倉屋』という質屋は、木屋町の横丁から、さらに細い路地に入った奥に、かくれるように店構えをしていた。いったいに、京都の店は、間口がきわめて狭く、どんな老舗でも、江戸や大坂の大店とは、全くおもむきを異にしていたが、質屋ともなると、さらに、その存在をかくすように、人が二人肩をならべることもできぬ細い路地の奥に、のれんをかかげていた。

江戸や大坂とちがって、季節風を受けぬし、火のしまつに細心の注意をはらっているので、京都には、火事がなかった。したがって、庶民の住んでいる地域は、文字通り鼻をつき合せるような道の狭さであった。そして、たたずまいは、古かった。

——建ってから、百年も、それ以上も経っただろうが、一度も陽の当ったことのない家ばかりだな。

京都の冬のきびしさを知っている左近は、一年中、陽光の入らぬ屋内にくらしている者たちが、よく健康を保てるものだな、と疑念を抱かずにはいられなかった。

人体は、陽光に当ることで生きられるようにつくられている。その陽光を、わざときらったように、屋内を暗いものにし、庭もつくらぬのは、京都が最もはなはだしいのであった。

「ごめん――」

左近は、屋号を染め抜いた錆色ののれんをくぐって、店の三和土に立った。

「へい、おいでやす」

結界の中から、中年の番頭が、左近を視た。

「主人に、会いたい。取り次いでもらえぬか？」

「あるじは、店へは、出て参りまへん。てまえが、うけたまわりますさかい、どうぞ――」

「いや、質入れに来たのではない。……主人に、手渡すものがあって参ったのだ」

「てまえが、代って、受け取らせて頂きまする」

「あいにくだが、じかに、主人に渡さなければならぬ品なのだ」

「へえ――？」

番頭は、左近がかついだ三度箱を、ちらちらと視やった。

「伏見のあたりで、死にかけた飛脚に、届けてくれ、とたのまれた品だ。お前に、代って受け取られては、こちらの気がすまぬ」

左近に、そう云われて、番頭は、

「ちょっと、お待ちを――」

と、ことわって、奥へ入った。

やがて、もどって来た番頭は、

「どうぞ、お上りを――」

と、招じた。

小さな座敷に通された左近は、床柱や床板が、幾代もかかって毎日空拭きされた美しい一間床へ、眼眸を向けた。

掛けられているのは、万朶の春を誇っている一本咲きの山桜であった。

――狩野探幽だな。

一瞥して、左近は、みとめた。

この店が、大層な金持であることは、この一幅の掛物だけで、判った。

六

かなり待たせて、入って来たのは、京都でなければ見られぬ、おっとりした眉目の、白い肌理が冷たく感じられる、三十あまりの女であった。

「あるじにございまする」

表情をうごかさずに、鄭重に畳へ両手をつかえた。

『佐倉屋』は、女あるじだったのである。

――病んでいるにおいがするな。

左近は、敏感にかぎわけた。臥牀していた者が、いそいで、起きて、着がえをし、化粧して、出て来たけはいがあった。

「番頭にも申したが、死にかけた飛脚に、これを、この店へ届けて欲しい、とたのまれたので、持参した」

左近は、三度箱を、さし出した。

「死にかけた、と仰せられますと、なんどすか、手負うてでもいたので……？」

女あるじは、すぐには、三度箱に手をふれずに、じっと、左近を視かえした。

「その通りだ。手裏剣を胸に撃ち込まれていた」

「………」

女あるじの表情のない顔には、いささかの変化もなかった。

「受けとってもらおう」

「はい」

女あるじは、左近からうながされて、はじめて、三度箱を膝もとへ寄せた。

「中に何が入っているのか、わたしは、知らぬ。興味もない。しかし、受け取るおぼえのある品かどうか、たしかめてもらいたい。尤も、おぼえのない品と云われても、わたしには、どこへ持参するあてもないが……」

「ひらかせて頂きまする」

女あるじは、三度箱の蓋をあけた。

油紙で包んだ品を、膝へ置くと、細引を解いた。

それは、真綿でくるんであった。

女あるじは、べつに、はばかるけしきもなく、真綿を披(ひら)いた。

現われたのは、算盤(そろばん)であった。なんの変哲もない、ごくふつうの腰下算盤(こしさげ)であった。

——こんな品物を、どうして、公儀隠密が狙ったのか？

算盤の中に——軸か珠(たま)の中にでも、なにか重大な秘密の物が、かくされているかも知れなかった。

しかし、左近は、主人に手渡して、受け取る品にまちがいない、とたしかめれば、ひきうけた仕事はおわるので、敢えて、詮索する気持は、なかった。

「どうだ？　受け取るおぼえのある品が、それか？」

「はい。相違ござりませぬ。わざわざ、おとどけ下されまして、まことに忝(かたじけ)のう存じました」

「では、わたしは、これで——」

左近が立とうとすると、女あるじはちょっとお待ちをと、とどめておいて、出て行ったが、すぐにもどって来た。

盆に、袱紗(ふくさ)物をのせていた。

「ほんのお礼のおしるしまでに、どうぞ、お受け取り下さいませ」

袱紗に包まれていたのは、切餅（小判二十五両）が四個——百両であった。

途方もない謝礼といわねばならなかった。

「わたしは、路銀には不自由して居らぬ。あの飛脚の供養料として、寺へでも寄進して、回向(えこう)したらよかろう」

「供養料は、ちゃんと、お寺さんへあげさせて頂きまする。これは、貴方様(あなた)に、是非お納め頂きとう存じまする」

「ほんの礼のしるし、としては、大金すぎる」

左近は、云いすてておいて、さっさと店へ出た。

女あるじの、なにやら冷たい態度に、左近は、かすかな嫌悪感をおぼえていたのである。

店まで送って出て来た女あるじは、

「貴方様は、この京にお住いの御仁ではございませぬので——？」

と、問うた。

「旅の者だ。……そうだ、この木屋町あたりの旅籠(はたご)で、どこが気分がいいか、それだけ、教えてもらおうか」

女あるじは、番頭に、

「醍醐屋へご案内してあげなはれ」

と、命じた。

左近は、細い路地を、先に立って行く番頭へ、

「主人は、患って、臥せていたようだな？」

と、たずねた。

「い、いや、そんなことは、おまへんどす」

なぜか、番頭は、あわてて、否定した。

否定されれば、それまでのことであった。左近は、これで、たのまれた仕事はすんだ、と思った。

しかし——。

決して、そうではなかったのである。

七

『醍醐屋』というその旅籠は、枕の下に川の流れの音をきく、小ぢんまりとした、いか

にも京都らしいたたずまいで、部屋数もごくすくなかった。

左近が通されたのは、一番上等の座敷らしく、置物にそれぞれ、古びた風情があり、切炬燵(きりごたつ)の掛具も上物であった。

京都の夜は、冷え込む。三日ばかり前に、桜花が満開なのに、雪が降った、と給仕の女中が、告げていた。

左近は、膳部を下げさせたが、酒だけは追加した。

盃(さかずき)を口にはこびながら、どういうものか、『佐倉屋』の女あるじの無表情な白い貌(かお)が、脳裡(のうり)から、はなれずにいる。

——どういう女なのだろう、あれは？

左近は、成瀬隼人正の江戸屋敷で育ったが、幾人かのお附女中のうちで、あの女あるじに似た女中がいたことを、思い浮べた。

汐路(しおじ)というその女中は、ご家人から出戻った三十前後の女であったが、どんな時にも、表情を動かしたことはなかった。

十五歳の左近は、汐路がきらいであった。

汐路が、すっと影のように入って来ると、微(かす)かな戦慄(せんりつ)さえおぼえたものであった。

汐路が、いとま乞いをして、屋敷を去った時、左近は、

——たすかった！

と、気分がはればれしたことだった。

その後、汐路が、尾張家から支給されていた左近の養育費をかなり着服していたことが、露見して、成瀬家の士によって、討たれた、ときいた。

「さて――、寝るか」

ひとつ大きく背のびした折であった。

それまで、人の気配もないぐらい、ひっそりとしていた屋内が、急にさわがしくなり、あわただしい跫音(あしおと)が、こちらへやって来た。

「ご免下さいませ」

障子戸が開けられ、女中が、驚愕(きようがく)と恐怖の色をあふらせた顔をのぞけた。

「佐倉屋さんの番頭はんが、みえて……、御寮はんが、こ、ころされた、と云うていやはります」

「………？」

左近は、眉宇をひそめた。

「お役人に、出張って頂く前に、貴方様に、おいで下さいますまいか、というて、たのんでいやはります」

「うむ」

左近は、立って、廊下へ出た。

『佐倉屋』の番頭は、左近を見ると、黙って、ふかく頭を下げた。

左近は、表へ出て、歩き出しながら、

「番所へ告げずに、わたしを呼んだのは、どういうわけだ？」

「へ、へえ……。夕餉の時、あるじが、てまえに、貴方様のことを、あんなたのもしいおさむらいに、はじめて、出会うた、味方になって下されば——、と申して居りましたさかい、ひとまず、おねがいして、と存じまして……、ご迷惑でござりましょうが、どうぞ、おたのみ申します」

「何者かが、忍び込んで来て、斬ったのか？」

「へえ、悲鳴をきいて、いそいで、寝間へ駆けつけてみますと、……朱にそまって、倒れてはって……、曲者の姿はもう、どこにも——」

「旅籠の女中が、御寮はん、と呼んでいたが、お前のあるじは、町家の出ではないようだな？」

「…………」

「公家の出ではないのか？」

「おわかりでござりますか？」

「言葉づかいに、御所仕えの女人独特のものがあったようだ」

「父御が、六位蔵人で、二十歳頃まで、御所で、女孺をされて居られたとか、うかがって居ります」

「それが、どうして、質屋の女房になったのか？」

「さあ、そのあたりの事情までは存じまへんどす」

八

『佐倉屋』の女あるじは、緋の長襦袢姿で、寝牀から上半身を畳へ落して、俯せていた。裾がめくれ、水色の二布が散って、腿のあたりから、折り曲げられた下肢があらわになり、その白さが、なまなましかった。

一太刀で、袈裟がけに斬られて居り、畳は血海になっていた。

左近は、死顔を視た。恐怖の色をとどめてはいなかった。

――ただの賊ならば、女が起き上る前に突き刺して居るはずだ。……呼び起して、なにか問答をしたのち、突如として、斬り仆した、というところか。

左近は、寝室の中を見まわした。

「ちょっと、しらべてもよいかな？」

廊下にうずくまる番頭にことわって、簞笥やその他の調度、戸棚の中などを、のぞいてみた。

「金子なら、蔵の中に置いてあります」

番頭が、云った。

「いや、わたしが、持参した三度箱がないかどうか、だ」

これは、左近の直感であった。

——おれに斬りつけて来た公儀隠密のしわざかも知れぬ。

脳裡に、そのひらめきがあったのである。

左近は、襖を開けて、次の間に入ってみた。

そこは、納戸であった。

左近は、長持の上に、その三度箱が置かれてあるのを、みとめた。蓋は、ひらかれて居り、中は空であった。

——討手が、あの算盤を持ち去ったか。

左近は、店へ出ると、

「番所へ届けることだ」

と、番頭に云った。

「へえ、へえ。……けど、貴方様なら、下手人に、お心あたりがおありやなかろうかと思いまして……」

「わたしが持参した三度箱の中の品を、奪いに来たらしい」

「その品て、なんでおましたのですやろ？」

「ただの算盤だったな」

「え?!」

番頭が、びっくりして、目をひき剝いた。

「どうした？」

「そ、それなら……夕餉のあとで、あるじから、腰下算盤を渡されています」

番頭は、いそいで、結界の中の小箪笥から、その算盤を、とり出した。

あの腰下に、まぎれもなかった。

「これを、ちょっと、あずかっておいて欲しい、といわれまして――」

――不吉な予感がしたのかも知れぬ。居間や寝間に、大切そうに置いておくことの危険をおぼえて、番頭の使っている小箪笥に、なにげなく、しまわせておくことにした。そうにちがいない。

「この算盤を、わたしが、あずかろう。……これは、予感だが、下手人は、まだ、近くにいるような気がする。目的の品を、手に入れられなかった上は、また、忍び込むつもりであろうからな。つまり、お前が、わたしを、ともなって来たことも、どこかの物蔭から、見とどけている、というわけだ。……わたしを襲って来る者が、すなわち、お前のあるじを斬った下手人ということになろうな」

「ど、どうぞ、敵(かたき)を討って下さりませ」

番頭は、平伏した。

左近は、土間へ降りてから、番頭をふりかえり、不意に、

「お前はあるじに、惚れていたのではないのか？」

と、訊(たず)ねた。

番頭の顔に、微かな狼狽(ろうばい)の色が走った。

「お前自身も、用心することだ」

「旦那！　今夜は、う、うちに、お泊り頂くわけには、参りまへんやろか？」

番頭は、首をすくめて、たのんだ。

「番所へ届け出れば、役人が参る。今夜のところは、まず、お前の身は、安全だろう」

「と、とても、一人では、いられまへんさかい、てまえも、ご一緒に出て、番所へ参ります」

左近は、路地を出たところで、番頭に別れて、『醍醐屋』へもどった。

——京都は、妙な町だな。

部屋に入ると、左近は、冷えた酒を飲みながら、思った。

『佐倉屋』の番頭は、この旅籠の女中に、女あるじが殺されたことを、告げているのだ。

べつにまだ、夜更けでもない。

一時に大さわぎになり、野次馬がわっと押しかけて来てもよさそうなものだが――江戸なら、たちまち、路地が身動きならなくなるくらい、たかって来るのであろうが――一向に、さわぐけはいがないのであった。

こそこそと、私語しあっているのかも知れぬが、その取沙汰ぶりは、こちらには、つたわって来ないのであった。

九

左近は、腰下算盤を、炬燵の上に、置いてみた。

なんの変哲もない品である。

――あの公家出の元女嬬は、これをとどけた礼に、百両を寄越そうとした。よほど、重大な秘密を持つ算盤に相違あるまいが……？

左近は、二つ三つ、珠をはじいてみた。

と――。

左近の神経が、鋭く反応した。襖をへだてた隣室に、こちらをうかがう者がいた。

「おい！　隣の旅人」

左近は、呼んだ。

「わたしに用があるなら、遠慮なく、入って来てもらおう」

ちょっと間があって、襖が開かれた。

姿をみせたのは、意外にも、婀な容子の若い女であった。洗い髪を、ゆたかに、頸根でたばねていたし、男ものの唐桟留を小粋に着こなした風情は、江戸前と見受けられた。

「おじゃましても、よござんすかえ、旦那」

はたして、歯切れのいい莫連口調で、にっこりした。

「鼠のように、こっそりのぞかれるのは好まぬ性分だ。……江戸の莫連か？」

「寺社詣での柄じゃないから、大方五十三次の枕さがし、とでも見当をつけて下さいましたか」

「わたしは、あいにく、女という生きものと、火花を散らした経験に乏しい男だ。お前が、枕さがしであるか、淫売であるか、べつに、見当はつかぬ」

「旦那は、よほど、お出来なさる。あたしが、ちょっと、窺っただけで、お気づきなさいました」

「用向きをきこう」

「あたしは、江戸からはるばる今日、佐倉屋のおかみを、殺しにやって来た者なんです。……何者だかに、先を越されてしまった」

「殺す理由は、なんであった？」

「怨み——とだけ、申し上げておきます。……ところで、旦那の方は、なんで、あのおかみと、かかわりあいをお持ちになったのですか？　おきかせ下さいまし」

「死にかけた飛脚に、たのまれて、この算盤を、とどけただけのことだ。下手人は、たぶん、これ欲しさに、斬ったのであろうが、奪わずに、逃げた。……あの女あるじは、ただの質屋の後家ではなかったようだな」

「ちょいと、それを、拝見しても、よござんすか」

「うむ」

女は、算盤を、手にした。

ひとしきり、調べていたが、炬燵の上にもどすと、

「あいつ、ただの後家どころか、途方もない毒婦でござんした」

「毒婦？」

「ご公儀のお目付さんも、手玉にとるほどのね」

「御所の女孀をつとめていた、と番頭が云っていたが……」

「あいつはね、旦那——、後家じゃないんですよ。御所の女孀をやめて、二百年つづいた佐倉屋を買いとって、質屋のおかみにおさまったんです」

「なんの目的があって、そうしたというのだ！」

「かくれ蓑ですよ」

「正体を知って居るなら、もったいぶらずに、教えたらどうだ？」

女は、しかし、教えるかわりに、

「おお、さむい！　花見の季節だというのに、京都ってえところは、ほんとに底冷えしちまう。失礼して、炬燵にあたらせて頂きます」

と云って、左近のわきへ、崩した膝を入れた。

「旦那は、見れば見るほど、良い男っぷりですねえ。あたしゃ、岡惚れしちまった」

「話をそらすな」

「ごめんなさいまし。あたしゃ、おりんと申します。……旦那は、なんと仰言る御仁でござんす？」

「おらんだ左近」

「おらんだ、って……ご自身で、勝手におつけになったところをみると、実は、なにをかくそう、関白太政大臣のご落胤、てえところじゃござんすまいか。その凛とした気品のあるお顔だちは、そこいらのお武家の家では、つくれやしない」

「話を、そらすな、と申して居る」

左近が、云った——瞬間。

掛具の蔭から、匕首が、左近の脾腹めがけて、突き出された。

しかし——。

左近の方に、こんなえたいの知れぬ女に対して、一瞬の油断があるべくもなかった。身をひねって、躱しざま、その手くびをつかみ、逆に、匕首の切先を、女の股間へ、押しつけた。

「おりんとやら、女の武器を使用できぬように、ひとえぐりしてやってもよいぞ。わたしは、女にだまされることのきらいな男なのだ。なるべく、美しいままで眺めていたい、と思っている」

十

男女一組――ただのとり合せではなかった。

左近は、昨夜、自分を殺そうとした女と、肩をならべて、粟田口から山科へ抜ける坂路を辿っていた。

「旦那――、どうして、昨夜、あたしを抱かなかったんです？」

左近を刺し殺そうとして、匕首を奪い取られると、おりんというこの女は、

「あたしのからだで、つぐないをさせて下さいな」

と、申し出たのである。

「あいにくだが、わたしには、据膳を食う趣味はない」

何故、殺そうとしたのかも、きかずに、左近は、おりんを隣室へ追いかえしておいて、寝てしまった。

朝、旅籠を出て、しばらく歩くと、物蔭から、おりんが現われて、すいと、より添うたのである。

「なんのことだ？」

「道中のお供をさせて下さいまし」

おりんは、媚をふくんだながし目で、しなをつくってみせた。身についた色香に、どれくらいの男が、だまされたろうか、と思われた。

「四六時中、生命を狙われながら、旅をするのを、好きな者が居るかな」

「旦那、お供をねがうのは、あきらめた証拠じゃござんせんか」

「そうとは限るまい。つきまとうには、理由がなくてはなるまい」

「女心って、おわかりになりますすまいが……、昨夜、自分の部屋に突きもどされた時、ふっと、気持が変りましたのさ。惚れちまったんです、旦那に――」

「真実と同じくらい巧妙に、嘘をつくように生まれついているらしいな。その表情まで、真に迫って居る。女芸人でもやっていたか」

そう云いすてながらも、左近は、おりんがついて来るままに、まかせて、べつに追いはらおうとはしなかった。

日岡峠の休み茶屋の前に、さしかかった時であった。

「やあ、またお目にかかったのう」

落間の床几（しょうぎ）から、声がかかった。

小笠原右馬之助という兵法者が、そこにいた。

左近は、右馬之助の顔を見出した瞬間、

——これは、はたして偶然かな？

ふっと、その疑念が、脳裡をかすめた。

「旦那、ひとやすみしませんか。旦那のお足が早いので、あたし、くたびれちゃった」

おりんが、さそって、右馬之助のとなりの床几に、腰を下した。

左近も、やむなく、落間に入った。

「今日は、昨日とちがって、また、婀な女人を供にされて居るのう。剣難女難の相が、お主の顔に出て居る」

右馬之助は、笑った。

「おのぞみなら、おゆずりしてもよい」

左近は、云った。

「ははは、……女色は断って居る。どだい、欲しいとのぞんでも、そちらの女人の方が、諾（うん）とは申すまい」

右馬之助は、おりんを見なおして、

「しかし、見れば見るほど佳い女だのう。外面菩薩に似て内心は夜叉の如しとは、よう申した」

と、云った。

「ちょいと、そちらの旦那、昨日までのあたしは、たしかに、そうでござんした。でも、今は、ちがいますよ。あたしゃ、しんそこ、この旦那に、惚れちまったんですよ」

おりんは、いまいましそうに、右馬之助を睨んでおいて、つんとした。

もう七十を越えたとおぼしい茶屋のおやじが、甘酒をはこんで来た。

「はい、どうぞ——」

右馬之助が、甘酒を飲んでいるので、左近たちをその連れとみて、同じものを出したのであろう。

左近は、茶碗をとりあげて、口へはこんだ。

その時、おりんの双眸が、きらりと妖しく、光った。

十一

「身共は、大津に所用があるので、一足さきに参る」

右馬之助は、云いのこして、さっさと、出て行った。

「なんだか、うす気味わるい浪人衆だねえ」

おりんが、見送って云った。

「おりん――」

左近が、飲み干した茶碗を、盆にもどして、呼んだ。

「わたしに、毒を嚥（の）ませるために、わざわざ、ここまでついて来たのか？」

「あい、なんです？」

「…………」

一瞬、おりんの顔が、こわばった。

「旦那、もう、おわかりになったんですか？」

「わたしは、医術を学んだ者だ。舌がいささかしびれて来た」

「生命を頂こうとは申しませんよ」

おりんは、すっと立って、油断なく身を引きながら、

「ふところの腰下算盤を、頂きたいだけなんです。かんにんしておくんなさい。……一（いっ）刻（とき）も経てば、目がさめますよ」

おりんが、そう云いおわるかおわらないうちに、左近は、土間へ倒れ伏した。

おりんは、いそいで、左近の懐中から、腰下算盤を抜きとると、

「爺さん、あとをたのむよ」

と、云いおいて、さっと、身をひるがえした。

茶屋のおやじと、しめしあわせていたのである。

おやじは、おそるおそる、左近のそばへ寄って来て、

「ほ、ほんまに、こ、殺したのじゃねえだろうな？」

と、のぞき込んだ。

と——。

おやじは、仰天して、とび退いた。

左近が、大きく冴えた双眸をひらいて、おやじを、見上げていたのである。

やおら身を起した左近には、からだに毒などまわったけしきは、みじんもなかった。

「こ、こいつは……、ど、どうしたことなんだ？」

驚愕と恐怖を、顔面いっぱいにあふらせつつ、おやじは、じりじりと退りつづけた。

「こういうこともあろうかと、あらかじめ、解毒剤を噛んでおいただけの話だよ、爺さん」

「そ、それじゃ、どうして、わざと、倒れなすった？」

「罠にかかったとみせるのも、孫子の間法のひとつ。……爺さん、お前は、あの女賊の一味か？」

「………」

「云ってもらおう。こんどは、お前に、毒を嚥んでもらうことになるぞ。わたしの印籠の中の毒薬は、ただの一粒だけで、安楽往生する。どうせ、あと生きても、せいぜい五、六年というところだろう。見受けたところ、身寄り縁者もなさそうだし、病み臥して、糞尿まみれになって、死ぬよりは、よほど、いいはずだ」

「旦那――」

おやじは、土下座した。

「あっしは、たしかに、十五年前まで――五十五までは、盗っ人でございました。ここに茶屋をひらいてからは、すっぱりと足を洗って、すっかたぎになって居ります」

「そのかたぎが、どうして、あの女賊の片棒をかついだ?」

「旦那、あれは、あっしの、むかしの仲間の娘なんで――へい」

是非に、とたのまれて、やむなく、ひき受けた、という。

「曲った木は、曲った影しかうつさぬ、か。盗賊の娘は、やはり盗人にしかなれぬらしいな」

「旦那、あれは――あの娘は、盗っ人じゃございません」

「わたしの懐中から、品物を奪ったではないか」

「いえ、それが……、あの娘は、なんでも、西国のお大名に使われているとかで……」

「女隠密とでもいうのか？」

「そうなんだそうでございます。決して、ただの盗っ人じゃなく、そのお大名のご命令で、必死の働きをしているのだ、と申して居りました」

「怪しいものだ。あの女、むかしの父親の仲間まで、だましたのかも知れぬ」

「そ、そんなはずはございません。あっしは、十年前まで――あの娘が、十三の歳(とし)まで、知って居りますが、そりゃもう、正直で、気っぷのいい……」

「十年という歳月は、女を、どうにでも変化させる。優しい気だてのいい娘が、十年経つと、男次第で、人殺しも平気でやる毒婦になっている例は、珍しくはない」

それにしても、左近は、謎の算盤を奪われながら、おちついたもので、

「爺さん、ついでのことだ、うまい地酒をもらおうか。こんどは、毒の入って居らぬのを――」

と、所望していた。

十二

おりんは、足早に、山科を越えて、四の宮にさしかかった。
不意に――。

木立の中から、すっと歩み出て、おりんの行手をふさいだ者があった。

おりんの顔色が、変った。

小笠原右馬之助であった。

「お前だな、昨夜、醍醐屋で、左近と隣りあわせて泊った女は――」

「な、なんだい、お前さんは――？」

「誰でもよい。左近につきまとって、何を盗んだ？」

「あたしゃ、盗みなんぞ――」

「おれに、しらばくれてもはじまらぬ。……盗んだ品を、こちらへ、渡せ」

「冗談じゃないよ。あたしゃ、いのちがけで、手に入れたんだ。お前さんなんぞに、渡してたまるものか」

「身共の抜刀術は、日本一だ。女子なんぞ、斬りたくはない。おとなしく、渡せ」

「まっぴらだい！」

ちょうど、そこは、切通しになって居り、左右いずれも、屏風（びょうぶ）をたてたような絶壁であった。

ただの女の身なら、とうてい、遁（のが）れられぬ。

おりんは、あきらめた様子で、

「殺されちまっちゃ、花も実もないやね、しかたがない。お渡ししますよ」

たもとへ、片手を入れた——次の刹那。

鋭い唸りをあげて、手裏剣が、右馬之助の顔面を襲った。

とみた一瞬、おりんは、水色の湯もじを、宙に散らして、白い脛もあらわに、絶壁を、猿の迅さで、駆けのぼっていた。

軽業の修練を積んでいる者でなければ、やってのけられぬ、はなれわざであった。

右馬之助が、手裏剣を、抜きつけに打ち落して、奔った時には、もう、おりんは、崖の上にいた。

「旦那——」

おりんは、見下して、

「旦那でしょう、佐倉屋の女あるじを、一太刀で、ばっさり殺んなすったのは？」

と、云いあてた。

「女！　きさま、何者だ？」

「お互いに、正体を口にする身じゃござんすまい」

「逃げても、無駄だぞ。これから、江戸までの道中、いたるところ、お前をつかまえる網が、張ってあるのだ」

「その網をくぐり抜けるのが、わたしの生甲斐と申しあげておきましょうかね」

「いまならば、看のがしてくれる。おとなしく、奪った品を渡せ」

「まっぴらですよ。冗談じゃねえや。こっちは、生命をかけて、やった仕事なんだ。死んだって、渡してたまるものかい！」

おりんは、ぱっと木立の中へ、姿を消した。

大津の方角から、一騎、非常な勢いで、とばして来たものがあった。

「小笠原殿、首尾は――？」

馬上から、そうたずねたのは、意外にも、伏見の磧上で、左近と一騎討ちして、右馬之助に、峰打ちをくらって、倒れた六十六部姿の公儀隠密であった。

あれは、左近にしかけた罠であった。

小笠原右馬之助と名のるこの人物は、左近と近づきになり、左近から、その品をとどけるさきをきき出したのである。

『佐倉屋』へ忍び入って、女あるじを斬ったのは、もはや、まぎれもなかった。しかし、その品は、手に入らなかった。

すなわち――。

右馬之助は、三度箱の中に、どんな品が入っていたか、まだ、つきとめていなかったのである。

「まんまとしてやられた」

「あの浪人者にですか？」

「いや、ちがう。別の者だ。しかも、女と来ているから、面目は丸つぶれだ」

「拙者が、追います」

「急くな、佐久間！」

右馬之助は、薄ら笑った。

「草津あたりまでに、必ずとらえてみせる。大津に、手配りをしておけ」

右馬之助は、おりんの人相と恰好を配下に告げた。

「かしこまった」

佐久間は、馬首をまわすと、まっしぐらに、駆け去って行った。

左近が、その地点へやって来たのは、それから四半刻のちであった。

十三

江戸から東海道を、百二十二里二十町。京へは三里。

大津の宿は、千五百余軒が、檐をならべる、琵琶湖畔最大の町であった。

左近が、ふところ手で、大津に入ったのは、暮がたであった。

近江屋、海老屋、井筒屋、かぎやなど、名の通った旅籠は、いずれも満室で、左近が上ったのは、裏通りにあるごく古びた小さな旅籠であった。

破れかかった屏風に、泥くさい大津絵が、藤娘や槍持奴の色をあせさせているのが、大津の旅籠らしい風情で、無愛想な初老の女中がはこんで来た膳部は、汁も冷えて居り御飯も麦六分であった。

さらに——。

半刻も過ぎないうちに、女中が、

「相宿をお願いします」

有無を云わせぬそっけない調子で、障子を開けた。

「ごめん——」

入ってきたのは、六十年配の、いかにも粗末な身なりの、どこかの小藩の下級藩士とみえる人物であった。のみならず、十歳ばかりの少年を連れていた。

「ご迷惑と存ずるが、あいにく、いずれの旅籠も満員にて、むりにたのみ込み申した。……お許し下され」

「こちらは、一向に、さしつかえありません」

「下坂典馬と申す。これは、孫の松太郎と申す」

名のられて、左近も、挨拶をかえした。

「おらんだ左近とは、珍しい御苗字でござるな！」

「仮名を使わねばならぬ家に生まれたとお思い頂きたい」

夜は早く寝て、朝は早く発つ、というのが、当時のならわしであった。

左近が、閉口したのは、牀に就くや、たちまち、下坂典馬という老人が、高いいびきをかきはじめたことであった。

——朝までつづけられては、たまらぬな。

左近は、とんだ客と相宿になった、と苦笑した。

さいわい、一刻あまりで、いびきは止り、左近も、ようやく、睡魔におそわれた。

幾刻かが、過ぎた。

闇の中に、ふっと、左近は、殺気によって、目覚めさせられた。対馬ですごした二年間の兵法修業が、殺意の気配が迫るのに対して、本能的にそれに応ずるべく、睡っていても、神経を働かせるように、身をつくっていた。

左近は、微動もせずに待ちながら、

——そうか、あのいびきは、おれを睡魔にさそい入れるための手段だったのか。

と、さとった。

対手は、枕元へ、じりじりと迫って来た。いざって来たところをみると、短刀をつかんでいるに相違ない。

——来るな！

直感した刹那、電光の突きが、顔面を襲って来た。その利腕をつかむ余裕はなく、ぱっとかわしざま、左近は、掛具をはねあげて、対手へかぶせた。

と同時に、差料をつかみとるや、鞘の鐺で、掛具の上から、ぐいと押えつけた。

「く、くそっ！」

対手は、掛具の下で、呻きたてつつ、必死にもがいた。

意外だったのは、別の場所から、

「許されい。いさぎよく敗北をみとめ申す」

老人の声が、かかったことであった。

襲って来たのは、少年の方であった。

行燈に、あかりが入れられ、闇を隅々へ押しやった時、左近は、床の間ぎわに坐って、老人と少年がならんで、平伏する様子を、平静な眸子で、眺めていた。

十四

「わたしを殺そうとした仔細を、うかがおうか」

左近は、うながした。

下坂典馬と名のった老人は、双手を畳に置いて、

「拙者は、肥後人吉・相良遠江守頼基の家臣にて、徒士小頭をつとめる者でござる」

と、打ち明けた。

「その連れの少年は、どうやら、お手前の孫ではないようですな。……見たところ、十歳あまりだが、実は、二十歳を越えた青年ではないのか？」

「炯眼（けいがん）、おそれ入り申す。これは、二十二歳になる、捨てかまりでござる」

捨てかまりとは、戦国の頃、戦場に於いて、囲碁で謂（い）う捨石のごとく、奇襲あるいは退却に際して、意外な場所に配置した伏兵を、意味していた。

もとより、捨石であるから、はじめから、生命をすててかかっている。薩摩などには、この捨てかまりが、千人以上も、いたという。

士分ではあるが、城下には住まず、山中にくらして、もっぱら、伏兵の習練を積んでいた。

徳川期に入ってからは、捨てかまりは、国境守備の任に就き、一種の忍者的存在となった。

「捨丸（すてまる）と申します」

若者は、名のった。

「肥後人吉の相良家といえば、二万二千石の小藩だが、何故に、この浪人者の一命を狙われた？」

「貴殿がご所持の品を、奪いたく――」

「あの腰下算盤のことですな。あの品は、おりんと申す莫連女に、奪われ申した」

左近が、こたえると、下坂典馬は、かぶりを振った。

「貴殿は、きわめて用心深い御仁でござる。おりんが、奪ったのは、贋物でござった」

「ははあ、すると、おりんという女、あれも、お手前の味方ですか？」

「当藩捨てかまりの一族の女子でござる」

「成程――」

左近は、微笑した。

日岡峠の休み茶屋で、睡り薬をまぜられた甘酒を飲まされて昏倒した、とみせかけて、わざと、左近が、おりんに奪わせた腰下算盤は、念のために、わざと普通のそれにすりかえておいたのである。だから、左近は、おりんに奪われても、平気だったのである。

「相良家にとって、あの品は、よほど大切な宝とみえる。どうやら、公儀隠密も、血眼になって、奪おうとして居る。……あの算盤の中に、いったい、何が、かくされているのか、おさしつかえなければ、うかがおうか？」

「それは……、口外を禁じられて居り申す。……お願い申す。算盤を、拙者に、お渡し下され。お礼として、三百両――いや、五百両、呈上つかまつる」

「ご老人――」

左近は、冷やかな眼眸を、相良家の徒士小頭に当てた。

「お手前は、はじめから、事情を打ち明けて、わたしに、たのまれるべきであった。この捨てかまりの若者を使って、わたしを刺そうとした小細工が、こちらに、いささか意地を張らせる結果をまねいた。どうせ、お渡しするにしても、これは、さきのことに相成ろう」

「お願いでござる。この皺腹を切って詫びよ、と申されるならば、即座に、つかまつる」

「ごめん蒙る。こちらは、長崎で医術を学んだ者ゆえ、病んだ人を救うのは、興味があるが、屠腹の見分など、まっぴらですな。……どうしても、奪いたければ、もっと別の手段を思案されることだ」

「主家の浮沈、藩の興廃にかかわる大事の品と申し上げても、お渡し下さらぬか？」

「わたしのかかわり知ったことではない」

左近は、きっぱりと、はねつけた。

老人は、がっくりと肩を落した。

捨てかまりの捨丸は、燃えるような眼光で、左近を射て、隙あらば襲おうという気色を示していた。

左近は、その眼光を無視して、

「ご老人、ついでに申し上げておくが、どうも、あの品を所持していると、莫連やらお手前がたやら、また公儀隠密衆が、せっせと、生命を狙って来るので、いささか面倒ゆえ、この身につけぬことにして、他の者にあずけておき申した。ただ、これだけは、申し上げておこう。あずかった者は、東海道をはこんで居り、江戸で、わたしに返す約束に相成って居る」

「ま、まことでござるな」

「生来、嘘をつくのは、性分に合って居らぬ、とお思い頂きたい」

「………」

下坂典馬は、歎息（たんそく）した。

捨丸が、

「小頭殿、いそぎましょうぞ！」

と、せかした。二人は、立ち去った。

左近は、ひとつ大きく背のびして、

「どうやら、この道中、いたるところに、危険な罠が張られる模様だな」

と、呟（つぶや）いて、牀に身を横たえた。

睡魔は、すぐに来た。

十五

翌朝——辰刻(たつのこく)（午前八時）すぎ。

左近は、ふところ手で、瀬田(せた)の長橋を渡っていた。

「土左衛門(どざえもん)だぞーっ！」

その叫びが、橋下から、ひびいて来たので、何気なく、欄干から、のぞきおろしてみた。

風の強い日であった。

こういう日は、よほど行路を急ぐのでないかぎり、旅客は、矢橋舟(やばせ)で、琵琶湖を渡るのは、さける。

　もののふの矢橋のわたり近くとも
　　いそがばまはれ瀬田の長橋

という歌が、『醒睡笑(せいすいしょう)』の古い本にみえている。

比叡山(ひえいざん)から吹きおろす疾風(はやて)が、激しく波をたてていた。

その三角波にさからって、数艘(そう)の矢橋舟が、しきりに、橋杙(はしぐい)の周辺を、動きまわっていた。

「あっちだ。あそこだ!」

岸辺の蘆(あし)の方を、船頭の一人が、指さした。

左近も、ゆっくりと、橋を渡って、そちらへ近づいた。

左近が、岸辺に到着した時、溺死体は、舟へひきあげられていた。

「もったいないわい。若い女子じゃ」

裾がめくれて、下肢が、股奥までにあらわになって居り、船頭たちの視線が、その一点へ集められていた。

——おりんだ。

左近は、みとめた。

「ばっさり、一太刀だぜ。南無あみだぶつ……、むげえことしやがる」

左近は、歩き出した。

——あの算盤の奪いあいで、すでに、三人が殺された。あと幾人が、生命を落すことになるのか?

どんな大切な品がかくされているのか知らぬが——二万石の小大名の興廃が、かかっている由だが——、いかにも、ばかげたことに思われる。

小橋、大橋合せて百十九間の青柳橋を渡ると、松の並木のつらなる月の輪新田、野地を通って、東海道、中仙道(なかせんどう)の分岐点たる草津宿に至る。

その松並木を、ものの三町も辿った時、左近は、

――そろそろ、討手が現われそうだな。

と、予感した。

予感たがわず、木立の中から、二人の男が、すっと立ち出て、行手をふさいだ。

一人は、小笠原右馬之助。

もう一人は、例の六十六部姿の公儀隠密であった。

左近は、先手を打って、微笑して、

「こういう筋書に相成るであろう、と思っていた、兵法者殿」

と、云った。

「お主という人物、当方は、いささか、甘く見たようだ」

小笠原右馬之助の面貌は、別人のようにきびしく、ひきしまり、剃刀（かみそり）のように鋭い色がみなぎっていた。

「おりんという女を、斬ったのは、お手前らしいが、あいにくであった」

おりんをさがしあてて、斬ってみると、所持していたのは、ただの腰下算盤であった、というわけであった。

「お手前は、佐倉屋のおかみを斬り、また、おりんを斬った。女子を殺すのが、得意らしいが、女の怨念というやつはおそろしい。お手前は、たたられるかも知れぬ」

左近は、からかう余裕を示した。

六十六部姿の公儀隠密が、仕込杖から抜刀して、じりじりと、左近の左方へまわった。

右馬之助は、まだ抜かぬ。

この男の抜刀術の凄じさは、左近も見とどけている。

二人とも、並の使い手ではないのである。

左近としては、この二人に攻撃されて、絶対に勝つ自信はなく、また、おそらく、血路をひらく隙をとらえることは不可能であろう。

ただ——。

これは、持って生まれた気性であろう、左近は、こういう絶体絶命のどたん場に追い込まれながらも、いささかも、心気が波立たず、

——ここで相果てるのも、運命というものか。

その平然たる意識が、心中に動かずにいるのであった。

六十六部は、左近の背後へまわろうとしていた。

その殺気に合せて、右馬之助が、じりっと、間合を詰めた。自ら、左近の刀圏内へ、身を入れたのである。

左近は、やおら、差料のくり形へあてて、鯉口を切った。

おそらく、一閃裡に、勝負が決まるかとみえた。

十六

まさしく――。

その決闘は、一瞬裡に、おわった。

松並木ぎわにしりぞいて、固唾(かたず)をのんで、見物していた旅客が十数人いたが、あっと声をあげた時には、もうおわっていた。

左近が、差料の柄へ、右手をかけた刹那、右馬之助の目にもとまらぬ居合の極意を、その一閃にこめた、まっ向からの突きが来た。

左近には、かわすいとまもない凄じい突きであった。

しかし――。

左近は、おのが胸を貫かれる代りに、ぱっと身をひるがえしざま、ななめ背後に構えた六十六部めがけて、地を蹴るや、袈裟がけに、血煙をあげさせていた。

右馬之助はといえば、水平に突き出した身構えを、それなり固着させていた。その白刃は、切先三寸あまりのところから、折れ飛んでいた。

左近自身が、刎(は)ねた次第ではなかった。

右馬之助の足許に、菱形の手裏剣が、落ちていた。

右馬之助が、抜きつけに電光の鞘走りを為した一瞬に合せて、その手裏剣が、並木の蔭から飛んで来て、まっ二つに折ったのである。

この味方の出現は、闘う寸前に、左近はみとめていた。

それゆえにこそ、右馬之助に、突かせておいて、左近自身は、六十六部へ向って、飛鳥のごとく身を躍らせたのである。

右馬之助は、折れたおのが白刃を、じっと凝視していた。

信じられぬことが起ったのである。

——どうしたことだ？

右馬之助は、ようやく、視線をまわして、並木の一角へ、あてた。

しかし、そこには、手裏剣を投げた者の姿は、すでになかった。

「虚々実々、どうやら、いまは、わたしの方が有利な立場にあるようだな、小笠原右馬之助氏」

左近は刀を腰に納めると、微笑しながら、云った。

「まさしく——」

右馬之助は、みとめたが、

「しかし、貴公の懐中に、例の品があるかぎり、こちらは、どこまでも、生命を狙うことに相成る。……貴公にとっては、無用の品であれば、生命を危険にさらすよりは、当方に渡しては如何だ？」

と、請求した。

「わたしは、罠をしかけて来るような人物は、好まぬ。また、対手がどのような性悪であれ、たかが女人を、一太刀で斬る冷酷な男に対しては、憎しみをおぼえる。こうなれば、意地でも、お手前には、渡さぬ」

左近は、拒否した。

「やむを得ぬ。貴公を斬るか、こちらが死ぬかだ」

「ことわっておくが、東海道を道中する間、お手前が、わたしを斬っても、それは、徒労だな」

「徒労とは――？」

「目下、わたしの懐中には、お手前らが必死になって欲しがっている品は、ない、ということだ」

「なに？」

「わたしの取柄は、嘘をつかぬ、という信条を守っていることだ、と思って頂こう」

「…………」

右馬之助は、左近の澄んだ双眸へ、眼光を射込んで、口を真一文字にひきむすんだ。

「すなわち、別の者に、それを持たせて、江戸へ向わせた。……お手前らが、その者をさがしあてて、奪い取るなら、こちらは、あきらめよう」

そう云いおいて、左近は歩き出した。

十七

鈴鹿峠は、坂道二十六町、最も険しいところが八町、二十七曲であった。

東海道の難所といえば、箱根路、大井川、そして、鈴鹿峠であった。

左近は、草津、石部、水口、土山を、ぶじに通り過ぎて、田村川の板橋を渡った。

ここから、旧道と新道に岐れて、鈴鹿明神のある山中で、またひとつになる。

ほとんどの旅客は、新道をえらぶが、左近は、わざと旧道を通って行くことにした。

まだ一度も斧鉞の入れられたことのない密林の中を、細い道が、ゆるやかな勾配で、うねっていた。

左近は、加藤越中守(二万五千石)の城下水口で一泊し、夜明けに旅籠を出て来ていたので、木漏れ陽はまだ朝のものであった。

前後に、人影はなかった。

寂寞として、鳥のさえずりもなかった。

「おらんだ左近殿――」

不意に、呼ぶ声があった。

左近は、左右の密林の中を、すかし見たが、それらしい人影がみとめられなかった。

その者は、頭上の梢（こずえ）にとまっていた。

ひらりと、左近の前へ、舞うような軽やかさで、降り立ったのは、大津の旅籠で相宿になり、襲撃に失敗した捨てかまりの捨丸であった。

「こちらの道を通られるものと存じ、お待ち申して居りました」

「小笠原右馬之助の居合の一刀を、手裏剣で、折ってくれたのは、お主であったな。忝ない」

左近は、礼を云った。

あの時、左近は、並木の松のかなり高い枝から、この若者が、顔をのぞけているのをみとめて、

——助勢してくれるな。

と、直感したことであった。

これは、賭（かけ）であった。

捨丸が、手裏剣を投げて、右馬之助の剣を折ってくれなければ、こちらは、いま頃は、三途（さんず）の川を渡っていたであろう。

「お主には、恩義を蒙ったが、さて、その礼に、あの品を寄越せ、と申し出られても、

それは、承諾しかねる」

「いや、あれは、お手前様に助勢したのは、別の理由でござった」

捨丸は、云った。

「成程、そうか。あのおりんという女は、お主ら肥後の捨てかまりの一族であったな。……おりんを斬った小笠原右馬之助が、憎かったのか。ならば、なぜ、右馬之助の生命を狙わなかった？」

「あの公儀隠密は、ただの使い手ではござらぬ。生命を狙って、手裏剣を打とうとすれば、必ず、身共の殺気を、察知したに相違ござらぬ。……殺気を消すには、殺意をすてなければならなかったのでござる。そこで、彼奴の剣が走るであろう空間めがけて、手裏剣を投げることにいたした」

「見事な業前であったな」

いまさらに感心した左近は、

「しかし、それにしては、大津の宿では、わたしを刺しそこねたが……同一人とは思われぬ。お主は、わざと、わたしを刺しそこねたのではなかったのか？」

「仰せの通り、気配を迫らせて、お手前様のねむりをさまさせ申した」

「なぜ、わざと仕損じたのだ？　徒士小頭の下坂典馬といった、あの老人からは、殺せ、と命じられていたのであろう？」

「たしかに、命じられて居り申した」

「どうして、殺さなかったのだ？」

「お手前様の凛々しい、気品のあるご容子に、ふと、魅了された、と申し上げたならば、信じて下さるか？」

「主命を放棄させるほど、わたしは、魅力のある男ではないが……」

「いえ、身共は、お手前様のような、おのが心をうばわれる御仁には、はじめて出会い申したのでござる」

「そういう口上で、こちらに親しくなって、信用させる一策と、疑うこともできるが……」

「仰せご尤もでござる。身共が、こう申したからというて、すぐに信用して下され、とは申さぬ。ただ、ひとつだけ、お願いがござる。これは、是非とも、おききとどけ頂きとうござる」

どう眺めても、十歳あまりにしか見えぬ捨てかまりを、見下していると、左近は、油断のならぬ曲者、という気持が起らなかった。

「きくだけきいておこうか」

「身共の上役である下坂典馬殿には、絶対に、腰下算盤を、お渡し下さるな。これが、お願いでござる」

「自分に渡してくれ、とたのむのか？」

「いえ、身共にお渡し下され、などとは決して申しませぬ」

「あの老人に、渡してくれるな、という理由は――？」

「相良家の家中の騒動になるおそれがあるからでござる」

「………」

「お願いつかまつる。この通りでござる」

捨丸は、地べたに正座すると、両手をつかえた。

「お主にそう願われてみると、わたしの立場は、たしかに、妙なものだな」

左近は、云った。

「わたしは、死にかけた飛脚から、京都木屋町の佐倉屋のあるじに、渡してくれ、とたのまれて、それをはたしたまでであった。ところが、その女あるじが、殺された。やむなく、渡した算盤を、再び持って出た。ところが、公儀隠密はじめ、お主らから、生命を狙われはじめた。そこで、意地になって、渡さぬ肚（はら）をきめた。……考えてみると、わたしには、算盤の渡し先がないのだ。変な話ではないか。あれが、どれほど貴重な品か、べつに、知りたい興味もない上、渡すあてもなく、なんとなく江戸へはこんで行こうとして居る。ばかげている、といえば、こんなばかげた話はないな」

「おらんだ左近殿。お手前が、もしご承諾下さるならば、渡しさきはあるのでござる」

「誰だ?」

「身共らが殿様である相良遠江守頼基様の妹御でござる。江戸の下屋敷に在(おわ)します」

十八

「捨丸氏——」

左近は、呼んだ。

「ここらあたりで、あの腰下算盤が、どれほど大切な品か、打ち明けてもよいであろう。すくなくとも、わたしという男に魅せられた、というのがまことであれば——」

「それが……」

捨丸は、当惑の表情で、

「身共にも、よく判らぬのでござる。ただ、公儀隠密の手に渡れば、相良家は、改易になるは必定(ひつじょう)、とのみきかされて居り申す」

と、云った。

——捨てかまりごとき軽い身分の者には、大事を打ち明けていない、というわけか。

「相良家の息女、というと、まだ若い姫君か?」

「十九歳におなりでござる」

「世子は居られぬのか？」

「姫君お一人だけでござる」

「どうして、当主遠江守殿に渡さずに、姫君の方に渡してくれ、とたのむのだ？」

「恥を打ち明け申す。身共らが殿様は、一昨年、高熱を発しられ、爾来、思考の力が、ひどく乏しゅうおなりでござる。……姫様は、この上もなくご聡明なおかたにて、必ず、その品をお受けとりあそばされたならば、相良家安泰の処置をおとりになる、と確信つかまつる次第でござる」

「うむ」

左近は、この若者を信用してみよう、という気になった。

上役の徒士小頭下坂典馬は、おそらく、小心者で、あるいは、藩庁の腹黒い重役にあやつられている莫迦正直者かも知れぬ。この捨丸は、それを看破っているのではあるまいか！

主君遠江守が、脳をわずらって、痴呆の廃人同様になっているのであるとすれば、当然、世嗣問題が起っているはずである。

相良家に、息女しかいないとすれば、誰を相続者にするか――家中が、二派にも三派にも割れて、騒動を起すのは、これまで、幾多の例がある。

殿様が廃人同様になって三年の月日が経過しているとなると、すでに、国許でも江戸表でも、世嗣問題で紛糾しているもの、と想像できる。

——あの腰下算盤は、その世嗣問題と、なにか、ふかい関連があるに相違ない。

——それにしても、公儀隠密が、躍起になって、手に入れようとしているのは、若年寄あたりが、相良家とりつぶしを計っている、とも考えられる。

「よかろう」

左近は、うなずいた。

「あの品は、お主のたのむ通り、相良家ご息女に手渡そう」

「おお！　お肯(き)き入れ下さるか！　忝のうござる」

捨丸は、額を地べたにつけた。

「但し——」

「は？」

「ご息女に会ってみて、お主の申したのに反して、すこしも聡明でなかったならば、これは、こちらの考えを変えねばならぬ。この点は、あらかじめ、ことわっておく」

「面晤(めんご)下されば、いかに、姫君がご聡明か、すぐにお判り申す。ちかって、いつわりは申しませぬ」

「よし、わかった。たしかに、約束した」

「江戸までの道中、身共が、わが身に代えても、お手前をお守りつかまつる」

左近は、歩き出しながら、

「わたしという男、生来極楽とんぼに生まれついているのであろうかな。人生五十年、それまでには絶対に死なぬ、ときめて居る」

と、云った。

十九

他目(はため)には、きわめて、のんびりした旅と見受けられた。

べつに道中仕度もせず、つい今ぶらりと家から出て、気ままに、春の陽ざしを浴びながら、街道をひろっている、という姿であった。

桑名(くわな)までは、べつに何事も起らなかった。

こちらを尾(つ)け狙っているはずの小笠原右馬之助は、一向に、行手をさえぎる気配をみせなかった。相良藩徒士小頭の下坂典馬も、追いついて来なかった。

いや、身辺を守護すると誓った捨てかまりの捨丸さえも、左近の目のとどく場所には、一度も、姿を現わさなかった。

——石薬師(いしやくし)あたりで、危険に遭うかな？

そんな予感がしていたが、はずれた。

石薬師と四日市の間に、杖衝坂というのがある。日本武尊が、東征の帰途、足を患んで、杖を衝かれた、という伝説によって、この名称がのこっている。

芭蕉が、

『歩行ならば杖つき坂を落馬かな』

と詠んでいる通り、小さな丘陵が、いくつも起伏して居り、左右の雑木林などは、刺客のひそむ場所としては、うってつけであった。

左近は、杖衝坂をぶじに通り抜けながら、

——まさか、小笠原右馬之助が、こちらの言葉を信用して、算盤を所持しては居らぬ、とあきらめたわけでもあるまいが……？

と、思った。

こちらが好んで決闘をのぞんでいるわけではなかった。

道中何事も起らず、江戸へ着ければ、これにこしたことはなかった。

しかし——。

公儀隠密の小笠原右馬之助が、ひとたび狙った獲物を、そういつまでも、のんびりと旅をさせておくはずがなかった。

異変は、桑名から宮までの乗合船の中で、起った。

左近が、桑名の渡し場に出た時、ちょうど、葵の紋を染めた幕打ちの尾州藩船が、四半の幟をたてて、出帆しようとしているところであった。

――あれに、便乗するか?

左近は、ふと、そうしたい気持が起った。

尾州藩船には、この顔を見知っている家士もいるはずであった。

乗せてくれ、とたのめば、よろこんで迎えてくれよう。

――いや、止そう。おれは、ただの素浪人おらんだ左近だ。

左近は、一人四十五文の宮渡りの乗合船の渡し場へ、近づいて行った。

乗合船の乗降りの客に、物売り舟が、むらがっていた。

「団子はどうきゃあも」

「名物時雨蛤を、土産にしてくれえなも」

「酒え――酒え」

かまびすしく、売り声をたてていた。

左近が、乗りかけた時、坊主合羽で身を包んだ少年――いや小人が、すっとうしろにつき添って、

「船中で、ご油断なきよう――」

左近にのみきこえる小声で、忠告した。

捨丸であった。

左近は、いざという際、他の乗客に迷惑のかからぬように、胴の間には降りず、舳先ちかくに、座をえらんだ。

海景色を眺めながら、宮まで渡る、とみせた。凪いで、おだやかな佳い日和であった。

小笠原右馬之助が、どういう出かたをして来るか、こちらは、運を天にまかせるばかりであった。

まともに立ち合って、あの凄じい居合斬りをかわす自信はなかった。といって、むざむざ敗れて、斬られるつもりもなかった。

無策のままに、対手の出方を、平然と待つ。そこに、この青年の天性の不敵な度胸があった。汐風になぶらせる顔は、さわやかな表情であった。

二十

やがて――。

左近の面前に現われたのは、意外にも、小笠原右馬之助ではなく、相良家徒士小頭下坂典馬であった。

その右手には短銃がにぎりしめられていた。

「左近殿、算盤をお渡し下さるか、それとも、拙者に、これの引金を引かせなさるか？」

必死の形相で、五、六歩の距離まで迫った。

「先日も申した通り、わたしの懐中には、あの品はない。嘘をつくのはきらいな性分だ、と申し上げたはずだ」

「い、いや！　貴殿は、必ず、懐中にされて居る。それが証拠に、貴殿は、草津宿で、公儀隠密の襲撃に遭うて居られる。……お願いでござる。お渡し下され。いや、いま、お渡し下さらずとも、江戸表にて、礼金五百両と、ひきかえにいたそう」

「礼金など、欲しくて、お渡ししないのではない」

「では、いったい、なにが目的で――？」

「さあ、こうなると、自分自身にも、よく判りませんな。……意地、しいて申せば、それだけのこととお受けとり頂こう」

「左近殿、あの算盤は、主家の浮沈、藩の興廃にかかわる品、と申し上げましたぞ。まことでござる」

「では、お手前に、うかがおう。目下、相良家で、騒動が起りかけて居るのではないのか――そのことで」

「………」

老人は息をのんだ。

「やはり、そうか。ご当主は、三年前より、痴呆になられた。公儀には、ただの病気と届け出てある。大急ぎで、次代の殿様をきめなければ相成らぬ。……家督相続の騒動は、これまで、かぞえきれぬほど起っている。相良家にも、それが起りかけている。如何だ？」

この当時――。

大名は、正室に嗣子が生まれないうちに、妾腹（しょうふく）の子が生まれても、公儀に届出はできないのであった。正室がどうしても子供が産めない、と明らかになった時、はじめて、妾腹の子を養子として、次代の世嗣とさだめ、届出るのであった。しかし、もし、正室に、そのあとで、子が生まれたならば、さきに届出た妾腹の養子は、世嗣の座からおろされる。

さらに――。

当主が病気したり老齢で隠居し、その子があとを継いだ場合は、『家督相続』といい、べつに問題は、起らぬ。

当主が死亡してから継ぐのを『跡目相続』といったが、もし、その子が、病弱であるとか、不具者である場合は、公儀から相続権を剝奪された。また、幼児であった場合も、問題となり、しばしば他家から養子を迎えねばならぬことになった。

相良家には、嫡子はないのであった。いるのは、当主の妹である十九歳になる息女だけであった。

幕府閣老たちの耳には、すでに、当主が痴呆になっていることは、きこえているに相違なかった。相良遠江守頼基は、まだ二十三歳の若さであったので、よもやこういう悲運におそわれようとは夢にも考えず、養子など迎えていなかったのは、当然である。

当主が隠居して、その妹に養子を迎える、といった例は、いまだ、なかった。

「老人――、もしかすれば、お手前の上司は、主家よりも、おのが野心の方を大切にする家老職ではないのかな？」

「な、なにをいう！」

下坂典馬は、顔色を一変させると、銃口を左近の胸に狙いつけた。

「老人、お手前に、撃てるかな？」

左近は、短銃をつかんだその手が、微かに顫(ふる)えているのをみとめていた。

「渡さねば、う、うつ！」

下坂典馬が、呻くように、叫んだ。

次の瞬間――。

老人は、かっと双眼をひきむいて、前へのめり伏した。

その背中には、小柄(こづか)が刺さっていた。

愕然となって、立った左近に向って、積荷の蔭から出現したのは、小笠原右馬之助であった。

「この年寄には、気の毒であったが、死んでもらうよりほかなかった。お主と一騎討をするためにはな」

右馬之助は、にやりとした。

「やむを得ぬ、御辺とは、どうしても、白刃を交える運命にあるらしい」

左近は抜刀した。

「左近、ことわっておくが、草津宿で、お主に助勢した小人は、胴の間に斃れて居る。二度と、お主に助勢はできぬぞ」

——捨丸も、殺されたのか！

左近は、はじめて、激しい憤怒を、この公儀隠密に対して、おぼえた。

——柳生石舟斎が編んだ、刀盤の法でゆくか！

決闘というものは、刀鋒で斬ろうとすれば、それが敵にとどかず、かえってわが身が斬られるおそれがある。刀盤を以て敵を突くべく、敵の体へおのが刀盤もとまで貫くように、突撃すれば、おのずから勝利をわがものにすることができる。

石舟斎は、敵討をのぞむ若者に、そうやって身をすててかかれと教えた、という。

左近は、刀身をまっすぐにさしのべると、

「参る！」

と、云った。

右馬之助は、まだ抜かず、充分の自信の色を、その面上にみなぎらせていた。

二十一

間合がきわまった――刹那、左近は、目蓋を閉じた。

右馬之助の抜きつけの白刃の音が鳴るのに合せて、左近は、氷上を滑るがごとく、まっすぐに、突進した。

充分の手ごたえをおぼえつつも、左近は、なお、しばらく、双眸をひらかなかった。

ようやく――。

目蓋をひらいた左近は、二尺の顔前に、右馬之助の事切れた相貌を視た。刀身は、みごと、鍔（つば）もとまで、右馬之助の鳩尾（みぞおち）を刺し貫いていたのである。

――勝ったか！

奇蹟のような気がした。

左近は、下坂典馬を抱き起してみた。

「老人！　なにか、云い遺（のこ）すことはないか？」

耳もとで呼ぶと、典馬は、わななく皺目蓋を薄くひらいた。

「……捨丸の――」

「うむ。捨丸の？」

「捨丸の胸を……」

老人は、そこまで云いかけて、がっくりと陥った。


それから八日後――。

左近は、江戸青山にある相良遠江守の下屋敷の書院に、坐っていた。

廊下に衣ずれの音がして、障子の外から、

「お待たせいたしました」

と、挨拶があった。

左近は、尾張大納言斉朝の実子斉正の格式をもって、訪問していたのである。

入って来た相良頼基の妹頼子は、まさしく、捨丸の言葉にまちがいない端整な容姿に、その聡明さをたたえていた。

左近は、頼子が座に就くと、腰下算盤を、その膝の前にさし出した。

「ご当家存亡にかかわる大切な品の由、お渡しいたす」

「はい」

頼子は、算盤を膝の上に置いた。

「この中に、なにがかくされているのでありましょうか、わたくしには、どうやって、とり出すのか、判りかねまする」

「三十七万三千八百七十——この数字を、置いてみて頂きたい」

「どうして、その数字をご存じでございましょう？」

「捨丸と申す捨てかまりの胸に、刺青(いれずみ)してあった数字です」

　左様——。

　乗合船の胴の間の一隅で、殺されていた捨丸の胸をひらいてみると、三七三八七十と刺青がほどこしてあったのである。（捨丸自身、この数字が何を意味しているのか、知らなかったに相違ない）

　頼子は、口のうちで、その数字をくりかえしていたが、

「判りました。これは、南梁戸(みなみやなと)という意味でございます。国許に、南梁戸という土地がありまする」

「成程——」

　頼子は、腰下算盤の珠をていねいに、三七三八七十、とはじいた。

　すると、するすると抽斗(ひきだし)がすべり出た。

　その中には、一枚の料紙が入っていた。

南梁戸村庄屋・梁戸参左衛門
女つや儀

生み落せし男子、相良遠江守頼基の一子なること、神明に誓いて、相違なきことを、ここに明記して、与え置くもの也

相良遠江守頼基　㊞

頼子は、それを左近に見せて、にこりとした。

「このつやなる女性、もとは京都にて、御所の女嬬をつとめて居りし者。わが兄が、南梁戸に帰って参った際、目にとめて、こよなく寵愛いたしました。懐妊した際、これを与えたものに相違ありませぬ。相良家には、世嗣が居りました。この上のよろこびはございませぬ」

その言葉をききながら、左近は、

——京都で御所づとめをしていた、というのであれば、その頃、あの『佐倉屋』の女あるじも、同じく御所の女嬬をつとめていたという。そこらあたりが、くさい。この一件で、あの女が、相良家の国家老と結託したと想像せられる。南梁戸にいる当主実子を、この世から消して、おのが意のままにあやつることのできる養子を、と国家老が、悪だくみを起した、というところが、当らずといえども、遠からずだろう。

真相は、大目付あたりが取調べることになろう。

ともあれ、この貴重なお墨つきをかくした算盤を、ぶじに、聡明な姫君に渡したのである。

左近の役目は、おわったことになる。

白髪鬼

一

当時——。

江戸っ子のくらしは、きわめて貧しいものであった。

尤(もっと)も、庶民すべてが江戸っ子ではなく、豪商から店(たな)持ち商人までは、江戸っ子とはいわなかった。

半纏(はんてん)を着ている職人、とび以下の連中のことを、江戸っ子といった。

浅慮で、向う見ずで、喧嘩(けんか)っ早く、宵越しの金を持たぬのを、自慢にしていたが、所詮は、貧しいゆえに、

「おらァ江戸っ子だい」

それを唯一の誇りにするよりほかなかったのである。

その江戸っ子の住居は、裏長屋と裏店(うらだな)にわかれていた。

裏長屋は、かなり広い通りから横丁新道などに、三、四軒ずつ二階建でならんで居(お)り、小間物屋とか経師屋(きょうじや)とか、傘屋とか、下駄屋とか、髪ゆい床とか、店をひらいていた。尤も、妾(めかけ)とか隠居とか、ひっそりくらしている者もいた。裏店となると、三十軒、五十軒と、九尺二間の棟割になり、まん中を泥溝(どぶ)板がつらぬき、突当りが共同の雪隠(せっちん)と掃溜(はきだめ)になっていた。

泥溝からは、一年中臭気が発し、夏は蚊と蝿が、赤児の泣き声よりもうるさく、うなりたてていた。

米一合が二十文、そばが十六文、寿司一個が八文。この物価に対して、職人の手間賃は、下駄づくり印判づくりなどが三百五十文、大工左官は照り降りを見るからすこし高く四百文といったあんばいであった。

一家五人なら、米五合を必要とするから、百文。それに、味噌、醤油、野菜、魚、と、食費だけで、二百文がとんでしまい、店賃を払えば、衣類代や酒代は、ひねり出しようがなかった。

だから――。

裏店の子供たちは、十二、三歳になると、男女とも、働きに出された。大店小店の小僧、下女奉公、大工左官の下働きなど。

雇い方はすくなく、奉公希望者はごまんといて、現代と逆であるから、大店の小僧になっても、三年の見習奉公期間は、給金などなかった。

のみならず、労働時間は、卯刻（午前六時）から亥刻（午後十時）まで、十六時間、ぶっ通しに働きづめに働かされた。

躾はきびしく、番頭、手代の目は鬼よりも怖かったし、一汁一菜の盛り切り飯で、一年中空腹であった。

おらんだ左近が、仮住居をしたのは、こういう裏店にかこまれた深川はずれの、月心寺というぼろ寺であった。

月心寺住職は、元尾張家上屋敷の留守居役であった。

留守居役というのは、幕府との交渉、諸大名との交際など、さまざまの行事の支配をする重役であった。

小山田藤左衛門は、もともと変り者で、留守居役には不適格な人物であった。

幕府が、江戸城とか東照宮とかの修築、その他神社仏閣の普請、河川工事などをする場合、その費用と人夫の手伝いを、諸大名に申しつける。留守居役は、いちはやく、それを探知して、自家がその手伝いをまぬがれるよう、閣老に賄賂をつかったりして、方策を立てるのが、重要任務のひとつであった。

小山田藤左衛門は、そういう巧妙で狡猾な立ちまわりのできない人物であった。

四十歳までは、なんとか、ぶじに留守居役をつとめたが、突然、暇乞いして、諸国流浪の雲水となり、数年前、この深川のぼろ寺の住職になったのである。

左近にとっては、うってつけの居候(いそうろう)場所であった。

いまは、忘念(ぼうねん)と名のっている小山田藤左衛門は飄然(ひょうぜん)と現われた左近を、歓迎した。

「ただ食いの居候では、申しわけないゆえ、長崎で、ならいおぼえたオランダ医術を、役立てようかと思う」

左近が、云(い)うと、

「それは、大助りでござる。ごらんの通り、周囲数十町、すべて、食うや食わずの極貧の住民ばかりでござれば、患(わずら)ったがさいご、薬餌(やくじ)に親しむなどという余裕などあるべくもなく、ただ死を待つばかりでござる。……若君が施療にあたって下されば、この月心寺の葬式の数も減り申す」

忘念は、合掌したことだった。

二

玉川の、水にさらした雪の肌
つもる口舌(くぜつ)のそのうちに
解けし島田のもつれ髪、と来た

やぞうをきめた素走りの佐平次が、裏店の木戸口へ来て、

「くせえ！」

と、顔をしかめた。

うっとうしい梅雨空の下で、裏店には、なんとも異様な臭気がこもっていた。

佐平次自身、こういう裏店生まれであったが、十三歳の正月にとび出して、絶えて久しく、近づいたことはなかった。

「おうおう、ねえや」

木戸口から、納豆売りに出かけようとしている十歳ばかりの少女を呼びとめて、

「月心寺、てえのは、どこだい？」

「この長屋を通り抜けて、左へまがったら、月見池のむこうにあるよ」

「ありがとうよ」

佐平次は、とっとと泥溝板を踏んで、走り抜けた。

小松にかこまれた小さな池があり、その彼方(かなた)に、古びた寺院が、屋根をのぞかせていた。

「えらぶのにことかいて、なんでまた、こんなところにあるおんぼろ寺に、居候なすったのかねえ、旦那は——」

小首をかしげながら、佐平次は、池の畔(ほとり)をまわって行った。

苔むした石段をのぼると、山門は傾いていたし、両わきに安置されてある仁王像のうち、左方の密迹金剛の首は、無くなっていた。

境内に入ると、本堂と庫裡をつなぐ渡廊は、落ちてしまっていた。

「ひでえものだ。……江戸中さがしたって、これ以上荒れている寺は、見当らねえや」

佐平次は、本堂へ登る階段に、三、四人、一瞥して病人とわかる者たちが、しょんぼり腰かけているのをみとめて、

「どうせ、町医を開業するなら、この佐平次に、場所をえらばせてもらいてえものだ」

と、呟いた。

左近は、本堂の須弥壇前を、治療所にして、いま、骨折した大工の片腕に、添木して、布を巻きつけていた。

「旦那、とんでもねえ場所で、開業なすったものだ」

佐平次が、近づいて行くと、左近は、大工に、

「まず二十日は、おとなしく寝ていなくてはいかんな」

と、云った。

「先生、嬶は臨月で働けねえし、二十日も寝ていたら、顎が干あがってしまいまさ」

左近は、二分銀を、その膝に、ぽんと投げてやった。

「これで、食いつなげ」

「冗談じゃねえ。治療して頂いた上に、めぐんで頂くなんざ、きいたことがねえ。先生、まさか、菩薩様が人間に化けなすったんじゃねえんでしょうね？」

「めぐむのではない、貸してやるのだ。利子も取るぞ」

「へえ――」

「治ったら、この本堂が雨漏りせぬように、修理してくれ」

「そりゃもう……、有難う存じました」

左近は、次の患者を診察しながら、

「佐平次、待っていた。医科の器具と薬物はぶじに船でとどいたであろうな？」

「へい、おっつけ、はこばれて来やすが……、それにしても、ここで、開業なさるとはねえ」

「医師に診てもらえぬ者たちが住んでいるところを、えらんだだけのことだ」

「治療代を取る代りに、くらしの費用も貸してやるなんて、旦那でなけりゃ、やれねえ芸当でさ」

「庫裡で、待っていてくれ」

佐平次は、本堂を出ると、しきりに首をふりながら、庫裡にまわった。

「ごめんなすって……、佐平次と申しやす」

縁側から、座敷をのぞいて、挨拶すると、そこらいちめん木屑だらけにして、卒塔婆

を造っていた忘念が、

「夜働きだそうだのう、お主——」

と、云った。

「どうも、そうはっきり仰言られると、照れちまうが……、二年前まで、この江戸で、かせいで居りやした」

「盗んだ金を、何に使った？」

「悪銭、身につかずで、博奕と女に——」

「これからも、夜働きをやるのかな？」

「ほかに、芸がねえものですからね」

「せいぜい、かせいでもらおうか」

「え、なんと仰言ったので？」

「夜働き結構。但し、盗んだ金は、博奕と女に使うこと罷りならぬ。当寺へはこんで来てもらいたい」

「和尚さんが、貧乏人にほどこしをなさる、というわけなんで——？」

「病人が出た家にな。……左近殿に施療して頂き、働き手を失った家族を、お主が盗んだ金でやしなう。どうだな、これこそ、み仏の功徳と申すものではないか」

「そう仰言りゃ、たしかに、そうにちげえねえが……、博奕と女を禁じられちまっちゃ、どうもね——。なにしろ、忍び込んで、盗むのは、いのちがけなんで、万が一、とっつかまったら、三尺高え木の上で、両脇下を、さび槍で、ぐっさりとやられる稼業でげすからね、すこしばかりは、愉しみをさせて頂かねえと……」
「いいや、断じて、許さん！　盗んだ金は、一文のこさず、当寺へはこぶのじゃ。博奕を打ったり女を買ったりする金は、昼間、左官の泥こね手つだいでもして、かせぐのじゃな」

三

左近が、診療をおわって、庫裡にもどって来たのは、夕餉どきであった。

「佐平次、春太はどうした？」

「江戸見物としゃれてまさ。勝手のわからねえ八百八町をうろついているうちに、方角がわからなくなり、泣きべそかいて、ここをさがし、やって来るんじゃありませんかねえ」

「春太は、泣きべそをかくような少年ではない」

はたして——。

忘念と左近と佐平次が、食膳に就いた時であった。

「ここだな、月心寺てえのは——」

境内で、叫ぶ声がした。

「あ——春太の奴、やって来やがった。あんなはしっこい小わっぱは、江戸にも居やがらねえ」

佐平次は、障子を開けて、春太を呼んだ。

春太は、片手をあげた。

昏れなずむ境内に、春太は、一人だけではなかった。

一梃の駕籠をつれていた。

「春太、おめえ、ご大層に、駕籠を乗りまわして、江戸見物をしたのか？」

「ちがわい」

春太は、縁さきに、駕籠を据えさせると、大人ぶった態度で、

「ご苦労——」

と、駕籠昇に、賃銀を支払っておいて、

「佐平次の小父さんよ、手つだってくれな」

と、まねいた。

「なんだ、おめえ、早速、病人をつれて来たのか？」

「うん。……それがよう、ただの病人じゃねえんだ。そこいらの医者じゃ、手に負えね

えと思ったから、しようがなくて、連れて来たんだ」

佐平次が、縁側から降りて行くと、春太は、駕籠のたれをあげた。

「うっ!」

佐平次は思わず、ひくい呻(うめ)きを発した。

幽鬼!

そうとしか見えぬ男が、がっくりとうなだれていた。

白髪で、顔面は骨と皮であった。

「途方もねえ爺さんだぜ、これァ——。百を越えているんじゃねえのか」

「そうじゃねえんだよ。それが、爺さんじゃねえんだ」

春太が、云った。

「どう見たって、棺桶(かんおけ)に両足突っ込んだ老いぼれじゃねえか」

「本人がさ、自分は年寄じゃねえ、と云うんだから、そうなんだろ」

佐平次と春太に、座敷へかつぎ込まれた男は、失神状態に陥(お)ちていた。

左近は、行燈(あんどん)のあかりを寄せてみた。

顔面も手足も、全く肉がないくらいに痩せさらばえていた。頭髪には、一本の黒毛もなかった。

しかし、

「なるほど、当人が春太に告げた通り、この男は、まだ若いな」

左近は、明言した。

「ほんとですかい？」

佐平次は、あらためて、のぞき込んでみた。

「痩せおとろえているが、老人の皺は、ひとつもない」

「しかし、これが若白髪とは、思えませんぜ」

「生まれつきの白髪かも知れぬ。何十万人のうちに、一人ぐらい、いると考えられなくはない。ともあれ手当をしよう」

左近は、尋常一様でないこの痩せさらばえかたに、興味をそそられていた。脈搏は正常であり、内臓を患っている模様ではなかったからである。

四

五日間が、過ぎた。

春太がつれて来た白髪の男は、みるみる体力を恢復した。与えられるものは、なんでも食べたし、あきれるほどの早さで、五体は肉がつき、顔にも血色をとりもどした。

左近が、尋問を開始したのは、五日目の夕餉の時からだった。

それまでは、左近は、その名前さえ、訊ねようとしなかった。

佐平次にも、春太にも、

「体力をとりもどすまで、何もたずねるな」

と、云いふくめておいた。

春太が、この男を救ったのは、仙台堀に架けられた正覚寺橋を渡ろうとして、流れついている小舟の中からであった。

「た、たすけて、くれ」

小舟から、上半身をのり出して、杭にしがみついているのをみとめて、春太は、ぎょっとなった。

――幽霊だ！

一瞬、からだ中が粟立った。

春太のそばを歩いていた町娘も、その姿を見るや、悲鳴をあげて、駆け去ってしまったものであった。

春太は、通行人を呼び止めて、手をかしてくれ、とたのんだが、十人のうち九人までは、その姿に怖気をふるって、逃げた。やっと、大工道具をかついだ職人が、手をかしてくれて、河岸道へ、ひきあげてくれたが、

「なんでえ、もう七十越えた爺いじゃねえか。世をはかなんで、土左衛門になろう、と

思ったんだろうが、急に、いのちが惜しくなったなんて、みっともねえやな」

　と、云って、舌打ちした。

　すると、男は、かぼそい声音で、

「ち、ちがう……、わたしは、年寄じゃ、ないのだ」

　と、否定したことだった。

　大工は、春太に、

「おめえが、ひろいあげたのだぜ。こんな縁起でもねえ死にぞこないを、世話するほど、こちとら、ひまも酔狂もねえぜ」

　と云いのこして、さっさと、立ち去ってしまった。

　春太は、江戸の人間は、ずいぶん薄情だな、と腹を立てて、意地でも、男をそのままにすてておけず、辻(つじ)駕籠をやとうと、月心寺へつれて来た——というわけであった。

「さて、と——」

　左近は、男が、夕餉を摂(と)り了(お)えて、箸を置くのを待って、

「お主の素姓を、きこうかな」

　と、もとめた。

「は、はい……」

　男は、左近を、おどおどした目つきで、視(み)かえした。

男は、この五日間、ずっと、なにかにおびえているような様子をみせていた。夜中に、悲鳴を発して、とび起きたり、昼間でも、急に両手で頭をかかえて、俯し、呻きたてたりしていたのである。

「名は——?」

左近は、訊ねた。

「それが……、どうしても、思い出せません。……自分が、どこの、何者だか、一向に……」

男は、こたえた。

「そんな莫迦な! 冗談じゃねえ。てめえの名前を忘れるなんて……」

佐平次が、目くじらを立てた。

素姓をかくさなけりゃならぬ何かの事情があるに相違ねえ、と佐平次は、むかっ腹をたてた。

「こんなに世話をかけやがって、しらばくれるとは、タチがよくねえ野郎だぜ。びんたのひとつもかっくらわせて、思い出させてやろうか」

「待て、佐平次」

左近は、短気な盗賊を制して、じっと男の表情のうごきを、観察していたが、

「嘘をついては居らぬようだ」

と、云った。

五

「お、お許しを――」

男は、両手をつかえると、

「なにかを、思い出そうと、必死になると、……急に、頭が割れるほど激痛が、起るのです。……おのれが、なんという名前であったか、どこで、どのようなくらしをしていたか――全く、記憶がありませぬ」

「お主は、絶えず、怯えているが……、幻覚でも起るのか？」

「幻覚？……幻覚と申せば、幻覚のような……、おのれ自身にも、なにがなにやら判らず、不意に、闇黒の中に、とじこめられるような、そんなおそろしさに、怯えます」

「あまりの恐怖の出来事に遭うて、記憶を喪失したのだな」

左近は、うなずいた。

佐平次が、苛立って、

「しかし、先生、こいつは、ちゃんと、しゃべるじゃござんせんか。まるっきり、脳みそが、からっぽになっているものなら、こんなにちゃんとは、しゃべれねえはずですぜ」

と、不服をとなえた。

「佐平次、記憶力というものには、二種類がある。物心ついた時から、口にしている言葉は、失語症に陥らぬ限り忘れはせぬが、たとえば、一年前に出会った人の名を思い出そうとしても、どうしても思い出せぬ、ということがあろう。……この者が、しゃべることができるのは、べつに、ふしぎではない。ただ、異常な凶変に遭ったあまり、他人の名を忘れるように、自分自身の名も素姓も、忘れてしまった、ということは、あり得るのだ。つまり、その凄じい恐怖が、記憶をよみがえらせるのを、邪魔している、というわけだな」

「へえ、そんなものですかねえ。……なんぞ、思い出せる治療法が、ござんすかい?」

「こういう記憶喪失症の人間には、はじめて出会ったので、いまは、どうすれば、恐怖心をとりのぞいてやれるか、見当がつかぬが……」

左近は、腕を組んだ。

男はうなだれたなりであった。

「おい、おめえ、なんでもいいから、思い出してみねえな」

佐平次は、うながした。

「は、はい——」

男は、目蓋（まぶた）を閉じた。

しばらく、必死に努力している様子であったが、不意に、

「ああっ！」

と、唸（うな）りをあげて、両手で頭をかかえると、その場へ、俯してしまった。

「しようがねえや、これは——」

春太が、いっぱし、大人ぶった態度で、かぶりを振った。

左近は、もうしばらく、忍耐づよく待つよりほかはあるまい、と思った。

「佐平次、飲みに行くか」

左近は、立ち上った。

「へい、合点——。ちょいと渋皮のむけたお内儀（かみ）がやっている白馬が、むこうの横丁にありまさ」

白馬、というのは、居酒屋のことであった。紺暖簾（こんのれん）に跳びあがる馬を白く抜きそめていたからである。跳ね馬——荒馬——あらうまい、という駄じゃれから起っている。

佐平次が案内したのは、『瓢（ひさご）や』という、小綺麗な店であった。

前身は、左褄（ひだりづま）をとっていた、とも見える小粋な年増のお内儀が、歯切れのいい口調で、二人を迎えた。

当時の居酒屋は、夕餉前がたて込むのであった。いまの時刻は、客の姿はなかった。

江戸の夜は早く更けるので、五つ（午後八時頃）には、もう、こんな居酒屋でも、暖簾をおろして、灯を消した。

それ以後、庶民が飲むとすれば、いわゆる「夜あかし」という屋台店であった。

暮六つ（午後六時）を境として、江戸の町のすがたは一変した。

現代の常識では、ちょっと考えられぬが、燈火というものが、最も貴重な時代であった。庶民で、蠟燭（ろうそく）を用いる家など、まずなかった。人差指ほどの蠟燭一本が、現代の値段で、数千円もしたからである。

大店でも裏店でも、夜なべは、油皿に、藺草（いぐさ）から抜き出して作った燈心をひたしたあかりで、為した。衣類を縫うような、こまかな仕事には、燈心を二本用いたが、それをぜいたくと考える時代であった。

油というものが、非常に高価だったからである。

燈心二本のあかりでは、現代の書物など、全く読めぬ薄暗さである。

名のある料亭ならいざ知らず、横丁の居酒屋が、夜おそくまで安酒を飲ませては、油代になるはずがなかった。

左近と佐平次が、衝立（ついたて）で仕切った場所へあがると、お内儀が、行燈を持って来て、

「もうすぐ、暖簾をおろしますけど、旦那がたは、どうぞ、ごゆっくりなさいまし」

と、云った。

「このあいだ、あっしが一人で来た時は、すぐに、追い出したぜ。……へっ、おめえ、この旦那に、岡惚れしやがったな」

佐平次が云うと、お内儀はにっこりして、

「ひと目惚れしたのは、幾年ぶりだろう。けど、それだけじゃないやね。こちらは、月心寺で、貧乏人に施療して下さっているおらんだ先生でしょう。手当した上で、治療代もとらずに、かえって、一家が食いつなげるように、おあしをめぐんで下さる観音菩薩様のような御仁ときましたのさ」

と、こたえた。

『瓢や』のお内儀は、左近が看た通り、三年前まで深川で名の売れた芸妓であった。おもん、といった。

六

「先生、どうも、あっしは、まだ、あの野郎、眉唾としか思えません。春太にたすけられたのをさいわいに、月心寺に居候をきめ込む肚じゃねえんですかい。……あの野郎の云うこと、為すこと、小田原の外郎じゃねえが、透頂香すぎらあ」

佐平次は、飲みながら、まだ、しきりに首をひねっていた。

「夜働きという奴は、うたぐり深いものだよ。あの男、まだ二十三、四だろう。それが、一本のこらず、白髪になって居る。これを、どう考える？」

「白子というしろものがあるじゃげせんか。五十になっても、皮膚が、まっ白けなのが——。あれァ生まれつき、と考えられまさ」

「記憶を喪失するほどの恐怖の出来事に遭って、たった一日で、白髪になった、と考えた方が、興味をひく」

「それァまあ、先生は、南蛮医術を学んだ御仁だからね。……しかし、どう考えたって、くせえや」

佐平次が、かぶりを振った時であった。

「横あいから、口出して、ごめんなさい。……頭の髪毛が、たった一日で、まっ白になった人を、あたし、知ってます」

おもんが、云った。

「どこで、見たんだ？」

「この店へも、ちょくちょくおみえになった瓦町（かわらまち）の町道場をひらいておいでのご浪人さんが、三日ばかり家を明けておいでになって、戻って来なすった時白髪になって、痩せほそって、それはもう、幽霊そっくりになっちまって……、やっと、わが家へ辿（たど）りつくと、四日後には、お亡くなりでござんした」

「それは、いつのことだ？」

左近の顔が、ひきしまったものになった。

「つい、このあいだ——といっても、先月の中頃ですから、もう二十日あまりになりますねえ」

「ふむ！」

左近は、宙に眼眸(まなざし)を据えた。

——あの男も、大小こそどこかへ失くしているが、浪人者に相違ない。

「その道場主には、家族がいるのか？」

「はい。二十になるお嬢さんがおひとりいらっしゃいます」

「すまぬが、暖簾をおろしたら、その道場まで、案内してくれぬか？」

「よござんす」

半刻(はんとき)あまりのち——。

左近と佐平次は、おもんの案内で、瓦町はずれの、裏手は雑木林のひろがる町道場へ、おもむいた。

『心形刀流(しんぎょうとうりゅう)　桜場左馬之助(さくらばさまのすけ)』

その看板が、まだ、かかげてあった。

小さな町道場で、ちゃんとしたさむらいの子弟などが門下生になるような構えではなかった。

地まわり、博徒のたぐいが、稽古にかよって来て、ほそぼそとくらしていたものであろう、と察しられた。

「ごめんなさいまし。瓢やでございます」

まっ暗な屋内へ向って、おもんは、案内を乞うた。

返辞があって、火打ちの音がした。

行燈のあかりが、闇ににじみ出た。照らし出された道場は、せいぜい、数人が稽古できる狭さであった。

その娘は、眉目はととのっていたが、いかにも陰気なさびしい容子(ようす)であった。父親を喪(うしな)って、その暗い翳(かげ)を、一層濃いものにしているようであった。

おもんの紹介で、左近と佐平次は、板の間に坐って、いよという娘とさし向った。

「お父上が、白髪に変りはてて、逝(ゆ)かれた、とうかがったが、貴女(あなた)に、なにか、その理由を、語りのこして、相果てられたか？」

左近は、訊ねた。

「いえ、父は、口をきく体力も気力もないままに、ねむりつづけて、他界いたしました」

いよは、こたえた。

「一語も、云いのこされずに――？」

「はい」

いよは、こたえてから、

「ただ、一度、指で、宙に、なにやら、文字らしいものを、書きましたが……」

と、告げた。

七

左近は、いよという娘を見まもって、

「父上が、指で宙に書かれたのを、まねてみて下さらぬか？」

と、もとめた。

「はい」

いよは、右手をあげると、人差指で、ゆっくりと、亡父が書いた通りを、やってみせた。

「もう一度――」

左近は、いよに、くりかえさせた。

「先生、なんて文字でしょうかね？」

佐平次が、小声で、訊ねた。

「卍(まんじ)――どうも、そのように、受けとれる」

左近は、自分に云いきかせるように云ってから、いよに、

「いかがであろう。父上が、卍という梵字(ぼんじ)を書きのこされたとして、それについて、なにか思い当ることがあれば、うかがいたい」

と、問うた。

いよは、しばらく、俯(うつむ)いていたが、

「思い当ることは、ありませぬ」

と、こたえた。

左近は、質問を転じた。

桜場左馬之助が、白髪になって家へ戻って来た三日前、どこへ出かけていたか――そのことであった。

いよの返辞は、きわめて、平凡なものであった。

「父は、夜釣りに出かけました。……釣りは、父の唯一の趣味でございました」

「いつも、どのあたりに、釣りに行かれたか、ご存じか？」

「よくは存じませぬが、洲崎(すさき)の木場(きば)あたりに出かけていたようでございます。いつも、きまって、沙魚(はぜ)を釣って参りました」

海にも、川にも、堀にも、釣糸を垂れる季節なのであった。

当時、いい日和には、大川端は、両国から小日向まで千人、同五つ目橋までさらに千人、太公望がずらりとならんでいた。

深川洲崎の木場は、すなわち、諸方からはこばれて来た材木が、びっしりとつなぎ合されて、水面をふさいでいるところであった。

釣場としては、最適の場所であり、この季節には、材木の上に蒲団を敷いて、数十人が、竿をさしのべている光景が、見られた。雨の日でさえも、数人の姿があった。

「夜釣りに行かれて、三日後に、白髪になり、痩せおとろえて、戻られたか」

左近は、腕を組んだ。

——あの男も、仙台堀の小舟の中に倒れていた、という。

「……それはもう、よく戻りつくことができた、とふしぎなくらいでございました。別人ではないか、と目をうたがうほどのやつれ果てた姿でございました」

いよは、悲惨なその姿を偲びながら、泪をにじませた。

「うかがうまでもないことであろうが、父上は、他人から怨恨を買うようなお人柄ではなかったのですな？」

「はい」

いよがうなずくと、脇から『瓢や』のおもんが、

「桜場様は、店へおみえになっても、それはもう、もの静かに、酒の味を愉しんでおいでの御仁でござんした。……人からうらみを受けるなんて、とんでもない、お顔立ちといい、物腰といい、あんな立派なおさむらいは、旗本八万騎の中にだって、見当るものじゃありません。失礼ながら、こんなつつましい町道場をひらいておいでなのが、お気の毒と思ってたんです、あたしは——。五千石以上の旗本大身にしてさしあげたいくらいでござんした」

と、云った。

左近は、おもんの言葉で、ふと気づいて、

「父上は、もとは、どこかのご家中でしたか？」

と、訊ねた。

「祖父の代までは、羽州六郷家の武具奉行をつとめていた由にございます」

いよは、こたえた。

八

六郷家は、羽州由利郡本庄で、二万石を領する小大名であった。

しかし、その祖先は、出羽国北六郷の庄の地頭であり、鎌倉以来の名家であった。

豊臣秀吉が、東北を制圧した時、六郷兵庫頭政乗は、その陣門に伺候して、本領を安堵し得た。

慶長五年——関ケ原役の起る直前、山北衆と称ばれた東北七人の小大名たちは、徳川家康の要請に応えて、上杉景勝を討つべく、出陣した。

ところが、上方に於いても合戦が起り、徳川家康は、石田三成、小西行長らによって、背後を襲われた、という報がとどいた。

そこで、山北衆は、みな、いそいで、本国へひきかえした。

その頃は、交通事情が悪く、東北などは国内であっても、あたかも外国のように、情報のとどくのがおくれた。

関ケ原役は、九月十五日わずか半日で終了したが、山北衆の一人六郷兵庫頭政乗が、石田三成に味方した出羽の豪族小野寺遠江守綱之と、戦いをはじめたのは、十月はじめからであった。

六郷政乗は、小野寺綱之と、約一月間にわたり、火の出るほどに五、六度も闘いをつづけて、ついに小野寺家を滅亡せしめたが、おのが率いる手勢の半数以上も喪ったという。

その年十一月末に、政乗は、江戸へ出て、徳川家康にまみえ、常陸国府中一万石を与えられた。

元和九年に、政乗は、幕府領羽州本庄に、国替えさせてもらった。府中一万石の方が、一年の半分を雪で掩われる本庄二万石より、はるかに実収穫があったが、政乗は、先祖代々の土地への愛着をすてがたかったのである。

爾来、六郷家は、本庄を動かず、東北の貧しい小藩として、下方の席次を守って来て、現在にいたっている。

桜場左馬之助の先祖は、その父の代まで、ずうっと、六郷家の武具奉行をつとめて来た、という。

祖父がなぜ致仕して、浪人になったのか、いよは、父からきかされていなかった。

いうなれば、桜場左馬之助は、致仕した父につれられて、江戸へ出て、深川に住みついた、浪士の典型といえる人物であった。

主家をはなれたとはいえ、さむらいの誇りを堅守すべく、その父は、左馬之助に、きびしく文武の道を歩ませた。

心形刀流を学んだ左馬之助の業前は、

「小さな町道場主にしておくには惜しい」

と、立ち合った直心影流の達人井上伝兵衛をして云わしめた。

井上伝兵衛は、下谷車坂町に、大きな道場を構え、心形刀流の伊庭軍兵衛とも、親交があったのである。

それほど腕の立つ左馬之助が、瞬時にして白髪と化すほどの異常な変事に遭うて、一命を落したのである。

月心寺にはこばれた男は、どうやら恐怖のあまり、記憶喪失症になった模様であるが、桜場左馬之助ほどの剣客が、恐怖によって、むざんな姿に変り果てたとは、考えられなかった。

左馬之助は、四十三歳であったが、一本の白髪もなかった、といよもおもんも証言した。

——あの男が、あまりの恐怖の出来事に遭うて、記憶を喪失し、おびえつづけていることは、たしかだが、桜場左馬之助は、決して、恐怖などしなかったに相違ない。にもかかわらず、白髪になり、痩せおとろえた。記憶を喪失しなかった証拠は、わが家へ戻りついたことで明白だが、娘のいよに、その異変の事を語る気力も体力もなくしてしまっていた。わが家に戻りついたのは、気力だけで、すでに、その場所から遁(のが)れ出た時には、体力は尽きていた、ということになる。

『瓢や』へひきかえして、佐平次とさし向って、酒を飲みはじめた左近は、眼眸を宙に据えて、ともすれば乱れ散ろうとする推理力を、一点に集めようと、つとめた。

「先生、あの娘御の話だけじゃ、なんの手がかりもつかめませんねえ」

佐平次が、投げ出すようにいうと、左近は、

「目下は、五里霧中だな。しかし、手がかりらしいものには、ふれているようだ」

「なんです、それァ？」

「卍だな」

「へえ！」

「佐平次、今日から、この深川の仙台堀はじめ、堀という堀に沿うた道を、歩きまわってもらおう」

「合点で——。けど、さがすめあては、なんなのですかい？」

「卍だ。たとえば、堀沿いに建つ土蔵に、卍の紋どころがうってあれば、それが、手がかりになるかも知れぬ。あるいは、卍の紋をつけた男にでも、出会せば、そいつを、尾行してみるのも、無駄ではあるまい、と思う」

「成程——、待っていておくんなさい」

佐平次は、もう腰を上げていた。

九

月心寺へ帰るべく、月見池の畔をまわって行く左近は、一瞬、

——尾けられている！

と、察知した。

小松を縫うようにして、道を歩きつつ、左近の神経は、鋭く、背後へ配られた。

尾行者は、あきらかに殺気をみなぎらせている。

こちらには、刺客に襲われるおぼえはなかった。

——おのれの今宵の行動が、呼び寄せた刺客としたら、これは、歓迎せねばならぬ。

左近は、わざと、酔いが急に出た足どりになった。

そして、小松の枝に、顔を打たれて、よろめいてみせた。

誘いと知ってか知らずか、その瞬間、きえーっ、と刃音が襲って来た。

刺客が両断したのは、左近ではなく、小松の幹であった。

左近は、地面からわき立つように、敵めがけて、身を躍らせた。

抜きつけの峰撃ちを、胴へ入れるつもりであった。

刹那——。

対手(あいて)は、鳥の軽やかさで、下肢を縮めて、宙へ翔(か)けた。

しかも、一間余の後方へ、跳び退(すさ)ったのである。

「出来るの、お主！」

その言葉は、刺客の方から、かけられた。

「いまの一撃が、わたしの腕を試したのであれば、たちのわるいからかいというべきだろう」

「からかいではない。これは、警告だ」

「なんの警告だ？」

「白髪になった男どもについて、よけいな詮索はせぬことだ」

左近は、その警告をきくと、はっとなった。

「お主は、月心寺に忍び入って、あの男を、斬ったか？」

「いや、まだだ」

「あの男を生かしておいて、わたしに警告するとは、どういうのだ？」

「あいつを生かしておくのは、記憶がよみがえって来るかどうか、まだ試して居る段階だからだ」

「記憶がよみがえって、すべてしゃべったら、どうする？」

「その時は、あいつもお主も、殺す。が、おそらく、あいつの記憶はよみがえるまい」

「大層自信ありげだな」

「あるからこそ、あいつを、市中へもどしてみた。おあつらえ向きの、治療の場所があった。……あいつの記憶をよみがえらせてみるか、それとも、永遠に記憶を喪失したままの廃人として生涯を終えるか——これは、賭だ」

「ということは、お主が、あの男を、あのような目に遭わせた、というわけだな？」

「むこうから進んで、試されにやって来た、と考えてもらってもよい」

「どういう意味だな、それは――？」

「お主のかかわり知らぬことだ。よいな、警告したぞ。お主も、白髪になりたくなければ、手を引くことだぞ」

対手は、闇の中へ消えた。

――生捕ることのできる人間ではないようだな。

左近は、月心寺の庫裡にもどると、まだ寝牀に就かず、行燈わきで、しょんぼりと坐っている男を、視た。

春太は、もうぐっすりと眠っていた。

左近は、男の前に坐ると、

「よく、眺めて欲しい」

と、いって、人差指で畳へ、卍と書いてみせた。

「どうだ、この文字について、なにか思い出せぬか？」

「…………」

「自分で、書いてみるがよい」

「…………」

男は、微かに顫える指で、卍と書いた。

「どうだ？　思い出せぬか？」

「………」

男は、必死に思い出そうと努力している様子であったが、急に、激しい頭痛に襲われたらしく、両手で頭をかかえた。

「まだ、思い出させるのは、むりか」

左近は、暗然として、腕を組んだ。

——こういう目に遭わされては、たまらぬが、さりとて、もうあとへはひけぬ。乗りかかった船には、乗らずばなるまい。

十

見たよ、見つけた
あの婀姿(あだ)
ちらりと姿を三(み)めぐりの
婀し契りを枕橋
恋の闇路を言問(こと)い(と)の
お茶屋が、取りもつ縁かいな

のんきそうに、唄いながら、両国橋を渡って行く素走りの佐平次は、目だけは、鋭く、

七、八歩さきを行く者の背中へあてて、はずさずにいる。
降りみ降らずみの、湿気の多い、いやな午後であった。

佐平次が尾けている者は、番傘をさしていた。武士であったが、どこかの藩士とも浪士とも、ちょっと区別のつきかねる身なりをしていた。

尤も——。

この頃には、旗本にしても各藩の定府（江戸詰）にしても、黒木綿や紬の紋服をつけ、小倉木綿や京桟留の袴をはいた野暮ないでたちは、よほど頑固な老人にしか見られなくなっていた。つまり、屋敷風、というのをきらって、旗本御家人の次三男ともなると、町人風のぞろりとした風俗になり、無腰の者までかなりいたのである。

佐平次が尾けている男は、大小をたばさみ、袴をつけていたが、蟬の羽根のような薄い紗をまとっていた。

その背中には、卍の紋があった。

佐平次は、この三日間、深川一円を歩きまわりながら、

——卍、まんじ、卍はどこぞにないかいな？

念仏のように、くりかえした挙句、ついに無駄骨を折ったのであった。

武家屋敷の門扉にも、商家の土蔵にも、卍の紋をうった家は、一軒も見当らなかったのである。

また、卍の紋をつけた者にも、出会さなかった。

「勝手にしやがれ！」

雨に降りかかられて、両国の垢離場の並び茶屋に駆け込んで、甘酒をすすっている時、すうっとおもてを通りすぎようとしたおさむらいを、何気なく見やって、

「おっ！」

と、声をあげたのであった。

その三つ紋は、卍だったのである。

卍紋といっても、さまざまのデザインがされてある。右卍、左卍は、きわめてオーソドックスであるが、その他変形した紋も、二、三にとどまらない。角立左卍とか、剣先左卍とか左卍菱とか、捻卍とか、卍崩し丸とか、卍を五つ合せた桔梗卍とか——。

そのむかしは、卍紋を用いる家もすくなくなかったが、徳川期に入ってからは、切支丹宗の十字架に似ているところから、ほとんどの家が、公儀に遠慮して、卍の家紋をすてたのである。

その男が、紗の着物につけたのは、片刃左卍であった。これは、卍紋の中でも、最も十字架に似て居り、当世、これを家紋にしている者は、稀である、というよりも、絶無のはずであった。

——いやがったぞ！　いやがったぞ！　こん畜生め！

佐平次は、胸をおどらせながら、尾けはじめたのであった。

その男は、宗十郎頭巾をかぶって、目だけのぞけていた。両国橋を渡ると、右折して、本所元町から一つ目橋を渡り、御舟蔵に沿うて、男は、まっすぐに、歩いて行く。

――やっぱり、深川だぞ！

小止みになっていた雨が、あたりを暗くすると、またしきりに降り出した。

その男は、深川元町を通り抜けて、小名木川に架けられた高橋を渡った。

小名木川と仙台堀の間のこの一帯は、大名の下屋敷と寺院が、地域の三分の二を占めている。

――どこへ、行き着きやがるか？

佐平次は、脚をすりこ木にした甲斐があった、と胸をふくらませていた。

十一

その男は、久世大和守の下屋敷と霊巌寺と、二つの高い海鼠塀にはさまれた往還を、まっすぐに、仙台堀へ抜けるもの、と思われた。

そこで、佐平次は、そうつけたおのが見当で、ちょっと油断した。

と――。

ふっと、その男が、久世家の下屋敷とどこかの小屋敷のあいだの路地に曲った。

「おや？」

佐平次は、あわてて、小走りになった。

のぞくと、その路地に、人影はなかった。

「こん畜生っ！　幽霊みてえに、消えちまいやがった！」

思わず、そう呟いた——とたんに、

「消えては居らぬぞ！」

冷やかな反応が、背後でなされた。

一瞬、佐平次の背すじを、氷のように冷たいものが走った。

振り向くと、いつの間にか、その男は、往還上に、依然として番傘をさしたまま、立っていた。

堀へ躍りあがって、ひと奔りにそこへ身を移したに相違あるまいが、途方もない敏捷な動きのできる習練が成っていることを示している。

「お前は、左近と申す世話やきの命令によって、わしを尾けまわして居るのだな」

「冗談じゃねえ」

佐平次は、対手の刺すような眼光を、怯じずに、受けとめて、

「天下の往来を、あっしが、どう歩こうと、うっちゃっといてもらいてえや」

「濡れ鼠になって、うろつくのは、乞食でもやらぬことだ」

「あっしは、雨の中を歩くのが好みなんでしてね」

「へらず口をたたけるのは、首が胴につながっているからだが、気の毒ながら、このあたりで、あの世へ鞍がえしてもらおう」

殺気が、その総身にみなぎった。

並の人間だったら、足がすくんで、動けなかったろう。

佐平次には、後へ一間跳び退る業があった。

ぱっと跳び退って、

「斬ってみやがれ！　卍野郎！　尾けてるのを感づかれたのは、こっちのどじだが、そこいらの岡っ引たァ出来がちがってらあ。素走りの佐平次だぜ。てめえらの抜き討ちがおそろしくって、夜働きができるけえ！」

と、毒づいた。

瞬間――。

番傘が、生きもののように、飛んで来た。

ひらいたままなら、勢いがなかったろうが、その男の手から放たれるや、すぼんで、これは、一種の飛道具と化した。

事実、その尖端に、刃物がひらめいた。

とっさに、佐平次は、左腕で顔をかくした。

槍の穂先に似た刃物は、ぐさと肱を刺した。

次の瞬間、佐平次が、その衝撃に屈せず、番傘の柄をつかんで、肱から抜きとりざま、

「来やがれ！」

と身構えたのは、流石は夜働きできたえあげた迅業と度胸であった。

しかし——。

抵抗するのは、無謀といえた。

只者ではない対手に、斬られるのは、目に見えていた。なまじ、度胸があるだけに、佐平次は、敵に背中を向けて、三十六計をきめることができなかった。

対手は、ゆっくりと、距離を縮めて来る。

——斬られるもんけえ！　斬られてたまるか！

佐平次は、刃物のついた番傘を、まっすぐに突き出して、自身に叫んだ。

その時、急に、その男の態度が変った。

佐平次には判らなかったが、仙台堀に架けられた正覚寺橋を、急ぎ足に渡って来る人影が、その男の目にうつったのである。

それは、左近であった。

偶然ではなかった。

佐平次は、両国の垢離場の並び茶屋から、その男を尾けて出る際、顔馴染の茶汲み女に、耳うちしておいたのである。

「月心寺にいるおらんだ左近という先生に、この佐平次が曲者を尾けて、たぶん深川へ入る、と大至急に報せてくんなえ」

それだけの用心深い手を打っておいたのである。

尤も、深川といっても、広い。両国橋を渡って、どの道をえらんで、その男が、深川へ入るか、見当はつけにくい。

そこは、左近のカンであった。

急報を受けた左近は、月心寺をとび出すと、まず仙台堀へ出て、亀久橋のところから、隅田川の出口である上ノ橋めざして、河岸道を駆けたのである。

カンは的中した。

正覚寺橋の袂に至って、橋むこうの往還上に、この光景を発見したのである。

十二

すっと、脇に立ったのが、左近と知って、佐平次は、にわかに気力が抜けて、肱の疼痛をおぼえた。

「先生！　ありがてえ！　生命(いのち)びろいしやしたぜ」

左近は、その男を、じっと見据えて、

「先夜、月見池の畔で、不意討ちの挨拶をされた御仁だな、お主は――」

と、云った。

「警告したはずだぞ、この件から、手を引け、と」

「あいにく、その警告を受けて、逆に、乗りかかった船には乗ることにした」

「たわけが！」

その男は、吐きすてた。

「この夜働きが、とうとう、お主を見つけた。お主は、しだいに追いつめられてゆく。その仙台堀附近に、お主のかくれ住む場所がある、と見当もついた」

「わしを、先夜の人間と、どうして、この盗賊めが、目ぼしをつけたか、きこう」

「その紋だ」

「なに?!」

「亡くなった桜場左馬之助が、遺言代りに、指で、宙に、卍と書いた。……お主も不覚であったな。当節、日本中をさがしても、片刃左卍などという紋をつけている者は、お主以外には、見当るまい。世間の目をはばかるならば、そんな珍しい紋などつけて、白昼往来を歩かぬがよいな」

左近の言葉のおわらぬうちに、凄じい抜きつけの一撃が、まっ向から来た。

雨中に、刃と刃が嚙(か)む鋭い金属音がひびいた。

左近が、敵の太刀(たち)を受けたのは、左手で抜いた脇差(わきざし)の方であった。

右手は、太刀の柄(つか)にかけられている。

「お主――」

左近は、微笑しつつ、云った。

「お主が、跳び退る刹那、その胴は、まっ二つになるぞ」

「……むっ！」

「生捕ることのできぬ人間は、死に至る手負いにするよりほかはない。……お主の跳躍の術と、わたしの抜刀薙(な)ぎの業と、どちらがまさるか、試そうではないか」

「おのれ――うぬぼれるな！」

その男は、睨(にら)みつける眼光にさらに凶暴の色を増した。

ものの十秒も、刃と刃を嚙み合せて動かぬ静止の時間が、あったろうか。

その男が、地を蹴って躍り、数歩後方へ跳び退るのと、左近が抜きつけの一閃(いっせん)を送るのが、同時であった。

その男の胴は、まっ二つにはならなかった。

その代り――。

左近が放った白刃は、その切先が、対手の宗十郎頭巾を、截っていた。

頭巾の下からあらわれたのは、逞しい魁偉の容貌であった。

いや、それよりも……。

ぱらりとさんばらに散った頭髪は、黒毛一本もない純白だった。

「左近！　後日、必ず、一命を奪るぞ！」

その男は、無念の一語を、そこにのこして、霊巌寺の土塀上へ、とびあがり、姿を消した。

佐平次が、月心寺で、肱の傷の手当をし終えた頃、どこかへ行っていた左近が、もどって来た。

「先生が、あそこへ現われて下さるのが、あと十かぞえるほど、おくれていたら、あっしは、いま頃、三途の川を渡っていましたぜ」

「あの男を、よく見つけた。これで、手がかりはつかめた」

「あの卍野郎のかくれ家を、もう見つけなすったので――？」

「いや、そうかんたんには、さがし出せまい。しかし、この数日うちには、必ずつきとめる」

「用心なすって下さいよ、先生」

「虎穴に入らずんば、虎児を得ずだ」

　左近は、笑った。

「それにしても、あの卍野郎も、あたまがまっ白けだったとは、あきれやしたぜ」

「あの男も、桜場左馬之助や、ここで記憶を喪失している者と、同じ経験をしたものだろう」

「へえ、それで、あの卍野郎だけが、くたばりもせず、記憶も失わなかった、というわけですかい」

「異常な体力と気力を持っているのであろうし、その場所から脱出するのが、きわめて、早かったのだろう」

「先生までが、白髪になんなすっちゃ、ごめんですぜ」

「これでまだ、女房ももらって居らぬ身だからな、そうやすやすと生きた幽霊などにはならぬつもりだ」

　どうやら、左近は、何か、充分に合点できることを、さぐりあてた様子であった。

十三

「佐平次、瓢やで、一杯やるか」

左近が、さそって、月心寺を出たのは、次の日の午後であった。

「待ってやした」

左近は、月見池の畔を歩きながら、梅雨の晴れ間の、雲の多い空を仰いで、

「今夜は、満月だな」

と、呟いた。

――ふむ！　旦那は、今夜、なにか、やるぞ！

佐平次は、敏感に、胸のうちで、云った。

「おや、いらっしゃいまし」

跳ね馬の紺暖簾をはねて、二人が入ると、おもんが、歯切れのいい声音で、迎えた。

職人ていの客が、三、四人、飲んでいた。

左近は、衝立で仕切った場所に、あがると、

「佐平次、ひとつ、覚悟をしてもらおうか」

と、云った。

「合点承知！　先生の命令なら、たとえ火の中、水の中、こちゃ、いとやせぬ」

「その頭髪が、まかりまちがって、白くなっても、かまわぬか？」

「その時は、染めまさ。あっしは、番茶色をしてやがるんでね、一度、鴉（からす）の濡（ぬ）れ羽（ば）色に染めてみてえ、と思っていたんでさあ」

　おもんが、酒をはこんで来て、

「先生、なにか、手がかりがつかめましたか？」

　と、訊ねた。

「うむ、どうやら――」

　左近は、おもんに酌をされながら、

「卍紋は、桜場左馬之助の父が、暇をとった羽州本庄の六郷家が、慶長年間まで、家紋としていた、と判った」

「それじゃ、六郷家と、こんどの白髪事件は、つながりがあるんですね？」

「どうつながっているか、そこまでは、まだ判らぬが、ものはためしに、その場所へ乗り込んでみることにした」

「その場所ってえと、どこです？」

　佐平次が、首を突き出した折――おもてに、春太のけたたましい叫び声がした。

「先生！　思い出したよ、病人がよう」

　春太は、記憶喪失の白髪の男をつれて、とび込んで来た。

　左近は、男を前に据えると、

「何を思い出した？」

「はい。……この少年が、着物のつくろいをして居るのを眺めているうちに、その縫い針から、ふっと——」

「ふむ」

「記憶をなくす前、釣りをしていたことを、思い出しました」

「そうか、やはり——」

桜場左馬之助も、夜釣りに出かけて行き、三日後、幽鬼のようになって、戻り着いたのである。

「それから、ほかに、思い出したことは？」

「ざんねんながら、そこまでしか……、あとは、まっ暗闇の中で、もがいたような、ぼんやりした記憶が、あるだけで——」

「それだけ、きいておけば、充分だ」

左近は、春太に、男を連れて行かせると、腰の印籠を取って、白い小さな丸薬を、佐平次と自分の盃(さかずき)へ、一粒ずつ、落した。

「なんのまじないなんで、これァ？」

「白髪ふせぎのまじないだ」

暮六つ（午後六時）の鐘の音をきいて、左近は、腰を上げた。

「参ろうか」

「へい」

二人が、出かけようとすると、おもんが、いそいで、送って出て、火打ち石を鳴らして、切り火を散らした。

「お大事に――」

見送られて、裏店を抜けて行きながら、

「先生、おもんは、先生に、ぞっこん、首ったけになってやすぜ」

佐平次が、云った。

「小股のきれあがった佳(い)い女だ。心意気もある」

「へっ、先生も、すこしは、気がおありですかい。そいじゃ、ひとつ、あっしが、首尾の仲立ちを買って出やすかね」

「早合点するな。女が抱きたくなれば、わたしは、吉原へ行く」

「べつに、おもんを抱いたからって、女房にしなさることはねえやな」

「わたしは、金で肌を売る女以外は、抱かぬ」

左近は、不幸であった母親のことを想いやっていたのである。

十四

大和町(やまとまち)を抜けて、仙台堀に架けられた亀久橋を渡ると、東平野町(ひがしひらのちょう)になる。堀に沿うて行くと、小橋をへだてて吉永町。その後方は、広大な材木置場であった。

吉岡橋と読める小橋の上に来た時、左近は、じっと水面へ、視線を落した。

「水が動いているな」

「へえ？」

佐平次は、首を突き出して、のぞいてみた。

気のせいか、材木置場の方へ流れ込む水の動きが、速いようであった。

「釣場としては、ちょうどいい、と釣人なら目をつけるところだ。桜場左馬之助もあの男も、舟で、この吉岡橋をくぐったに相違あるまい」

「じゃ、あの材木置場あたりが、怪しい、と睨みなすったので――？」

「寛永の頃まで、あの材木置場には、六郷家の下屋敷があった、としらべがついている」

「なあるほど！」

「桜場左馬之助が、ここを釣場にえらんだのは、たぶん偶然ではなかったろう。ひとつの目的があって、夜釣りに来ていた――そう解釈した方がよさそうだ」

「そいじゃ、春太が連れて来た、あの男の方は、どうなんで？」

「あの男は、なにも知らずに、よく釣れそうだ、とえらんで、とんだまきぞえをくらったものだろう」

「先生、舟を見つけて来やすか？」

「こっちは、舟では行かぬ。……舟で行けば、地下へ吸い込まれるおそれがある」

「吸い込まれる？」

「そう考えられるのだ、この水の動きでは――」

左近と佐平次が、吉岡橋を渡って、吉永町を通り抜け、材木置場に入った時、空には、潤んだ満月が浮いていた。雲が散っていて、湖面に似た宵空から、満月はかくれる場所もなく、下界をくまなく照らしつづけている。

材木置場といっても、数万坪はある広大な区域であった。

「これじゃ、どこに、その怪しい場所があるのか、皆目見当もつかねえや」

佐平次は、首をかしげたが、左近は、ふところ手で、勝手を知ったように、まっすぐに歩いて行く。

人手だけで運搬しなければならぬ時代なので、木材は山と積まれてはいないため、見通しはきくのであった。

左近は、見張り番の小屋をみとめて、近づいた。

「ものをたずねる」

「へえ――」

冷酒を、ちびちび飲んでいた六十年配の老爺（ろうや）が、左近をけげんそうに見かえした。

「あのむこうにある高い板塀でかこまれた場所だが、何者の所有だな？」

「あれは、旦那、むかしの幽霊屋敷の跡でございましてね、所有主など居りやしませんよ」

「近辺の者で、あの中へ、入った者があるか？」

「とんでもない。幽霊にとりつかれて、殺されるなんて、まっぴらですからね。近づく者なんぞ、一人だって、いやしません」

「それは、むかしからの云い伝えか？　それとも、入って死んだ者がいて、おそれているのか？」

「十年ばかり前でございましたかね。深川八幡の地廻りが、血気にまかせて、幽霊をねじ伏せてくれる、と踏み込んだことがございました。それが、二日後には、その堀に、土左衛門になって、浮いて居りました。てまえが、町内の衆を呼んで、ひきあげたのでですから、まちがいないことなんで——へい。袈裟がけに、一太刀で、ばっさり斬られて居りやした」

「わかった」

左近は、小屋を出ると、そこへ向って歩き出した。

小屋から、首をのぞけた見張り番は、おどろいて、

「旦那！　わかっていて、お入りなさるので……？　お止しなさいまし。わるいことは

申し上げません」

と、とどめた。

「土左衛門になって、お前に世話をかけるようなことはせぬから、安心してもらおう」

十五

佐平次も、流石に、見張り番の話をきいて、いささか、へっぴり腰になっていた。

「先生、虎穴に入らずんば虎児を得ず、って――その通りにちげえねえが、ただの虎じゃねえようだぜ、これァ」

「怯じ気づいたか、佐平次？」

「先生は、平気なんで――？」

「いや、平気ではないな。これで藪医者のはしくれだから、生命の尊さは、知りすぎるほど知っている。……しかし、あれが、六郷家の下屋敷と判った以上、あとへは引けまい」

やがて――。

二人は、その高い板塀に沿うて、まわって行った。

「ありやすぜ、あそこに木戸が――」

佐平次が、指さした。

「うむ」

左近は、ずんずん近づいて行く。

——大丈夫かねえ、ほんとに……。

佐平次は、気のせいか、肌がうそさむくなった。

木戸、といっても、かんたんに押し開けられる戸ではなく、丸太を組み合せた、がっしりとした頑丈なしろものであった。いうならば、戦国時代の砦の柵門に似ていた。

「佐平次、忍び込んで、戸を開いて、逃げ口をつくっておくのは、得意だろう」

「へえ、それァまあ……」

「やってくれ。音を立てぬように——」

——しようがねえや！　この旦那のためなら、生命を棒に振っても、悔いはねえや。

佐平次は、おのれに云いきかせると、

「待っておくんなさい」

十歩ばかり距離を置いた地点から、板塀へとびついた。

その身軽さは、猿にひとしかった。

——もしかすると、佐平次を犠牲にするかも知れぬ。

左近には、そのおそれがあった。

しかし、音をたてずに、そっと戸を開くには、佐平次の手をかりるよりほかはなかった。

ものの数分も経たぬうちに、戸は、そっと開かれた。

「先生、ここは、まるで、武蔵野でさ」

佐平次は、ささやいた。

夜目にも、はっきりと、さまざまの樹木が植込まれて、それは、のび放題にしげっていた。

「お前は、この木立の中で待って居れ」

「お一人で、踏み込みなさるんで——？」

「どうやら、仕掛けに、見当がついた。わたし一人で、片づけられそうだ。お前には、片づいたあとで、何か手伝ってもらうことになろう」

「先生、浦島太郎になって、ひきかえして来なさるのは、ごめんですぜ」

「懸念に及ばぬ」

左近は、四方に向って、鋭く神経を配りつつ、ゆっくりと、跫音（あしおと）を消して、木立の中を進んだ。

林が切れると、そこに、寄植籬（よせうえまがき）がめぐらしてあった。

あきらかに、古い屋敷跡である。

内側に人の気配のないことをたしかめて、左近は、寄植籬を、越えた。

とたん――。

左近は、なんとも名状しがたい異臭が、微かにただようのを、嗅いだ。

――ただの臭気ではないな。

用心のために、予防の薬を嚥んでおいたことが、役に立つようであった。

寄植籬の内側は、いちめん芝を敷いた平庭になっていた。

彼方に、くろぐろと、建物が見分けられた。大した構えではなかった。たぶん近年に、建てられたものであろう。

左近は、一瞬、芝を踏んで、その建物へ向うことに、逡巡をおぼえた。

――この平庭に、何かの仕掛けがある！

これは、霊感に近いカンであった。

と――。

建物の中から、一個の黒影が、出現した。

「左近！」

対手は、こちらの名を呼びあてた。

「警告したにもかかわらず、とうとう、かぎあてたな」

月見池の畔で、左近を襲い、深川一円をさがしまわっていた佐平次を、番傘の得物で刺した男に、まぎれもなかった。

「お主が、卍紋をつけて、白昼、往来にいたことが不覚であった。ここが、六郷家の下屋敷であることも、明白となった。……幽霊の出る場所として、世間をおそれさせているのも、お主のしわざであろう」

「それは、ちがう！……貴様は、おれが、三十歳にして白髪であることを、みとめたはずだ。おれも、幽霊に出会した一人だ」

「しかし、お主は、ここに住んでいる」

「左様、住んで居らねばならぬ仔細があるのだ」

「その仔細をきこうか」

「きかせるかわりに、貴様にも、白髪になってもらおう」

男は、云いはなった。

十六

「よいか！　ここへ参った以上、死ぬか、白髪のよいよいになるか——いずれかだ」

男は、腰から、白刃を抜きはなって、青眼にかまえると、

「ぶじに脱出できるのは、拙者を斬る方法（すべ）がただひとつだ。来るか」

と、云った。

「お主は、番傘にまで仕掛けをする男だ。対等に、五分と五分の勝負はすまい」

左近は、男と自分の距離をはかっていた。

約二十歩あった。

この距離が、曲者であった。男のさそいに乗って、うっかり一騎討しようと進めば、とんだ目に遭う——その予感があった。

異常な異臭は、芝生からゆらゆらとたちのぼっているのであった。

この芝生を踏んで行くのは、危険であった。

「来い！　五分と五分の勝負をしてくれる！」

男は、叫んだ。

「わたしを討ちとりたければ、お主の方から来たらどうだ？」

左近は、応じた。

「なにっ！」

「それは、できまい。……この平庭の地下には、何がある？　何が、かくされているる？」

「何もないっ！」

「その叫び声には、嘘のひびきがあるぞ！」

「黙れ！」

「あわてたようだな。こちらは、そうではあるまいか、と憶測したにすぎぬが、どうやら、あたったらしい。わたしは、西洋医術を学んだ者だ。この臭気には、毒が含まれているくらいは、すぐ判る。……この平庭の地下には、秘密の水蔵があるのだろう。桜場左馬之助も、月心寺で手当をしている男も、夜釣りに来て、ここ材木置場下の地下水道へ小舟もろとも、吸い込まれた。そして猛毒にあてられて、一夜にして白髪となった。そうだろう。もはや、かくしてもはじまるまい。ここが、羽州本庄の六郷家の下屋敷跡であることは、しらべがついている。……桜場左馬之助の父親は、六郷家の家臣であった。とすれば、桜場左馬之助が、偶然、夜釣舟と、この地下まで流れ込む水蔵に、吸い込まれたとは思えぬ。左馬之助は、長い間、秘密の地下水道をさぐっていて、そこへ潜入すべく、夜釣りをやっていた。……お主は、六郷家の家臣であろう。上司からの命令によって、この下屋敷を守っているのだ。……ここまで、云いあてられたならば、正直に、こたえることだな。どうだ？」

「………」

「わたしは、町奉行所の与力（よりき）でも同心でもない。お主の話の内容次第によっては、黙って、ひきさがってもよいのだ」

男は、しばらく、沈黙をまもっていたが、

「お主の右方に、置石がならべてある。それを、踏んで、ここまで、来てもらおう」

と、云った。

「行ったら、どうする？　正直に、打ち明けるというのか？」

「雌雄を決したあとで、もしお主が、まだ息をしていれば、冥途の土産話に、きかせてやろう」

「そうか、よかろう」

左近は、男が教えた右方の置石を踏んで行く代りに、左方へ進みはじめた。

「たわけ！　地下へ落ちてもよいのか」

「こういう場合、お主が教えてくれたのと、反対の方角をえらんだ方が、ぶじだろう。孫子が、教える虚実の兵法にしたがえば、だ」

十七

左方にも、置石がならべてあった。

もとより、対手の教えたのと反対の方角をえらんだが、絶対に安全である、という保証は何もなかった。

これは、ひとつの賭であった。

対手は、右方と教えれば、こちらが左方をえらぶ、と考えたかも知れなかった。対手の方が虚実の兵法を先取りし、こちらは、それに乗ったのかも知れなかった。その危険を承知で、左近は、敢えて、進んで行ったのである。

さいわいに――。

左近は、男へ数歩の地点に近づいた。

男は、夜目にも皓い歯をみせて、にやりとした。

「お主、したたかな度胸をそなえているな」

「内心は、びくびくしていたのだ」

「では、雌雄を決するぞ！」

男は、青眼の白刃を、ゆるやかに上下させはじめた。左近は、まだ抜かずに、鯉口をきっただけで、対手の初太刀を待った。

対手は、ただの使い手ではなく、鳥のように軽やかに跳躍する業をそなえているのであった。

当然、こちらも、意外な抜刀術を用いなければ、勝利は取れぬ、と思われた。対峙したなり、双方、月下の睨みあいがつづいた。

ただ、男の青眼剣が、ゆっくりと上下しつづけるだけであった。

およそ、四半刻が経ったであろうか。

男は、突如、無言の気合裡に、斬りつけて来た。

真剣の試合というものは、汐合がきわまった刹那に、決するものであるが、男は、その汐合のきわまるまで、待たず、初太刀をふるったのである。

左近は、片膝折って、その凄じい一撃を、抜きつけの峰で、受けとめた。

次の一瞬――。

男は、軽やかに、巨軀を、宙のものとした。

しかし、同時に、左近の左手から、脇差が、翔けたその宙へ、放たれていた。

脇差は、男の胸部を、ふかぶかと刺した。

「うーむっ！」

男は、よろめいて、建物の戸口へ凭りかかると、胸から脇差をひき抜き、その傷口を押えつつ、片手青眼に構えた。

しかし、それは、ほんの数秒間のことであった。

男は、ずるずると、その場へ崩れ込んだ。

「負けた！」

呻くように、いさぎよく、敗北をみとめた。

左近は、男が、刀をすてるのを待って、近づくと、懐中から油紙に包んだ血止めの薬をとり出して、

「急所は、はずれている。手当をして進ぜよう」

と、しゃがみ込んだ。

男は、顔を仰向けて、月かげに双眸を光らせていたが、

「約束通り、正直に、事実を、打ち明け申そう」

と、云った。


男は、六郷家の徒士目付・篠崎勇之進といった。

六郷家の徒士目付は、他藩のそれとちがい、一種の忍者であった。

五年前、篠崎勇之進は、江戸家老に呼ばれて、一枚の古絵図を示された。

この古絵図は、寛政のはじめに、六郷家の陣屋の金蔵から発見されたものであった。

それは、下屋敷の見取図であり、北隅に、

『水蔵――軍用金法馬一千枚分』

と、記されてあった。

江戸家老は、篠崎勇之進に、云った。

「この古絵図を発見したのは、三十余年前に致仕した武具奉行の桜場総左衛門であった。……最近になって、始祖六郷兵庫頭政乗様が、太閤秀吉公から、軍功によって一千枚分の法馬をたまわった記録が、発見された。下屋敷跡の地下の水蔵に、それがかくされて

あることは、疑いない。それを、お主に発見してもらいたい」

篠崎勇之進が、下屋敷跡の北隅に、掘抜井戸を発見するのは、さまでの難事ではなかった。

「それがしは、綱をつたって、井戸を降りた。そこに水蔵があった。水面から六尺下の水底に、金櫃(かなびつ)が、沈められてあった。それがしは、それを鉤縄(かぎなわ)で、いったん曳(ひ)き上げた。……金櫃が、水面上に浮びあがった時であった、突如、その金櫃から、猛煙が噴き出た。……そのために、それがしは一瞬にして、気を失って、倒れた。——気がついた時には、頭髪は、一毛のこらず、まっ白になっていた。金櫃は、いまなお、鉤縄で、水面上に、浮きあげられているが、……これを、地上に曳きあげることは、叶わぬ。金櫃からは、絶え間なく、毒気が、ただよい出ているからだ。……そのために、せっかく、地下水道を発見して、忍び入った桜場左馬之助も、むざんに、廃人となって、相果てた。……お主が、手当をしてやっている男も、それと知らず、釣舟が、地下水道へひき込まれて、……あてていたらくと相成った」

勇之進の喘(あえ)ぎは、死期が、迫ったことを、示した。

「……おれは、我欲を、出した。……そのために、主家には、まだ、発見しては、おらぬ、と申してある。……おれは、一人占めを、しようとして、いたのだ。……ふふふ、その罰が、いま、あたったようだ。……お主は、医師ならば、金櫃にこめられている、毒気を、消す方法を、心得て、いるだろう。……曳きあげるがよい。決闘に、敗れたからには、慶長大判千枚分の法馬は、お主のものだ」

「………」

「わかったか、お主――。お主ならば、あの金を、貧民を救うために、使ってくれるだろう。……た、たのむ」

その言葉を、最後にして、勇之進は、がっくりと事切れた。

十八

木戸口で待っていた佐平次は、いつまで経っても、左近が、戻って来ないので、しだいに、苛立った。

「だから、云わねえこっちゃねえんだ。虎穴なんぞに、入らなけりゃいいんだよ、全く――」

佐平次は、思いきって、忍び込もうとした。

その折、黒い影が、しずかな足どりで、こちらへ向って来た。

「先生っ！　先生ですかい？」

佐平次は、念を押した。

近づいた左近を、月あかりに、しげしげと見守って、

「ああ！　安心した。白髪には、なっていなさらねえや」

佐平次は、胸を撫でおろした。

左近は、何を思案しているのか、全く無言で、夜道をひろって行く。

佐平次は、うしろについて行きながら、その後姿に、なにやらきびしい気色があるのを感じて、話しかけるのが、はばかられた。

左近は、表戸をおろしていた『瓢や』を呼び起して、店へ入った。

湯上りのにおいをたたえた、婀なゆかた姿のおもんが、いそいそと、酒をはこんで来てくれた。

「ごぶじでよござんした」

酌をされながら、左近は、二人に、

「たとえば、どこかの地下に、一万両の大金がかくされている、とする」

と、きり出した。

「一万両?!」

佐平次もおもんも、話の大きさに、目をみはった。

「ところが、その大金をおさめた金櫃には、猛毒がこめてあり、蓋を開けば、忽ち、人の生命を奪う、という仕掛けが、ほどこしてあるとすれば、……お前ら、どうする？」

「どうするって……、一万両でげしょう？」

「そうだ」

「一万両ありゃ、てめえの一生どころか、孫子の代まで大尽ぐらしをさせられるんだが……」

「蓋を開ければ、あっという間に、毒気が噴き出て、生命はない。お前は、その犠牲になっても、子孫を大金持にしてやりたいか？」

「あっしにゃ、女房も子供もありませんぜ、先生――」

「あたしも、ひとり身ですよ」

二人がこたえると、左近は、微笑して、

「一万両よりも、自分の生命の方が大切か。……もっともな話だ」

と、云った。

「先生、あの屋敷に、そんなしろものが、あったのですかい？」

「わたしは、忍び込んで、そんな夢想をしたまでだ。……但し、幽霊は、出たな」

「くわばら！」

おもんが、首をすくめた。

「その幽霊は、わたしが、片づけて来た」

「本当ですかい？」

「しかし、幽霊がのこした毒気は、払うにいたらなかったな。……あそこは、当分、幽霊屋敷として、人からおそれられるだろう」

「先生、一万両の大金が、屋敷内のどこかにかくされていることは、たしかじゃねえんですかい？」

「白髪になりたければ、お前、踏み込んでみるか？」

「まっぴらでさあ。あっしは、いまはもう、この居酒屋で、飲むだけの小銭がありゃ、それで満足してやすからね」

「それが、無難というものだ」

左近は、そうこたえながら、眼眸を、遠くに置いた。

——黄金餓鬼になると、所詮は、あのような最期をとげることになる。

内心、呟きすてていた。

暗殺目付

一

わああん！

宙いっぱいに、蚊が唸りたてている、といっても誇張ではない。

しかも、午さがりの、ぎらぎらと真夏の陽光が満ちているさなかであった。

「これは、ひどいところだの」

喘息持ちらしく、しきりに、のど奥を鳴らしながら、月見池の畔を、歩いて来た武士が、つぶやいた。

風采もあがらず、小柄で、猫背で、半白の髷も薄かった。

まとっているのも、一時代前の絽小紋羽織で、襟や裾はよごれていた。

供も連れず、たった一人で、のそのそと歩くこの老武士が、直参旗本・六千石・公儀大目付であるといっても、誰も信じまい。

公儀大目付は、いわば、今日の検事総長にあたる。老中の耳目となって、大名やら旗本大身やら高家(こうけ)衆を監察する役職であった。

大名目付とも称(よ)ばれ、三百諸侯は、この大目付に睨(にら)まれるのを、おそれた。

こういう役職だから、旗本大身の中の俊才がえらばれ、千代田城内では、大名の待遇を受けている。

尤(もっと)も――。

天下泰平が二百余年もつづくと、もはや、徳川幕府には、大名とりつぶしの威力などなく、大目付もかなり閑職となっていた。

この老武士は、土屋右京亮政晴(つちやうきょうのすけまさはる)という、大目付五人のうちの筆頭であった。

大目付となって、すでに四十年になる。供を連れるのは、登城の時だけで、市中を歩く時は、いつもたった一人であった。

いや、長旅をする際も――例えば、京都所司代をたずねて行くとか、佐渡の金山奉行に会いに行くとか――たいてい、一人で出かけた。

周囲の人々が、心配すると、笑って、

「わしは、いわば、隠密の親玉だ。隠密が、ぞろぞろと、家来をひきつれるのは、おかしかろう。……第一、大目付のわしが、暗殺されるようなことがあるのは、時世が乱れて来たきざしゆえ、その時は、閣老がたに、ふんどしを締めなおしてもらう警告となろう?」

という返辞をしていた。

月心寺の山門をくぐった土屋右京亮政晴は、

「ききしにまさるぼろ寺だの」

と、云いながら、本堂へ近づいて行った。

廻廊や階段には、幾人か、施療を受ける病人が、順番を待っていた。

「ちょっと、ごめん――」

階段をのぼった右京亮は、須弥壇前で、痩せさらばえた老婆の、しなびた乳房の上へ、聴診器をあてている左近を、みとめた。

「ほう!」

右京亮は、珍しそうに、首をひねった。

そのような医療器具を使う医師は、本邦には、まだ一人もいなかったからである。

当然であった。聴診器が、フランスのレンネックによって発明されてから、まだ十数年しか経っていないのであった。

蘭学医師も、まだ、ほとんど、聴診器という器具の存在さえ知らなかった。

右京亮は、のそのそと、そばへ寄って、

「その器具は、なんじゃな?」

と、訊ねた。

左近は、見知らぬ老武士へ、ちらと一瞥をくれて、

「これで、呼吸音や心音の正常か異常かを、しらべるのです」

と、こたえた。

「成程、便利な器具じゃな。すると、わしの喘息の悪さ加減も、はかれるわけか。ひとつ、診てもらおうか」

「順番待ちにして頂きたい」

左近は、対手が武士であっても、ここでは、特権をみとめなかった。

「勿論、待ち申そう」

二

右京亮は、廻廊へ出ると、しんがりの座に腰を据えた。

右京亮のすぐ前は、若い職人であった。

「お前、どこがわるいのかな？」

「大きな声じゃ、云えませんや。夜鷹を買ったむくいでさ」

「その病気は、痛いものかの？」

「痛えの痛くねえのって、小便する時、からだ中が、びんびんひびきやがって、こりごりだあ、もう……」

顔をしかめた職人は、右京亮の身なりをあらためて見やって、

「おさむらいまでが、ここへ治療を受けに来なさるとは、左近先生の名も、江戸中へ知れ渡ったってえことだね」

と、云った。

「うむ。まあ、そういうわけであろうかな」

「喘息持ちだね、お前様は」

「女房よりも長いつきあいでの」

右京亮は、笑った。

「ご浪人衆じゃねえようだが……？」

「直参旗本も、お主らと同様、貧乏で首がまわらぬ」

「小普請百俵十人扶持、煤掃きしても、すてるものはひとつもねえ、というところですかい、旦那は――」

町人たちも、旗本の貧窮ぶりを、よく知っていた。

「まさしく、左様――、四百四病より貧の苦しみ、と申すからの。皮癬七年、梅瘡八年、悪妻は六十年の不作、貧乏は一生、とは、よく云ったものだ」

やがて——。

しんがりの右京亮に順番がまわって来た。

左近は、右京亮に、上半身はだかにさせて、胸と背中へ、聴診器をあてた。

「お気の毒だが、この持病は、死ぬまで治らぬようです」

左近は、宣告した。

「人間、ひとつぐらい、持病があってもよかろう。四十年もつきあって来ると、もしけろりと治りでもしたら、気抜けして、頭がぼけるかも知れぬ」

「ご老人、貴方(あなた)は、診察してもらいたくて、ここへ参られたのではないように、お見受けするが……？」

「実は、左様——。お手前の力を、かりたくて参った」

「どなたであろう、ご老人は？」

「大目付土屋右京亮政晴、とおぼえておかれい」

他の者なら、びっくりするところであったろうが、左近は、眉宇も動かさなかった。

「公儀に大目付殿が、どんな御用の向きで参られたか？」

「大目付は五人、居(お)るが、そのうちの二人が、今年になって、相次いで、急死いたした。一人は自宅で、一人は柳橋(やなぎばし)の料亭でな」

「………？」

「どうやら、毒殺された模様じゃが、毒物の反応は死顔にあらわれて居らなんだので、しかときめかねて居る」

「…………」

「急死した二人は、いずれも、宗門改めで、当節、切支丹（キリシタン）門徒など、どこにも居らぬし、また、たとえ、居ったとしても、神を信仰する者が、毒殺を企てるとは、考えられぬ。……つまり、宗門改めの大目付など、閑職中の閑職での。のんびりすごして居ったのが、突然、ばたばたと毒殺された」

「…………」

「死顔に反応のあらわれぬ毒物は、外国製であろう、と思い、お手前に、力をかりに参った次第」

「わたしという男を、誰からきかれましたか？」

「先月、京都へおもむいた折、尾張家京都屋敷の留守居・船津図書から、きいた」

左近は、船津図書から正体をきいた大目付に対して、空とぼけるわけにもいかなかった。

「失礼ですが、大目付殿ならば、いくらでも、探索の経験ゆたかな手の者を、抱えておいでであろうに、わたしをえらばれるのは、妙ですな」

左近の言葉に対して、右京亮は、にやりとして、

「お手前は、五年ばかり行方知れずになっていたそうじゃが、長崎あたりですごしていたのではなく、もしかすれば、遠く、はるばる、海を渡って、どこやらの文明国を見聞して来たのではあるまいかな。これは、あながち、年寄の猜疑心ではなさそうに思われる」

そう云って、左近のわきに置かれた聴診器を把ると、あらためて、と見こう見した。

外国密航は、たとえ徳川家に血縁の者であろうとも、露見すれば、死罪である。

「脅迫ですか、ご老人？」

「なんの、取引でござるわい」

右京亮は、けろりとした顔つきでこたえた。

三

右京亮が、立ち去ると、左近は、庫裡へもどった。

すると、そこへ、ひょいと、素走りの佐平次が顔をのぞけた。

「先生――、大物が、現われやしたね」

「お前、知っているのか、あの老人を？」

「夜働きでござんすからね。あれは、大目付の土屋右京亮様でござんしょう。供など連れねえで、一人でどこへでも歩きまわりなさるので、有名でさ。あの大物に、大事の御用をたのまれなさるとは、先生も、大物ってえことになりやすぜ」

「迷惑な話だが……、おれが、オランダ商館の船で、密出国したことを看破された上は、あの老人の犬にならざるを得まい」

「へえ、先生は、南蛮へ渡りなすったので？」

佐平次は、目を丸くした。

「万事すべて、日本は、ヨオロッパの国におくれて居るのだ。国を開いて、西洋各国と、交易しなければならぬ秋が、来ている。……科学というものの発達は、わが日本では、皆無といってよい。たとえば、ヨオロッパでは、いま、工学が、非常な勢いで発達している。海は、蒸気機関船が走っている。陸は、鉄道汽車が走っている」

「へえ？　なんですかい、その鉄道汽車ってえのは！」

「路面に、鋼鉄の棒を二本ならべて、敷設し、この上を、機関車が走るのだ。その速さは、半刻に約八里――つまり、この江戸の日本橋から京都の三条大橋まで、百二十里だから、東海道に、鉄道を敷設すれば、日本橋を明け六つ（午前六時）に発てば、その日の夜二更（午後十時）には三条大橋に、到着している」

「あきれやしたねえ。そんな途方もねえしろものが、南蛮では、走っているんですかい！」

「あと二十年も経てば、ヨオロッパ中を、汽車は、走っているだろう。……ところが、わが日本には、馬車さえ走っていないのだ。なさけないではないか」

「全く、お話をうかがうと、なさけねえや」

「公儀の閣老が、目をひらいて、海を渡って西洋へ行き、その実状を眺めて、ほぞをかためて開国せぬ限り、日本は、未開国として、とりのこされる」

左近は、宙に眼眸(まなざし)を据えて、云った。


その頃、大目付土屋右京亮の猫背姿は、両国橋を渡ろうとしていた。

と——。不意に、

「大目付殿！」

背後から、呼びかける者があった。

ひくく押えたふくみ声であった。つまり、あたりをはばかる作った声音であった。

「なんだな？」

右京亮が、ふりかえろうとすると、

「ふりかえられるな！　そのまま、歩かれい！」

鋭く、命じた。

武士は、まん中を往(い)き、足軽や町人たちは、左右の欄干ぎわを歩く、という分(ぶん)が守られていたので、背後の男の声は、通行人の耳には、とどかなかった。

「なんの用かな？」

「貴殿が目下、ひそかに、しらべて居られる件を、あきらめて、中止して頂きたい」

「わしが、なにをしらべているというのじゃな？」

「空とぼけても、こちらには、ちゃんと、判って居る。……中止されぬ時には、貴殿の生命は、ないものと覚悟されい！」

「お主――」

右京亮は、薄ら笑って、

「わしは、もはや六十三歳、いつ死んでも、悔いはない。そのようなおどかしは、無駄じゃの」

「おどかしではない。貴殿に、余生を安穏にすごされるよう、忠告いたして居るのだ」

「あいにくだが、盆栽いじりや小鳥飼いの趣味は、一向にないのでな。歌道茶道、書画棋碁のたぐいにも、無縁で生きて居る」

「では、貴殿の生命のみならず、ご家族の生命も頂戴すると申したら、如何だ？」

「口うるさい婆さんを、殺してもろうたら、さぞせいせいするであろうな。伜二人には、いつでも死ねるように、武士道の吟味をさせてある。……殺したければ、勝手に、やるがよい」

老人は、ビクともせぬ返辞をした。
こういう場合に於いてこそ、土屋右京亮という人物は、大目付にふさわしい、貫禄を示すのであった。

四

人のわる口幽霊ほどに
痩せた姿にたれがした
てなこと、口説く
女が欲しい、か
裾をからげて、胸をはだけて、しぶ団扇をかざして、強烈な陽ざしをふせぐ——あまりみっともよくない恰好で、素走りの佐平次は、妻恋坂をのぼっていた。
坂の上には、妻恋明神の社がある。
そのむかしは、妻恋坂の下にあって、境内も広く、社殿も立派だった由だが、不運な明神様で、いくども火事で焼けて、再建されるたびにだんだん小さくなり、万治年間に、焼けてからは、坂の上の稲荷社に、仮住いをしているかたちになっていた。
となりの湯島天神が、あまりに盛況なので、いよいよ、肩をすぼめて小さくなっているあんばいであった。

ところが――。

この妻恋坂の左右の小格子をならべた出会い茶屋は、通人のかよう店ばかりであった。うまい料理を食べさせる、というのではなかった。こっそりと、浮気をする待合なのであった。といって、深川八幡周辺の、いわゆる伏玉(ふせだま)といったたぐいの女を、各家がかかえているわけではなかった。

客を取るのは、貧窮した御家人や浪人者の妻女であった。良人(おっと)が知って知らぬふりをしている者もあれば、良人にも親にも子にも絶対秘密で、春をひさいでいる者もいた。

したがって――。

店の方でも、客をえらんだ。いくら金を持っていても、氏素姓の判らぬ一見(いちげん)の客など、すげなくことわった。

佐平次は、『鴫屋(しぎや)』という茶屋の暖簾(のれん)をくぐった。

「ごめんよ」

「はーい」

返辞があって、出て来た女中が、佐平次の風体を一瞥して、こっちが何も云わぬうちに、

「おあいにくでございます」

と、ことわった。

「お女将（かみ）に、取次いでくんな。素走り、が江戸へ舞い戻って来た、ってな」

「………？」

女中は、ちょっと、ためらっていたが奥へひっ込んだ。

すぐに姿をみせたのは、三十過ぎの大年増であったが、その婀（あだ）っぽい小股の切れあがった色香は、江戸でなければ、接することができぬものであった。

「びっくりさせるじゃないか、親分」

「親分は、よしてくれ」

佐平次は、苦笑した。

お女将の茶の間に通された佐平次は、

「うめえところを、かくれ蓑（みの）にしたものだな」

と、にやっとした。

「あたしが、この妻恋坂の生まれだってこと知らなかったのかい、おまいさんは——」

「ああ、そうだっけ——」

お津絵（つえ）というこの女は、五年前までは、名うての掏摸（ぬきし）だったのである。夜働きの佐平次とは、ウマが合って、互いに、追手をまくのに、助けたり助けられたりしたことが、三、四度ある。

「あたしの伯母が、この家の四代目でね、子無しだったから、死に際に、あたしを枕元に呼んで、足を洗わせたのさ」

「なるほど、うめえ変身だなあ」

「親分――いえ、佐平次さんは、あいかわらず、昼は寝て、夜は起きていなさる？」

「はばかりながら雪隠ながら、いまは、日本一の名医の一の弟子だ」

「なんだって！」

お津絵は、眉宇をひそめた。

「なァにね、男が男に惚れた、ってえわけさ。若くて度胸があって、洒脱で腕が立って、病人は貧乏人しか診ねえと来ちゃ、この素走りも、片肌ぬがざあなるめえじゃねえか」

「そのおまいさんが、なんのたのみがあって、こんなところへたずねておいでなのさ？」

「この妻恋坂へ、忍びがよいの客のことだ」

「うちじゃ、怪しい素姓の客は、一人も上げてないよ」

「それだ、すこしも怪しくねえ、れっきとした地位身分の客のことが、ききてえのだ。……上野山内の坊主が、やって来るだろう。まさか、寛永寺の御門主が、忍んで来りゃしめえが、その下にいる坊主たちが、たんまり衣の下へかくして、かよって来るだろう。どうだい？」

佐平次は、首を突き出した。

五

当時の狂歌に――、

　貧乏をしても下谷の長者町
　　上野のかねの唸るのを聞く

というのがあった。

まさしく、上野黒門内には、莫大な小判が、蓄えられていたのである。

上野山内は、江戸城内は別として、いわば、一種の治外法権地域であった。

旗本や藩士で、上司の理不尽な所業を許せず、これを殺害したりした場合など、上野山内に逃げ込んで、寛永寺の門主一品親王にすがると、公儀あるいは主家に、親王から、

「再吟味されるように――」

と、書状がとどけられ、たいがい、一命がたすかるのであった。

それだけの威光があり、庶民から尊敬もされていたので、いつとなく、大商人たちは、千両箱がたまると、寛永寺の府庫にあずけるようになっていた。

自家の土蔵に、蓄えておくと、盗賊に狙われたり、あるいは、公儀に目をつけられて、

御用金を命じられるおそれがあるので、町人たちは、寛永寺の府庫に、預けることにしたのであった。

江戸中で、ここが、最も安全な場所であった。

寛永寺の府庫は、狂歌通り——千両箱がうなるほど、積まれた。

——この金子（きんす）を遊ばせておくことはない。

そう考えたのが、寛永寺執事であったかどうか——。ともあれ、寛永寺は、文化六年から、執当御救済という名目で、大名衆に対して、金の貸しつけをはじめたのであった。

大商人には、べつに利息をきめて預らぬが、大名衆には、年一割の利息で、貸しつけたのである。

その一割のうちから、二分か三分を、預けた町人たちへ、渡している模様であった。

現代の銀行業務をつかさどったわけであるが、預けた町人には、ほんのすこしの利息を渡し、大名衆からは高利を取るのであったから、こたえられぬあきないといえた。

大名の台所が、極度に窮迫していることは、天下泰平が二百余年もつづくと、当然の経緯である。元禄年間にすでに、麴町（こうじまち）には、大名専門の質屋があったくらいである。

大名は、大坂商人から、三年さき五年さきに穫（と）れるであろう米を抵当にして、金を借りているしたがって——。大名は、かぞえきれぬくらいであった。

東叡山御府庫金貸付は、大名衆にとって、なによりも有難いことであった。

上野山内には、各大名の宿坊があった。将軍家廟参の折、随従して来て、休息し、衣服を改めるための寺院であった。

大名衆は、この宿坊の連印で、金を借りていた。

もとより、台所は窮乏の極にあるのだから、返済は、容易ではない。期限が来ても、返せない。利息が滞る。そうなると、連印した宿坊が、閉門を命じられる。大名は、将軍家の供をして、上野へやって来ても、休息したり、衣服をあらためたりする場所を失う。

そこで、やむなく、元金を持参し、利息だけを支払って、すぐまた、元金を借りてゆくのであった。

返金の期日は、毎年十二月一日より十日までであったので、その間には、大油単をかけた千両箱積みの吊台が、ひっきりなしに、黒門から搬入されて、寛永寺方丈へ置かれ、すぐまた、谷中門へ抜けるのであった。

ちなみに、大名衆は、その日一日だけ、蔵前の札差や日本橋や室町などの大問屋から、千両箱を借り受けて、上野へはこび、すぐに持ち帰って、返したのであった。

苦労のほど、思いやられる話であった。

六

左近は、大目付土屋右京亮政晴から、宗門改めというきわめて閑職の大目付二人が、毒殺されたふしがあり、力をかりたい、とたのまれて、一夜考えて、

——もしや、上野の府庫金と、なにか、関係があるのではあるまいか？

と、推理力を働かせたのであった。

殺人には、金か女か怨恨か——その三通りしかない。

大目付二人が殺されたのは、まず、金がからんでいる、とみて、ほぼまちがいなさそうであった。

宗門改め、であるから、大名と寺院との関係にくわしい大目付たちであった。

左近は、佐平次を呼び、

「上野山内の宿坊の寺僧のうちで、大金を湯水のように使って遊んでいる者がいるかどうか、きき込んで来てくれ」

と、命じたのであった。

上野の寺僧たちが、主として、湯島天神かいわいの蔭間（かげま）茶屋で遊ぶことは、公然の秘密として、世間に知られていた。

しかし、蔭間買いは、さしたる金子を必要とせぬのであった。

佐平次は、そこは、この男独特のカンで、

──もしかすると、妻恋坂あたりで、目に見えぬ大金を使っていやがる坊主がいるかも知れねえ。

と、小鼻をひくつかせたのである。

「佐平次さん」

お津絵は、居ずまいをただして、

「おまいさんらしくもない野暮なことを、きくものだねえ。いいかい、この妻恋坂で、客を取るのは、芸妓や女郎や茶汲みや伏玉や夜鷹じゃないんだよ」

「判ってらあ」

「判っているのなら、どの店でも、客のこと、客をとった女子(おなご)のことは、口が裂かれたって、教えぬことぐらいご存じのはずじゃないか」

「それを承知の上で、たのんでいるんだ」

「いくら、おまいさんでも、このことだけは、教えてあげられないねえ」

「姐御(あねご)──じゃねえ、お女将さん、こいつは、人殺しの事件がからんでいるんだぜ。その下手人さがしを、あっしの先生が、大目付から、たのまれなすったんだ」

そうきかされても、お津絵は、べつにおどろかず、

「夜働きが、いつの間に、岡っ引に鞍替(くらが)えしたのさ」

と、云った。

「よし、こうなりゃ、しかたがねえ」

佐平次は、居直った。

「この妻恋坂に、出会い茶屋が、何軒あるか知らねえが、今日から、一軒ずつ、天井裏を、ぶらぶらと散歩させてもらうぜ。いいな？」

この言葉には、さすがに、お津絵も、気色を変えた。

佐平次なら、必ずやってのけるに相違なかった。

「負けたよ」

お津絵は、投げ出すように云って、

「で——どんなお坊さんに、目星をつけたいのさ？」

と、訊ねた。

「こっそりと、大金を積んでいる坊主よ。たとえば、御家人や浪人者の女房じゃ、あきたらなくなって、れっきとした武家の生娘(きむすめ)を、いくら出してもいいから、抱きてえ、とたのんでいる坊主がいたら、教えてくんねえ」

「………」

「たのむ！」

佐平次は、頭を下げた。

「上野のお坊さんがたは、みんな金持だよ。生娘欲しやと、大金を積んでも、それが、人殺しの下手人とは限らないじゃないか。ただ、好色な漢(おとこ)にすぎないかも知れないやね」

「いいから、たのむ！　そういう坊主がいたら、教えてくんねえな」

お津絵は、佐平次からかさねて頭を下げられて、ちょっと、考えていたが、

「むかいに菊屋というのがあるだろう」

「うむ」

「あの茶屋で、いま、おまいさんが云った通りのことを、たのんだお坊さんが、いたね。旗本のご息女なら、千両出そう、とね」

「そいつ、まさか、寛永寺の執事じゃねえだろうな？」

佐平次は、首を突き出した。

「ちがうよ。長寿院というご宿坊のご住持さ」

「ふうん。長寿院か。……ありがとうよ。それだけ、きけば、もうこっちのものだ」

佐平次は、茶屋をとび出した。

半刻後には、佐平次は、月心寺に駆けもどっていた。

「先生――、居りやしたぜ、途方もねえ生臭坊主が！」

「いたか」

左近は、昼食の膳に就いていた。

「居りやしたとも！　千両出してもいいから、お武家の生娘が抱きてえ、とほざきやがった、ど助平野郎でさ。上野山内宿坊のうちでも、いちばんどでかい長寿院という寺の住職で、滋恩（じおん）というずく入道でさ」

「ふむ。何家の宿坊だ？」

「薩摩でさ、薩摩――」

「島津（しまづ）家の宿坊の住職が、そんな坊主であったのか」

左近は、微笑して、

「なにやら、におうな、佐平次」

「においやすとも！　ぷんぷん、鼻がひんまがるほどね」

佐平次は、妻恋坂の出会い茶屋で、きき出した旨を、語った。

左近は、

「よし、その坊主に、武家の生娘を抱かせてくれよう」

と、云った。

七

上野山内の宿坊・長寿院の住職滋恩堂天照が、妻恋坂下で、忍び駕籠を降りたのは、それから五日後であった。

天照が、客となる出会い茶屋は、『菊屋』という店であったが、今日行くと、あらかじめ使いを出すと、とり込み事があるため、むかいの『鴫屋』にたのんでおきますゆえ、そちらへ、お出かけ下さいまし、という返辞であった。

顧客というものは、いったん定めた店以外には、上らぬならわしであり、また、店の方でも、ほかの店の顧客を絶対に取らなかった。

『菊屋』は、よほど重大なとり込み事がある、と思われた。

実は、『鴫屋』のお女将が、事情を打ち明けて、天照を自分の店の方へまわして欲しい、と『菊屋』にたのんだことを、天照は、夢にも知らなかった。

「ごめん――」

天照が案内を乞うと、いそいそと出て来たのは、お女将自身であった。

「おいでなさいまし。長寿院さまでございますね」

「うむ」

「どうぞ、お二階へ――」

天照は、蟬の羽根のような紗に、宗匠頭巾をかぶり、金銀細工の精巧な煙草入れを腰に携げて、一見絵師風にみせかけていた。

「今年は、空梅雨のせいか、とくにお暑うございますねえ」

女中がはこんで来た茶菓子をすすめ、団扇であおぎながら、お津絵が云うと、天照は、

「坊主も、月に一、二度は、暑気ばらいせぬとのう」

と、笑った。

「そうでございますね。ご宿坊というのは、ふつうのお寺さまとちがい、ずいぶん、気苦労が多い、とうかがって居ります」

「貧乏大名の苦しい台所のやりくりを、助けなければならぬのでな」

「でも、長寿院さまは、なにしろ、薩摩の島津さまのご宿坊でござんすから、その点では、かえって、なんではござんせんか」

「出会い茶屋のお女将ともなると、大名のふところ具合まで、目がゆきとどいて居るの。……その島津家じゃが、ご家中のお一人が、おっつけ、わしをたずねて、おみえになるので、たのむ」

「はい。なんと仰言るおかたで――？」

「調所笑左衛門と申される。島津家の台所を一手ににぎって居る切れ者じゃ」

「はい。わかりましてございます。……その調所様は、どういうご婦人をお好みか、御坊様は、ご存じでございますか？」

「あいにく、調所殿は、女子に全く興味のない固物での、そこは、このわしとちがう。……談合がおわったら、さっさと帰って行くだろう。酒肴を吟味してくれるだけでよい」

「かしこまりました」

「ところで、わしの方は……、菊屋から、きいて居らぬかな？」

「うかがって居ります」

お津絵は、にこやかに、うなずいてみせた。

「では、たのめるな？」

「器量よしで、二十歳前の御家人の娘御を見つけてくどくのに、ひと苦労いたしました」

「礼金は、はずむ。……この滋恩堂天照、五十七歳の今日まで、まだ良家の生娘など、接したことがないのでな、礼金もはずむが、胸もはずむぞ」

お津絵は、茶の間へ降りて来ると、元の莫連にもどった伝法な立膝になって、

「ちえっ！　生臭の破戒坊主め、いまにみてろ……。坊主をだますと七代祟るというけど、かまうもんかい。ひとつ、梅毒っかきにでもしてくれてやろうか」

と、ののしりすてたことだった。

八

薩摩島津家の江戸定府・御側用人・調所笑左衛門が、『鳴屋』へやって来たのは、それから小半刻のちであった。

五尺ちょっとの小男で、風采もあがらず、この貧相な外見の持主が、裏坊主清悦から、調所笑左衛門という御側用人にのしあがるには、よほどの才腕を発揮したことになる。

安永五年二月生まれ、川崎某という物頭（足軽の頭）の次男であった。調所清悦という同朋の養子となり、寛政二年に、裏坊主として出仕し、養父が逝ったので、その名を継いで清悦とあらためた。二十三歳の時、藩主斉宣の父重豪附きとなり、奥茶道となった。

島津重豪は、藩主の地位をその子斉宣にゆずってはいたが、依然として、藩政を後見し、実権を手中にしていた。

その重豪に、才能を買われ、信頼されたのが、調所清悦の出世のいと口であった。

薩摩島津家は、慶長年間から、すでに貧乏であった。関ケ原役後、島津家久は京都へ上る際、兵庫から道連れになった福島正則から、旅費の不足分銀二百貫を借りた、という記録がのこっている。

島津家を、窮迫のどん底におとし入れたのは、宝暦四年から翌五年にかけての、木曽川治水工事の手伝いであった。

濃尾平野を貫流する木曽、長良、揖斐の三川が合流する下流一円は、古来から、大洪水におそわれる水害地帯であった。

幕府では、これの根本的な治水工事をするべく、その手伝いを、薩摩藩主島津重豪に命じた。

島津家では、勝手方家老・平田靱負正輔を総奉行にして、この大工事にあたった。資金調達の困難はもとより、人足、資材の不足、疫病の流行、しばしばの洪水、幕吏と地下人と薩摩藩士と三つどもえの争いなど、悪条件の重なった大工事であった。そのために、五十一名の薩摩藩士が割腹したものであった。総奉行の平田靱負自身も、工事完成の後、自刃して相果てている。

のこったのは、莫大な負債だけであった。

文政末年には、島津家の借金は、五百万両以上であった。

さらに、この借金を増したのは、藩主重豪のぜいたく癖であった。二十五代重豪は、宝暦、明和、安永、天明にわたる三十二年間を、藩主としてすごし、さらに、隠居後も、実権を二十六代斉宣に渡さず、ずーっと後見の力をふるい、思うがままに、西洋文化の輸入その他に、金を費消した。

調所清悦が、三十八歳にして御小納戸に転じ、笑左衛門となり、やがて、御使番、御奉行、そして、御使用人と出世して、定府(江戸詰)になった頃、薩摩藩は、全く首のまわらぬ財政状態となっていた。

その頃、藩主は、二十七代斉興になっていた。重豪も斉宣も、まだ健在であった。つまり、島津家には、二人も隠居がいたわけであった。

当主斉興は、調所笑左衛門を、ひそかに居室に呼んで、

「いかなる手段をとってもよい。財政をたてなおせ」

と、命じた。

笑左衛門は、自分は年少時から茶道をもってお仕えしている身ゆえ、経済についてはは全く知識がございませぬ、といったんは辞したが、許されなかった。

ひとたび、引き受けた上は、笑左衛門は、思いきった手段をとった。

まず、第一に、五百万両の借金整理であった。

笑左衛門は、借りている大坂、京都の大商人を呼んで、借用証書を引きとる代りに、年に二万両ずつ、二百五十年の年賦で返済するという通帳を渡した。翌年には、江戸の商人に対しても、同じ手段をとった。

ていのいい踏み倒しであった。

笑左衛門は、町人たちに、

「この条件を呑んでくれねば、永久に一文も払えぬ」

と、云いきったのである。

町人たちは、容易に納得しなかったが、結局、年二万両ずつでも支払ってもらえる方がよい、との結論に達して、泣寝入りした。

笑左衛門は、事実上、五百万両の借金を棚上げすることに成功すると、次に打った手は、砂糖の専売であった。

薩摩の特産は、煙草と砂糖と薩摩芋であった。

殊に、砂糖は、慶長、元和の頃は、日本国内で、これを産する土地は、ほかになかった。その後、他の地方でも甘蔗（砂糖黍）が生産されるようになっていたが、それでも、その産額に於いて、薩摩藩が、群を抜いていた。奄美大島、徳之島、鬼界ケ島などの生産地を所有していたからである。

笑左衛門は、この砂糖を精良し、藩役所の専売にし、わずか五年間で、その生産高六千万斤、代金百二十万両に上せたのであった。

さらに、笑左衛門は、米、生蠟、菜種子、琉球産鬱金（染料）、朱粉、薬種、胡麻、紙、硫黄、明礬、牛馬皮、各種林産物など、あらゆる物産を奨励し、製造させて、これを、大坂へ運んで、多大の利益を得た。

さらに——。

笑左衛門が、目をつけたのは、「唐物抜荷」(密貿易)であった。

あるいは、砂糖の専売よりも、密貿易の方が、薩摩藩の金庫の金銀を増したかも知れなかった。

しかし、そのことは、幕府にも、判らなかった。

薩摩藩は、かたく国をとざして、他国者は一人も、入れなかった。薩摩飛脚と称する公儀隠密が、幾人も、つぎつぎと潜入して行ったが、一人として、還って来た者はいなかった。ことごとく殺された模様であった。

九

調所笑左衛門は、長寿院住職天照と対座すると、

「近く、あずけてある品を、二分して、大奥と商家へ、売りさばくことにいたしした」

と、告げた。

無表情で、さりげなく、途方もない大事を口にするのが、笑左衛門の態度であった。

「露見の懸念はござらぬか?」

天照は、ちょっと、不安な表情になった。

「露見せぬために、上野山内の宿坊を、えらんだのではござらぬか」

「それは、そうでござるが……、なにぶんにも、珍稀（ちんき）な品が、たくさんでござれば、これが、大奥や商家へわたれば、いつとなく評判になるおそれがある、と存ずるが――」

「大奥は、世間はもとより、閣老の目もとどかぬところ。また、拙者のえらんだ大町人どもは、入手した珍稀の品は、絶対に、他人に見せて自慢などいたさぬ。秘密を守ることにかけては、大名や旗本よりも、大町人どもの方が、信頼でき申すよ」

そう云って、笑左衛門は、はじめて、薄ら笑ってみせた。

「成程――、調所殿が、そう申されると、安堵（あんど）いたすわ。……で、運び出されるのは、いつ頃になりますかな？　できるならば、十二月に入ってからにして頂きとう存ずるが――」

「いや、今月のうちにも、運び出し申す」

「しかし、もう、島津家では、寛永寺から執当御救済を受けずとも、金蔵には、数百万両ものたくわえがある、と世間では噂（うわさ）して居りますが……」

「あたらしく、煙草の製造所を各地につくる資金として借りる――という名目でもつけて、公儀にも届け出ておき申そう」

笑左衛門は、こたえたことだった。

灼りつける陽ざしの中を、汗みずくになって、素走りの佐平次が、月心寺へ、駆け込んで来た。

「ご注進！」

今日は珍しく、患者の姿がなく、左近は、春太を手伝わせて、薬をつくっていた。

「どうした？」

「妻恋坂で、長寿院の生臭のずく入道めが、忍び逢うていたのは、いってえ、誰だとお思いなさる、先生？」

「島津家の御側用人・調所笑左衛門ではないのか」

「あれっ？」

佐平次は、目をまるくした。

「千里眼ですかい、先生は？」

「おおよそ、そこらあたりではなかろうか、と見当はつく」

「脳みその出来が、ちがってら」

「お前は、鼠になって、天井裏にいたのだろう」

「へい」

「どんな会話を交していた？」

「長寿院では、島津家から、珍稀な品をあずかっている模様ですぜ」

佐平次は、ぬすみぎきした会話を、報告した。

「ふむ！」

左近は、腕を組むと、

「それらの品を、大奥と大町人どもに、売ると云ったのだな、調所笑左衛門は――」

「へい、たしかに！」

「抜荷の品だな。ヨオロッパ各国の置時計とか敷物とか絵とか……」

「さいですかねえ」

「それにしても……」

左近は、不審の面持で、云った。

「調所笑左衛門という人物、その抜荷の品を守るために、宗門改めの大目付を暗殺したりはせぬ、と思われるが……」

十

三日後の午後――。

左近は、大名小路にある大目付・土屋右京亮政晴の屋敷を、訪れた。

のこのこと、書院に入って来た右京亮は、挨拶を受けると、

「昨夜、喘息がひどうての、あやうく、あの世へ鞍替えするのではないかと思うた」

と、云った。

「この薬は、そういう場合に、服用して頂きたい。但し、一時、苦しいのを止めることしかできませんが――」

「有難い。今日あたり、こちらから、訪ねて参ろうと存じて居ったところであった」

「ご老人――」

左近は、大目付をそう呼んで、

「この薬も、オランダ製――つまり、密輸の品ですが、大目付としては、服用するのは、背に腹はかえられぬところでしょう」

「………？」

右京亮は、じっと、左近を、見つめかえした。

「宗門改めの大目付殿が、二人までも、暗殺されたのは、どうやら、密貿易のせいのように存じます」

「そうではあるまいか、とおよその見当はつけて居ったが……」

「そもそも、国を鎖す、ということが、不自然な政策ですが、政道の秩序を守る役職に在られる貴方に、開国策を説いてもはじまりますまい」

「お手前が、調べてくれたことを、きこうかの」

左近は、妻恋坂の出会い茶屋で、薩摩藩江戸上屋敷の御側用人・調所笑左衛門と島津家の寛永寺宿坊住職が、会ったことを、告げた。

「ふむ！　すると、調所笑左衛門は、抜荷の品を、上野山内の宿坊にかくしていたわけか。……流石(さすが)は、智慧者だのう。かくし場所としては、最適じゃわい」

右京亮は、顎をなでた。

薩摩藩が、密貿易をしていることは、すでに、右京亮は、察知していた。

これが、百年も以前ならば、島津家を改易せしめるところまで罪を問うこともできたが、天保のこの頃は、すでに、幕府には、それだけの権力はなかった。

左近は、佐平次が天井裏からぬすみぎきした密談の模様を、語った。

「……ほう、調所は、大奥と大町人どもに売りつける手筈(てはず)をととのえたか」

右京亮は、もう一度、顎をなでた。

調所笑左衛門は、千両箱とみせかけた大油単をかけた吊台に、それらの密輸の珍稀の品々をかくして、宿坊長寿院から、はこび出すわけであろうが、これを谷中門で待ちかまえて、取調べることは、大目付としては、できぬことではない。

「ご老人、島津家と一戦交えられますか？」

左近は、訊ねた。

「いや、なかなかもって、これは、おいそれと、手がつけられぬわい」

「わたしは、調所笑左衛門という人物に、会ったこともないし、ただ噂にきいただけですが、大目付殿を二人まで暗殺するような奸物とは、思えませんが……？」

「わしも、そう思う」

「調所笑左衛門の指令による、薩摩藩家中の仕業ではない、とすると、これは、どうなります？」

「さて——、何者の仕業であろうかな」

右京亮も、首をひねった。

その折——。

あわただしく、廊下をこちらへ走って来る跫音が、ひびいた。

「殿——」

用人が、血相を変えて、廊下に両手をつかえた。

「修理様が、溜池馬場にて、馬責め中、転落なされて……」

そこまで、告げて、大きく喘いだ。修理は、右京亮の次男であった。

右京亮は、眉宇をひそめたが、

「すでに、生命を落したか？」

「は、はい」

「………」

右京亮は、ちょっと、宙へ双眸を据えていたが、

「やむを得まい。落馬いたしたのは、おのれ自身の不覚だ」

と、云いすてた。

用人が、また、あわただしく去ると、左近は、直感を働かせて、

「落馬は、ただの事故だと思われますか？」

と、訊ねた。

「殺されたのじゃな、何者かに――」

右京亮の返辞は、はっきりしたものだった。

十一

辞去する左近を、表玄関まで送って出て来て、右京亮は、

「左近氏、どうやら、わしは、お手前も、まきぞえにして、その身を危険にさらしたらしい。くれぐれも、気をつけて頂きたい」

と、忠告した。

「ご老人こそ――」

左近は、頭を下げた。

右京亮は、出て行く左近の後姿を見送って、

「尾張大納言卿は、毒にも薬にもならぬ凡夫じゃが、そのかくし子が、あれほどの上出来とは、鳶が鷹を産んだ、とはまさに、これか。……あの青年が、もし尾張家を継ぎ、場合によっては、千代田城のあるじにでもおさまるようなことがあれば、天下は大きく変ろうものを……、浮世のしくみは、ままならぬ」

と、一人、しみじみと述懐した。その身を、危険にさらさせたことを、老人は、悔いていた。

たしかに――。左近は、まきぞえをくらっていた。

大名小路から、神田へ出て、柳原堤をすたすたと通りすぎようとした時であった。

「おい、お主――」

背後から、声がかかった。

振りかえると、宗十郎頭巾をかぶった浪人ていの男が、眼光を射込むように、当てていた。

左近は、尾行されていることは、神田あたりから気づいていた。

「刺客になるために生まれて来たような目つきだな、お主は――」

左近は、微笑しながら、云った。

「こちらを刺客と看て取ってくれた上は、問答は無用だな」

「そういうことだ」

対手は、三歩ばかり、すたすたと迫った。

次の刹那――。

凄じい抜きつけの一撃が襲って来た。

尋常の身ならば、脳天からまっ二つに斬り下げられて、血煙を上げていたろう。

左近は、とっさに、かわすいとまはなく、左膝を地面につけて、身を沈めていた。

対手の白刃は、頭上へ――髪すれすれで、ぴたりと停められていた。

一流の使い手は、斬り下げても、双手を水平の線で、停めるものである。無数の素振りをして、力点を、水平線上に集める習練を積んでいるからである。

左近は、対手がなみなみならぬ手練者と看て取って、その撃ち込みを、逆に利用したのであった。

身を沈めざま、こちらも、鞘走らせて、対手の胴を薙ぐ迅業は、可能であった。

左近は、わざと、抜かなかった。

対手は、ぱっと一間を跳び退った。

「蘭学医師にしては、よほど修業ができて居るな」

「医術よりも、兵法の方が、好きだった時期がある、と思ってもらおう。……ところで、お主は、ただのやとわれ刺客か？　それとも、大目付二人を暗殺した張本人か、きいておきたい」

「それをききたいために、おれの胴を薙ぐのを止めたのか？」

「左様——」

「この業を、三十両で買われた男に過ぎぬ」

その言葉に、嘘はないようであった。

奸計をめぐらし、陰険な策略を用いる人物ではない、と左近にも、察知できた。

「三十両では、その腕前は、安売りだな」

左近は、微笑して云った。

「五、六年前までは、三日も水だけ飲んでくらして居った。たったの一両で、博徒の用心棒に、やとわれたこともある。……この時世に、三十両で、おれの業を買ってくれる者は、他には居らぬ」

「その人物は、よほど、裕福とみえる。……よもや、島津家の調所笑左衛門ではあるまいな？」

「そんな人物は、おれは、知らぬ」

その返辞にも、嘘のひびきはなかった。

「さて、この場の決着、どうつける？」

「別の日に、場所をえらぶことにいたそう」

前後に、かなりの通行人の姿が見受けられたのである。

宗十郎頭巾の男は、白刃を腰に納めると、

「お主、土屋右京亮の依頼から、手を引け。お主は、なんとなく斬りたくない。好意さえ抱かせる人柄と看た」

と、云った。

「あいにくだが、乗りかかった船に、もう片足踏み入れている」

左近は、こたえた。

「斬りたくないのだ、おれは——」

「お主などには、まだ、斬られぬ。八卦(はっけ)では、わたしは、七十七歳まで生きることになっている」

十二

その日の夕刻——。

妻恋坂の出会い茶屋『鴫屋』から、一刻の浮気を愉(たの)しんだ長寿院住職天照が、お津絵に見送られて、

「では、またな」

と、出ていった。

天照は、一昨日、昨日、今日、とつづけて、『鳴屋』へ、かよって来ていた。

お津絵が、世話したさる御家人の娘が、大層気に入ったのである。

実は、その女は、御家人の娘どころか、素走りの佐平次が、奥山からさがして来た、とんだくわせ者であった。

生娘に化けて、褥（しとね）の中で、全くその通りに振舞う技術を身につけていた女であった。十四、五歳の頃から、仕込まれているようであった。陰部を、生娘と信じさせるようにする薬物も、その村にはつくられている模様であった。
二十五、六歳になっているらしいが、どう見ても、十七、八にしか受けとれなかったし、ういういしい挙措を示すさまは、神技といえた。
天照は、すっかりとりこになっていた。このぶんでは、当分かようらしい。

金も積んでいた。

お津絵は、その大金を、そっくり、その娘に渡し、

「これで、おまいさんの溜（たまり）は、二年ぐらいは、遊んでくらせるね」

と、云っていた。

村には、三百人以上が、住んでいた。まともな職にありつけず、人の忌む仕事だけ押しつけられて、ほそぼそと露命をつないでいるのであった。

老人などは、自ら進んで、大名や旗本大身の新刀試しの生贄になり、一分か二分の金で、残った家族をくらさせる——そんな悲惨な人生も、江戸の市中に、あったのである。

長寿院住職は、そういう娘を抱かされたとは、夢にも気づかず、うきうきした足どりで、妻恋坂を降りて行こうとした。

坂下から、ゆっくりと、のぼって来る人影があった。

宗十郎頭巾をかぶっていた。

「おや？」

天照は、薄闇をすかして視て、

「相馬七平太ではないかな、あれは——？」

そうみとめて、

「ふふふ……、金が入ると、男のやることは、飲むか、打つか、買うか——ま、その三つしかないて。兵法一筋に生きて来た剣客も、ふところがあたたかくなると、やることは、この坊主と同じじゃわい」

と、独語して、近づいて行き、

「相馬さん」

と、呼びかけた。

「あんたも、この妻恋茶屋の顧客になったのかな？」

宗十郎頭巾の男は、無言で、歩みをのろいものにして、天照の前に来た。

「…………」

「いや、坊主も剣客も、男であることには、変りはない。忍びがよい、結構、結構——。ま、せいぜい、愉しみなされ」

天照は、そう云いおいて、すれちがおうとした。

瞬間——。

天照は、絶鳴もあげずに、ぐうっとのめると、地ひびきたてて、そのまま、二転三転した。

文字通り、抜く手も見せぬ迅業であった。

天照がころがった時には、宗十郎頭巾の男の白刃は、もう鞘にもどっていた。
二、三の通行人がいたが、天照がなにかに蹴つまずいてころんだ、としか見なかった。
宗十郎頭巾の男は、急に、非常な足早さで、坂をのぼって、姿を消した。

「畜生っ！　やりゃがった！」

物蔭で、呻(うめ)いた者が、一人いた。

佐平次であった。

天照の浮気の終始を、天井裏からのぞきおろして、さて、月心寺へもどろうとしていた矢先であった。

「あん畜生！　のがさねえぞ！」

十三

月心寺にも、貧乏人だけではなく、噂をきいて、金持も、左近に診察をしてもらいに来るようになっていた。

その日、駕籠で乗りつけて来たのは、金座長官の後藤三右衛門であった。

金座長官といえば、現代の大蔵省のエリート、造幣局長にあたる。

後藤家は、元和年間に、初代庄三郎光次が、徳川家康に仕えて以来、代々、金座の頭領として、小判、分判の鋳造にたずさわって来た。

庄三郎という名称は、文化年間まで十一代受け継がれて来た。

貨幣鋳造を一手に支配する役であるから、その間、幾人かの庄三郎が、非行があって、蟄居を命じられたり、牢獄に入れられたりしていた。

九代庄三郎は、打首になっている。

十一代庄三郎光包は、三宅島へ流罪になり、後藤家は、事実上、絶家になった。

当代の後藤三右衛門は、二代目で、養子であった。初代三右衛門は、金座後藤家の分家で、銀座後藤家の七代目であった。本家十一代庄三郎光包が、お咎めを蒙って、絶家となったので、銀座年寄役をつとめていた三右衛門が、あらたに、御金改役（金座長官）に任命されたのであった。

金座長官ともなると、年俸千五百両、常盤橋御門外に役所をかまえ、千坪の屋敷を所有していた。

当代三右衛門は、信州飯田の郷士の伜であったが、初代の養子となり、文化十三年に家を相続していた。

まだ三十代の男盛りであった。

左近は、金座長官といっても、例外はみとめず、順番通りに、貧しい人々のあとへ待たせた。

ようやく、番が来て、三右衛門が前に坐ると、左近は、一瞥して、

――脚気だな。

と、察した。

去年から、食欲が全くなく、四肢がけだるく、動悸がひどく、めまいにしばしばおそわれる、という症状をきいて、左近は、

「脚気ですな」

と、診断した。

「脚気？」

三右衛門は、その病気を知らなかった。

これまで、名のある医師にかかったが、そのうちの誰も、「脚気」という病名を口にしなかったのである。

「貴方は、偏食でしょう？　金持だから、美食な料理は、毎日口にされて居られようが、その偏食が、脚気にならせた」

左近の言葉は、的中していた。

「偏食をやめればよろしいのですかな？」

「左様、いくら、薬をのんでも無駄です。生の野菜と果物を食べることです。白米は止めて、麦七分の玄米を摂られるとよい。これを実行されるならば、脚気はべつだん生命取りの病気ではない」

三右衛門にとって、こんな明快な診断を下した医師は、いまだ一人もいなかった。

三右衛門は、半信半疑のまま、駕籠に、けだるいからだを乗せて、帰って行った。

十四

佐平次が、妻恋坂で、長寿院の天照を斬った宗十郎頭巾の武士のあとを、尾行して行って、すでに二十日あまりが経っていた。

朝夕は、涼気をのせた風が、そよぐようになっていた。

宗十郎頭巾の武士は、相馬七平太といい、神田お玉ケ池に、小さな道場をひらいているだけが、判っていた。

小さな道場だが、看板だけはものものしく、

『武芸よろず指南　兵法天下一』

と、大書していた。

尤も——。

弟子はほとんどなく、道場で、竹刀(しない)の音など、きこえたことがない、という近所の人々の話であった。

相馬七平太が、自分を討とうとした刺客と同一であることは、すぐに、左近は、合点した。

「あっしゃ、これから、四六時中、あの道場を、見張りやすぜ」

佐平次から、そう云われて、左近は、

「あるいは、無駄かも知れぬが……」

と、気乗のせぬ返辞をしたことだった。

相馬七平太を刺客としてやとったのは、なみなみならぬ曲者(くせもの)に相違ない、と見当がつ

いた。

大目付土屋右京亮に、「手を引け」と迫り、拒否されると、次男の修理を落馬とみせかけて殺しているのであった。

ただの冷酷さではなかった。

氷のように冷たく、鋼のように強い性情と神経をそなえている人物に相違なかった。

その正体をつきとめるのは、容易ではなさそうであった。

「やっぱり、先生の仰言る通り、骨折り損のくたびれ儲けでござんした」

ひょっこり顔をみせた佐平次が、かぶりを振った。

夕餉どきであった。

この二十日間、その道場を見張っていたが、相馬七平太は、ついに、一歩も、外へ出なかった、という。

「出入りしたのは？」

左近は、訊ねた。

「酒屋の小僧だけでさ」

「弟子をやしなっては居らぬのか？」

「爺さんを一人、下婢代りに、使って居りやすがね。……稽古に来る弟子は、一人もいねえし、どうにも、しっぽをつかまえようがありませんや」

佐平次は、いまいましげに、頭をかいた。

左近は、しばらく考えていたが、

「酒屋の小僧は、酒をとどけるのか？」

と、訊ねた。

「そうなんで、よっぽどの大酒くらいでさ」

「とどける時刻は——？」

「いつも、日が暮れてから、とどけていまさあ」

「すると、まだ間に合うな」

「へえ？　なんなので？」

左近は薬餌(やくじ)棚から、小瓶を把ると、

「お前なら、てだてを思案して、その酒に、この薬を入れることができるだろう。やってくれ」

と、渡した。小瓶には、白い粉末が入っていた。

「合点で——」

佐平次が、立ち上ると、左近は、

「相馬七平太がねむり込んだ頃あいを、みはからって、わたしは、道場に入ることにする」

と、云った。

「待って居りやす」

佐平次は、とび出して行った。

入れちがいに、月心寺庫裡をおとずれたのは、金座後藤家の手代であった。

三右衛門が、診察を受けに来てから、十数日が過ぎていた。

手代は、主人の礼状と包み金を持参していた。

左近の云いつけ通りに、食餌養生をしたところ、みるみるうちに、体力をとりもどし、疲労感がなくなり、動悸もせず、目もかすまなくなった旨が、したためてあった。下肢のむくみも、とれて来たようだ、とも書いてあった。

礼金は、十両あった。

「はずんでくれたものだ」

左近は、生まれてはじめて小判というものを眺めて、目をまるくしている春太に、

「こういう患者が、月に一人ぐらい現われてくれると、施療の方も楽だな」

と、云った。

「いまに、江戸中の金持が、持病をなおしてもらいたくて、わんさと押しかけて来るんじゃねえかな。そうなったら、先生、本堂をぶっこわして、病院をおっ建てちまおうよ」

春太は、いっぱし利いた風な口をきいた。

「春太、忘れるな。この月心寺だからこそ、貧乏人は、気軽くやって来れるのだ。……施療は、もともと公儀がやるべきことなのだ。公儀こそ、小石川一箇所だけではなく、各所に、施療所を設けるべきなのだ」

十五

神田お玉ケ池の相馬道場の前へ、左近の姿が現われたのは、往還上に通行人の影も絶えた頃あいであった。

すぐに、物蔭から、待ちうけていた佐平次が、とび出して来た。

「首尾は上々、あとは、先生に仕上げをおねがえしまさ」

左近が、玄関に上ってみると、奥から、高いびきが、ひびいて来た。ねむり薬は、よくきいたとみえる。

下僕も、ねむり込んでいるに相違ない。

屋内を、自由にさがしまわることができる。

左近は、大の字に仰臥して、ごうっごうっと、建物をゆさぶるように音をたてている七平太へ、ちらと目をくれてから、その座敷に踏み込んだ。

ついて来た佐平次が、見わたして、

「あきれたねえ。なにひとつ、調度を置いていねえや。まるで、空家だぜ」

と、首を振った。

左近は、押入れを開けてみたり、壁をたたいてみたり、なげしの槍を把って、天井を幾枚か剝いでみたりした。

何も、見つからなかった。

「……やはり、三十両でやとわれただけの刺客か」

左近は、念のため、道場の方へ、身をはこんで、そこでも、同じように、壁や床板、天井をこわしてみた。

二間床にかけられた、

『天空無極』

と大書した四文字の軸も、はずしてみた。

徒労であった。

「所詮、刺客は刺客でしかないくらしをして居るらしい」

そう云いのこして、床の間から、道場床へ降りかけた左近は、ふっと、足もとを視おろした。

床の間は、畳敷きになっていたが、その畳だけが、真新しかった。

――ただの床の間を、畳敷きにつくりかえたのだな。

瞬間――。

左近の脳裡に、ひらめく直感があった。

「佐平次、有明を寄せてくれ」

「へい」

左近は、小柄を抜くと、床畳の高麗縁に突き刺し、ぐいと、持ち上げた。

「あったぞ！」

左近が、にやりとし、佐平次がのぞき込んで、

「うへっ！」

と、驚愕の叫びを発した。

床畳の下には、びっしりと黄金が、ならべてあった。

のみならず――。

それは、小判、分判ではなかった。

佐平次こそ、生まれてはじめて見るしろものであったが、それは、ヨオロッパ各国の流通貨幣――金貨であった。

佐平次は、その一枚をつまみあげてみて、

「へえ！　こいつは、ごうぎだ。南蛮小判とはねえ。……人は見かけによらねえとは、

よく云ったものだ。あの剣術使いめ、貧乏とみせかけて、こんな抜荷をしてやがったのか」

「ちがうな」

左近は、否定した。

「これは、預りものだ」

「へえ！　するってえと、こいつを預けたのが、事件の張本人ですかい？」

「そうだ。……相馬七平太は、平然として、人を斬ることのできる男だが、それは、おのれの業前を誇るための所行だ。物欲は、あまりない方らしい。酒だけあれば、満足していられるのだろう。その性格を看てとって、張本人は、この金貨を、預けて、ここにかくさせたのだ」

「そいじゃ、張本人は、加賀の銭屋五兵衛（ぜにやごへえ）のような野郎ですぜ、きっと！」

「そうとは、かぎるまい」

左近は、金貨を一枚だけ取って、畳を元通りにした。

「先生！」

佐平次が、あわてて、

「このお宝を、そのままにしておくんですかい？」

「お前なら、のこらず、さらってゆくところだろう」

「せっかく苦労して、見つけたんだから、もったいねえじゃありませんか」

「さがしまわったが、発見できずに、むなしく、ひきあげた——ということにするのだ」

「どうしてですかい？」

「もし、発見されて、取られた、と知ったならば……」

左近は、土屋右京亮の顔を、思い泛べながら、

「あの大目付の老人と家族の生命が、あぶなくなる」

「あっしが、これからも、この道場を見張っていまさ。どこのどいつが、運び出しに来やがるか、見とどけますぜ」

「対手を甘くみない方がいい。相馬七平太も、並の使い手ではない。……あせると事を仕損じる、というではないか」

左近は、佐平次とともに、往還へ出た。

雲のない夜空に、半月がかかっていた。

仰ぎ見て、左近は、

「あの月は、人間どものあさましい争いを、幾千年も前から、見下して来たわけだな」

と、呟いた。

犬の遠吠えだけがきこえる寝しずまった江戸の夜は、深かった。

十六

左近が、本町一丁目の金座へ、後藤三右衛門をたずねて行ったのは、その翌日であった。

金座は、後藤家役宅、事務所、そして吹所（工場）との三つから成っていた。

金座の組織が、そのように定められたのは、元禄十一年からであった。それ以前は、いわゆる手前吹きであった。

手前吹き、というのは、江戸、京都、駿河（するが）、佐渡などに、小判を鋳造する家があり、それぞれ由緒ある極印を相伝していて、特権を得て居り、それらの家で鋳造した判金を、後藤庄三郎の金銀改役所に於いて、極印をうち、法定貨幣にしたシステムをいう。つまり、下請け工業者である上記各地の家々で、判金をつくったので、手前吹き、または、手前極め、という名称が生まれたのである。

この手前吹き制度は、さまざまの弊害があったので、元禄十一年に、鋳造所を、江戸本町一丁目の金座、一箇所のみにしたのである。

すなわち——。

後藤庄三郎は、小判、判金の改役だけでなく、鋳造の責任者ともなったのである。

なにしろ、日本国内で、唯一の鋳造所であったので、その特権を利用して、長官たる庄三郎自身にも、不正があったし、また、その下の手代、座人と称ばれる下役人たちも、ひそかな悪事を働いた。

それが証拠に、元禄十一年以後、金座は、十三回も、火災で、焼けている。防火設備の不完全もあったのは勿論であるが、あるいは当主庄三郎が、あるいは下役人たちが、その不正をかくすために、わざと、記録その他の証拠品を焼失するために、放火したふしも、うかがわれるのである。

後藤家が、十一代庄三郎光包の流罪をもって、断絶したのも、やむを得ぬ仕儀であった。

左近がたずねた当代長官後藤三右衛門も、後年（弘化二年）、公儀を誹謗（ひぼう）した罪と驕奢（きょうしゃ）の罪に問われて、死刑に処せられる運命にあった。

それほど、金座長官というのは、自他に対して油断のできぬ役職であった。

左近は、書院に通されて、その造りの立派さ、調度の見事さに、

――なるほど、噂にたがわず、十万石の大名も及ばぬくらしぶりだな。

と、合点した。

三石衛門は、すぐに姿をあらわして、

「貴方様のおかげで、一月前は、石段の登り降りはおろか、平地もまんぞくに歩けなか

った身が、いまは、籠から逃げた小鳥を追いかけて走るほどの、身軽さに相成りました。このご恩、生涯忘れませぬ」

「恩を忘れて下さらぬうちに、こちらも、ひとつ、お願いの儀があって、罷り越したのです」

「どんなご用で――」

左近は、懐中から、一枚の西洋金貨をとり出して、三右衛門に渡した。

「これが、イギリス金貨であることは、後藤家も、お判りであろう」

「存じて居ります。どこから、入手なさいましたな？」

「さる処から発見いたした。……ところで、こういう西洋金貨を、この金座へ持ち込んで来て、小判と交換した者が、いるかどうか、おたずねする」

「左様な申入れをされた御仁は、これまで一人もありませぬよ」

「では、こうした西洋金貨そのままではなく、いったん砕金にもどして、お手前の許へ持ち込んだ者は、いませんか？」

左近は、三右衛門を見据えて、訊ねた。

十七

金座へ集められる吹金（ふききん）の大半は、佐渡はじめ各処の金山から採られたばかりの、いわゆる山出金（やまだしきん）であった。これは、多分に銀銅鉛を含んでいる。そのまま吹立に用いられぬので、含有物を除去するために、焼金（やききん）にした。

山出金を炉火で紅焼し、これを、鉄盤の上へのせて、角石でみじんにくだいた。これを、砕金といった。

しかし、古金もまた、当代の小判にするために、いったん、砕金にもどした。

山出金は、砕金にしてから、銅鉛を分離するために、食塩と混合して、焼金にする。

しかし、古金は、銅鉛は加えられず、加合物は銀だけであるから、焼金にする必要はなかった。

左近は、西洋金貨には、銀がまぜられているのか、銅がまぜられているのか、そこまでの知識はなかったが、たとえ砕金にもどしても、日本の古金とは全く質がちがうことは、金座ではすぐ判るはずだ、と考えたのである。

金座に於いては、砕金を、延金（のべきん）にして、小判につくるのであった。

金座でない限り、何者かが、ひそかに、私設鋳造所をつくり、西洋金貨を、砕金にし、それを延金にするまでの面倒な工程をとることは、まず、不可能に近かろう。

西洋金貨を、砕金にもどす、ぐらいのことは、できそうである。

「さて、と――」

後藤三右衛門は、腕組みをして、記憶をたどる様子を示した。

「先祖が、蓄えていた砕金を、見つけた、というて、持参した御仁が、ありましたかな？……いや、そんな御仁は、一人も、参られては居りませんな」

「たとえば、薩摩の島津家など、抜荷取引きで、対手国から支払われた金貨を、砕金にもどして、この金座へ持ち込んで来たとか――そのような例はありませんか？」

そう訊ねられて、三右衛門は、薄ら笑うと、

「西国の大名衆が、抜荷で、受けとるのは延金でありましてな、金貨ではありませんよ」

と、こたえた。

こたえてから、三右衛門は、ふっと、思い出した表情になった。

「一昨年になりますかな。ご公儀で、壱岐島(いきのしま)へ流れ着いたイギリス船をとらえて、その積荷を没収された際、多大の金貨を、この金座で、吹き替えたことがありましたが……、これは、ご公儀のお仕事でありましたゆえ、べつだん、不審の始末ではありませんでしたな」

「その金貨をはこんで来たのは、大目付でしたか?」

「いや、お目付の工堂八郎左衛門殿でありました」

「お目付?!」

「左様です。お目付の工堂八郎左衛門殿に相違ありませぬ。吹き替えた小判は、ご城内のご金蔵におさめられました」

「その工堂八郎左衛門の手で——?」

「そのようにうけたまわって居ります」

目付は、大目付の下にいる役職ではなかった。

大目付は老中の耳目となって働き、目付は若年寄の耳目となって働く。つまり、大目付と目付は、全く別々の役人であった。

そして——。

大目付は、比較的閑職であるのにひきかえて、目付は、あらゆる政務に干渉し、旗本から浪人者にいたるまでを監察し、将軍家や老中へ直接に上申できる特権を与えられていたので、場合によっては、大目付をも監察して、その地位から蹴落すこともやってのけるおそるべき存在であった。

——わかったぞ! 張本人は、目付の工堂八郎左衛門だ!

左近は、合点して、金座から辞去したその足で、大目付土屋右京亮政晴を、その屋敷に、訪ねた。

「宗門改めの大目付殿二人を殺した下手人が、判明いたしました」

「何者であったかな？」

「お目付工堂八郎左衛門という人物です」

「………」

老人は、別人のようにきびしい表情になると、左近を、瞶めかえした。

工堂八郎左衛門という目付が、どういう人物であるか、老人は、よく知っているようであった。

「しかと、相違あるまいの？」

「十中九までは――」

「それは、こまる。十中十、相違ない、ということでなければ、こまる」

「証拠をつかむのは、さまで困難ではありますまい。……例えば、一昨年、壱岐へ難破漂着したイギリス船から召し上げた金貨を、金座で吹き替えた小判が、はたして、千代田城のご金蔵に、ちゃんとおさめられているかどうか、ご老人、調べはすぐにつく、と存じますが――」

十八

上野山内の宿坊長寿院から、薩摩島津家の紋をうった大油単をかけた千両箱積みの吊台が、しずしずとはこび出されて、谷中門へ抜け出たのは、秋風が吹きそよぐ其日の午後であった。

「待たれい！」

鋭く叫んで、その行手をさえぎった者があった。

「それがしは、公儀目付・工堂八郎左衛門。不審の儀があって、その吊台にのせられた品を、調べさせて頂く」

工堂八郎左衛門は、七、八人の配下をしたがえていた。

「これは、寛永寺よりお借りした金子でござる。ご不審の儀とは、心得申さぬが——」

「当方で調べた上で、島津家では、申しひらきをされるがよかろう」

工堂八郎左衛門は、せせら嗤った。

薩摩藩の家士たちは、やむなく、吊台を地面へおろした。

「それ！」

工堂八郎左衛門は、満々たる自信をもって、配下へ下知した。

大油単がとりはらわれると、十箱の千両箱があらわれた。

それらの千両箱は、つぎつぎと、路上へならべられて、蓋がひらかれた。

いずれにも、詰められてあったのは、小判ばかりであった。

——こんなはずはない！

工堂八郎左衛門の面上に、激しい苛立ち（いらだ）の色が刷（は）かれた。

その折——。のそのそと近づいて来た、風采もあがらず、小柄な猫背の老武士が、あった。

一人も供を連れてはいなかった。

「工堂氏、大名衆の持物を、とり調べるのは、目付の役目ではなく、大目付の仕事のはずじゃがの」

土屋右京亮は、そう云いかけて、にやりとした。

「緊急の事態ゆえ、やむなく、それがしが、馳（は）せつけたのでござる」

「そうかな。実は、待ち受けて居ったのではないかな」

「なにを申される！」

かっと、一変させた形相をしり目に、右京亮は、千両箱を眺めやり、

「ほう……白昼さんぜんと、山吹色が輝くの。この山吹色に、人間という奴、つい、目がくらんでしまうものよの」

と、云ってから、八郎左衛門に向きなおった。

「さて、うかがおうか。なんの不審があって、調べられた？」

「抜荷でござる。島津家が、密交易して、その品ものを、上野山内の宿坊にかくして居る秘密、とっくに、それがし、探知いたして居り申した」

「探知したのは、宗門改めの大目付二人ではなかったかの。貴公は、横あいから、我欲のかたまりの首を、突っ込んで来た」

「なにを申されるか！」

「むきになればなるほど、その面相が、真実を告げて居るぞ！　目付工堂八郎左衛門、神妙にせい！　不正の証拠は、すでに、この土屋右京亮の手中にある」

その小柄な老軀（ろうく）が、一瞬、二倍にも大きくなったように、工堂八郎左衛門を、威圧した。

三日の後――。土屋右京亮は、月心寺へやって来た。

「ほう……、商売繁昌（はんじょう）だの。今日もまた、十人ばかりのあとで、順番を待たねばならぬか」

やがて、順番がまわって来て、老人は、本堂に入った。対座すると、老人は、

「神田お玉ケ池に、相馬七平太という者が、小さな町道場をひらいて居った。その業前は、無双であった、という。……ところが、一昨日、一人の若い浪人者が、道場へ現わ

れて、七平太と、真剣の試合をして、ただの一太刀(ひとたち)で、斬り仆(たお)したそうな」

「………」

左近は、微笑しながら、聴診器を、老人の胸へあてた。

「その若い浪人者こそ、兵法天下一、と申さねばならぬが、あいにく、名が知れぬ」

「名が知れなければ、おこまりですか？」

「こまるの。わざわざ、乗り込んで行って、斬り仆したのじゃから、目的があったに相違ない」

「ただ、腕を競うために、たずねたとはお考えにならぬのですか？」

「大目付などという役目を、四十年もつとめて居ると、人を疑い深くなっての」

「お忘れになることですな。市井(しせい)の小さな出来事です」

「はたしてそうかの……。ところで、お主は、昨日、金座の後藤三右衛門に、尾張家には神祖（家康）より拝領した古いイギリス金貨があったゆえ、これを小判に吹き替えてくれるように、たのんだ由じゃの？」

「そうでした。施療の藪(やぶ)医師に、尾張家がめぐんで下された金貨でした。おかげで、長崎から、新しい医療器具や薬物も、購入することができ、貧乏人たちから治療代をもらわずに、すみます」

「重畳(ちょうじょう)、重畳――」

大目付は、やっこらしょと懸声（かけごえ）をかけて腰を上げてから、

「ついでに、わしの喘息にきく薬物も、とり寄せてもらいたい」

そう云いのこした。

血汐(ちしお)遺書

一

猿若町（さるわかちょう）の三座（中村座、市村座、守田座）の顔見世（かおみせ）狂言興行が、江戸中をわきたたせている頃のある日——。

月心寺に、一人の訪問客があった。

四十前後の尼僧であった。由緒ある家柄の武家の出でもあろうか、気品のある、美しさをとどめている比丘尼（びくに）であった。

連れがあった。五、六歳の顔だちの整った少女の手をひいていた。

庫裡（くり）の玄関に立って、案内を乞うた。

出て来たのは、春太であった。

「忘念殿は、ご在宅でありましょうか？」

「芝の増上寺（ぞうじょうじ）で、寒行問答をたのまれて、ひとかせぎしに行ってらあ」

春太は、こたえた。

寒行問答というのは――。

上野寛永寺、芝増上寺、あるいは、吉祥寺、円祥寺、青松寺など、高名な寺院では、僧侶の修行は、きわめてきびしいものであった。芝増上寺などは、その寺域にたくさんの学寮があり、一寮には、弟子僧がそれぞれ十三、四人住んでいた。十歳から二十歳までの雛僧であった。寒中三十日は、湯に浴せず、冷水をかぶり、たった一枚の黒法衣だけをまとい、寒気に堪えた。

そして、寮の主僧の許に罷り出て、突然の問答をもとめた。この問答で、寮主が、返答に窮したならば、最大の恥辱となる。

そこで、酒色に耽る凡庸な寮主は、この寒中三十日の間、これはと思う学識の高い貧乏な町寺の住職をたのんでおいて、弟子僧どもと問答させて、恥をかくのをさける、ずるい方法をとっていた。

いうならば、月心寺の忘念は、アルバイトに出かけて行ったのである。

「寒中問答に行かれたのであれば、しばらく、おもどりではありませぬな……こまりました」

尼僧は、当惑の様子をみせた。

春太は、焼いもをかじりながら、

「節分すぎたら、もどって来らあ」

「それまで、待てませぬ」

「じゃ、しようがねえや。どこか、ほかの寺へ行って、たのむんだな」

「忘念殿以外には、おたのみできる御仁は居りませぬので、こまるのです」

尼僧が、そう云った時、境内を横切って、帰って来る左近の姿があった。

春太は、すばやく、みとめて、

「尼さん、和尚さんより、たのみ甲斐のあるおいらの先生が、もどって来たぜ」

と、云った。

左近が近づいて来ると、春太は、

「先生、この尼さんが、なにか、たのみがあるんだとさ。きいてあげておくんねえ」

と、勝手に告げた。

左近は、尼僧に、かるく一揖したが、すぐ、かたわらに立つ少女へ、視線を移した。

少女は、宙をうつろなまなざしで仰ぎ、口を半開きにしていた。

あきらかに、あわれな白痴であった。

「生まれつきですか、これは?」

左近は、問うた。

「いえ、去年、熱病をわずらって、このように、思考の力も、感情も、失ってしまいました」

「それは、気の毒な――。信頼のおける医師に診(み)せましたか？」

「はい。評判の高いお方数人に、診て頂きましたが、いずれも、横にかぶりをお振りになりました」

「わたしが、ちょっと、しらべてみましょう」

「貴方様(あなた)は、医師でございますのか？」

「なに、ちょっと、オランダ医術を、かじっただけの者です」

左近は、尼僧と少女を、本堂にともなった。

尼僧は、これまでたよっていた医師たちとは、全くちがった診察のやりかたをする左近を、興味ぶかげに見まもった。

診察を終えた左近は、しばらく考えていたが、

「永久不治、というわけでもあるまい」

と、自身に云いきかせるように、云った。

二

白絹で包んだ尼僧の顔が、かがやいた。

「では、希望を抱いてもよろしいのですね？」

「あまり期待して頂いては、こちらの自信がないので、受けあいかねますが、努力してみましょう。……ところで忘念殿になにかご依頼の儀があるとか――？」

「そのことでございます」

尼僧は、ちょっとためらっていたが、

「この子は、六千両の遺産をもらうことに相成ったのでございます」

「………」

流石の左近も、金高の莫大さに、いささかあっけにとられた。

「まことでございます。土蔵にたくわえた金子で三百七十両、室町二丁目の土地二千坪の売却代、深川八幡前の料亭武蔵屋、そのほかの名のある料亭に貸しつけた証文を合せて三千八十両――、金子だけで、これだけ受け継ぐのでございます。そのほか、京都の鞍馬山にいたる途中の山林――天下に名だたる杉の名木の山林を、一山有して居りまする」

「あきれたものだ。この子が、そっくり受け継ぐ、と申されるのか？」

「はい」

「先祖代々の財産を、受け継ぐと申される？」

「いえ、それが、見知らぬ他人の遺言によって、受け継ぐのでございます」

尼僧は、意外な事実を、伝えた。

「どういう仔細があってのことです？」

「偶然でございました」

「その金持は、よもや、この子を、相続人に指定したわけではありますまい」

「はい、相続人に指定されたのは、喜和と申す、この子の母親でございました」

——これには、きっと、深い仔細があるに相違ない。

左近は、思った。

「喜和という女人に、その金持は、なにか、生涯忘れられぬ恩でも受けた、というのですか？」

「さあ、そのあたりの深い事情は、存じませぬ。ただ、判っているのは、喜和という女子が、最もいやしい稼業の——夜鷹をしていた、ということでございます。したがいまして、この千弥という子の父親は、誰人か、全く判りませぬ」

「その金持というのは？」

「室町二丁目の、両替屋近江屋の後家でございました。それはもう、大層な羽ぶりで、根岸にも大きな別荘を持って居りました……今年の春に、亡くなりました」

「………」

「申しおくれましたが、わたしは、女人高野室生寺の別院で、根岸にある志仏院をあずかる慈容と申す比丘尼でございます。この月心寺の忘念殿とは、久しく懇意にして頂いて居りまして、近江屋の後家に、喜和をさがして欲しい、とたのまれまして、三年目にようやく、市ケ谷谷町の裏店に、たずねあてましたところ、もう、労症（肺病）で、垂死の牀にあり、その子の、この千弥が、相続することになったのでございます」

――世の中には、思いがけぬ遺産相続があるものだ。

左近は、なかばおどろき、なかばあきれた。

「近江屋の後家さんが、どういう理由で、喜和という女に、遺産をゆずるのか――そのことは、貴女に打ち明けられませんでしたか？」

「縁もゆかりもない女子であるけれど、そうせねば、自分の気持がすまない、と申して居りました。その理由については、なにも……」

この比丘尼自身、六千両にものぼる莫大な財産を、縁もゆかりもない者にゆずる、という奇怪な慈悲に、ふかい疑惑をおぼえているに相違なかった。

慈容は、自分一人の思案にあまって、忘念に相談に来たのであろう。

いずれにしても――。

左近にとっては、他人事であり、さしずめ、この少女の頭脳を、人並といわぬまでも、せめて、まともに口がきける程度に、治してやるのが、つとめとなった。

尼僧は、五日に一度ずつ、かよって来ると約束して、哀れな少女をつれて、帰って行った。

三

「へええっ！　こいつは、びっくり、なんてえものじゃねえや。ひっくり、の方だ。あとへ、けえる、がつきやすぜ」

春太から、話をきいた佐平次が、夕餉（ゆうげ）の膳に就いた左近の前へ来て、そう云った。

「ねえ、先生、夜働きといたしやしては、この話、ききずてなりませんや。どうして、近江屋の後家が、夜鷹なんぞに、財産そっくりくれてしまおうとしたか――その事情を、かぎまわりたくて、うずうずして来ましたぜ、よござんすね？」

「きくも泪（なみだ）の人情噺（ばなし）かも知れぬ。いいだろう、かいで来るがよい」

「合点で――」

佐平次は月心寺をとび出して行った。

次の日の夕刻、もどって来た佐平次は、なんともやりきれぬ奇妙な表情になっていた。

「あきれやした。……喜和という女、夜鷹仲間でも、評判のよくねえ、途方もねえあばずれでござんしたよ」

佐平次は、まず市ケ谷谷町の裏店へ行き、向う三軒両隣の連中から、喜和がどういう女であったか、きき出したのであった。

喜和は、朝から酒をくらう途方もない酔っぱらいで、酔うとともに、誰かれの見境なく、からみ、毒吐き、往来だろうとどこだろうと、酔いつぶれて寝てしまう、といったあんばいの淫売婦であった。

元は、谷中感応寺前のいろは水茶屋で、茶汲みをして居り、器量も立姿も群を抜いて、浮世絵師の筆で描かれたこともあった、という。

「どうやら、悪い虫がくっついて、それから、ずるずると、夜鷹まで落ち込んだらしゅうござんすが、夜鷹になってから、客と口論した挙句、簪で、片目をぶすりと突き刺して、小伝馬町へ三カ月もほうり込まれたこともあるとか、いやはや、さてはや、夜鷹の中でも、屑だったそうでさ」

「千弥という子の父親が、何者か、判ったか?」

左近は、訊ねた。

「それが、まるっきり……。たぶん、いろは茶屋にいた頃、悪い虫にくっつかれて、はらんだのじゃござんすまいか」

「しかし、夜鷹をしながら、育てたのであろう」

「なァに、向う三軒両隣の連中が、見るに見かねて、代り番で、面倒をみたらしゅうござんすよ。母親らしいことは、ひとつも、してやらなかった、とききましたぜ」

「………」

「それで、挙句の末は、胸をわずらって、血を喀いて、おだぶつ、と来たんだから、自業自得もいいところでさ。……ただ、取柄というのは、どうやら、女の武器が、滅法上出来だった、ということでさ、喜和を買った客を、見つけ出して、その口からきき出したのですから、これァ、まちがいねえ。章魚磯巾着よがり赤貝――客の方が、一深九浅の法で、数子天井をこすりまわすと、その泣き声は、一里四方にひびいた、とか――」

「………」

「どっちにしたって、六千両の遺産をもらえるような玉じゃありませんや」

「水茶屋奉公の前までは、まじめな娘であったかも知れぬ」

「そいつですがね、つとめていたいろは茶屋にきいたのですが、どこの生まれか、どんな育ちか、さっぱり判らねえ女だったそうでさ。ある日、ふらりと現われて、使ってくれろ、とたのんで、その日から働き出したのだそうで……。なにしろ、一枚絵になるほど佳い女だったので、いろは茶屋の方は、素姓の詮議など、しなかったんですね」

「………」

左近は、腕を組んだ。

堕落しきった売女であろうとも、生娘の頃から淫乱であったとは、限らぬのである。

なにか、死ぬほど辛い出来事があって、うさを忘れるために酒にしたしむようになり、ついに、酒乱となって、みじめな最期をとげた、と考えられなくもないのであった。

「佐平次、ついでのことだ。喜和について、もうすこし、くわしくしらべてくれ。ついでに、近江屋の後家と、どういうかかわりあいがあったかも、是非知りたいものだ」

「さてと……、どうやって、かぎ出したら、先生を満足させることができやすかねえ」

佐平次は、再び、その目的で、月心寺を出て行った。

根岸志仏院の尼僧慈容が、あわただしく、左近をたずねて来たのは、その夜も更けてからであった。

「千弥が、さらわれました」

その報せを、もたらした。

「どんな者に、誘拐されたか、見とどけられたか?」

「は、はい。……博徒ていの男が、いきなり押し入って来て、さらって行きました」

「無職者が――?」

「はい、長脇差を腰にさして居りましたゆえ……」

「それが、千弥の実父なら、話の筋道は通るのだが――」

左近は、べつにあわてもせず、そう云ったことだった。

四

——おっ！　可哀そうに、室町小町と呼ばれながら、神様も、つめてえ仕打ちをしなさるものだぜ。

張りじまいの天井板を、二分ばかりずらして、じっと覗きおろした佐平次は、胸のうちで、呟いた。

室町二丁目に、五間間口の大店をひらく両替屋『近江屋』の、ここは、根岸の寮であった。

別荘といっても、部屋数が十いくつもある、数寄屋づくりの立派な家であった。

素走りの佐平次は、『近江屋』の根岸の寮には、いまは天涯孤独の身となった寿美という娘が住んでいる、ときいて、念のために、忍び込んでみたのである。

そして——。

天井裏から覗きおろした寿美は、評判通りの美しさであったが、あわれにも、一歩毎に大きく上半身を右に傾ける歩行であった。

寿美が、母の亡くなったのちも、本宅の方へもどらぬわけは、これだな、と佐平次には察しられた。

『近江屋』は、後家のとよが逝ってからは、一番番頭の佐助が、店をとりしきって、あるじのいない両替業を、滞りなくつづけているのであった。

本来ならば、一人娘の寿美が、すでに二十歳を越えていることでもあるし、本宅へ帰って来て、早速にも聟を迎えるべきであったが、その様子がない、と近所からきき込んで、佐平次は、不審をおぼえたのである。

忍び込んでみて、

――成程！

と、合点がいった。

――しかし、もったいねえや。『近江屋』の大身代とこの上器量なら、少しぐらいがまんする男が、掃いてすてるほどいるだろうぜ。えらんだ聟が、身代目当てのいやしい根性を持っているおそれがあるので、聟取りに二の足を踏んでいるのかも知れねえが……。

他人事ながら、佐平次は、いささか、やきもきせざるを得なかった。

武家の息女にも、これほど気品のある容子をそなえた娘はいないように思われた。

それに、目もとと口もとに、哀愁の翳を刷いていて、男心をひきつけるようだった。

「ごめん下さいまし。佐助でございます」

廊下に、声があった。

「お入りなさい」

寿美は、こたえた。

部厚い帳面をかかえた一番番頭が、障子を開けて、平伏した。

「店に、かわりはありませんか？」

「はい。みんな、よく働いてくれて居ります」

入って、障子を閉めた佐助を、天井裏から覗きおろした夜働きは、

――まだ三十そこそこじゃねえか。よっぽど、働き者とみえるぜ。

と、呟いた。

大店の一番番頭ともなると、年齢は五十を越えているのがふつうであった。四十代で一番番頭になるのは、すくなかった。

ところが、この佐助という男は、どう眺めても、三十三、四であった。

「お嬢さん、明日でいよいよ師走に入りますので、これに、ひとわたり、目を通して頂きとう存じます」

さし出した帳面には、「大福帳」と記されてあった。

大福帳――本帳または元帳ともいう。

売掛けをすべて記入した商業帳簿であった。

記載事項は、各人名義の口座に、商品名、数量、価格を、売帳から転記し、代金収入

は、金銭出入帳から写して、この差引計算によって、顧客との取引状況が、一見して判るようになっているのであった。

商家にとっては最も大切な物なので、大福帳は、主人以外には一番番頭しか、手をふれてはならぬ掟(おきて)になっていた。

大福帳の新調は、正月の蔵開きにおこない、恵比須(えびす)講に、新旧そろえて供え、あきない繁昌(はんじょう)を祈るのが、年中行事のひとつとなっていた。

『近江屋』は、大口の大名貸などを扱う、いわば、現代の銀行業務を為す本両替店であったので、この大福帳には、金銀の売買、預金、貸付、為替、手形振出など記入されてあり、他の商店のそれよりも、さらに重要な帳簿であった。

五

しかし――。

寿美は、あっさりと、

「お前にまかせてあるのですから、わたしが目を通すまでもありますまい」

と、云って、手に把(と)ろうともしなかった。

「いいえ、それは、いけませぬ。お嬢さんは、もう近江屋のご主人でございますから、是非、目を通して頂かねばなりませぬ」

「目を通しても、わたしには、数字など判りません」

寿美は、微笑しながら、こたえた。

「おあずけいたしておいて、明後日、頂きに参じます」

佐助は、大店をあずかる責任者としての律義な態度を、示した。

「それで、気がすむなら、そうなさい」

「そうさせて頂きます」

佐助は、いったん頭を下げて、この用件には区切りをつけておいて、

「時に――、さしでがましゅう存じますが、ご先代の遺産分けのことでございますが、お嬢さんは、どうお考えでございましょう」

「ああ、あれは、おっ母さんの遺言ですから――」

寿美は、こともなげに返辞をした。

「お嬢さん！　かりにも六千両にものぼる遺産を、分けるあいては、夜鷹をしていた、いかがわしい女子の子供でございます。それも、まんぞくに口もきけない子供でございますよ。……たとえ、ご先代の遺言でも、こればかりは、番頭として、納得いたしかねます」

「遺言は、守らねばなりますまい」

「それはその通りでございますが、その子供に分けて、いったい、どうなりましょう。……失礼ながら、ご先代は、お嬢さんとは、生さぬ仲で――」

「お止しなさい」

寿美はさえぎった。

「たとえ、生さぬ仲でも、正式におっ母さんとなったおひとなんです。……そう、とよさんは、お父つぁんの囲いものでした。もとは、木更津の廓芸妓でした。でも、お父つぁんが、本妻として、近江屋へ入れたおひとなんです。ですから、わたしは、とよさんが、家に入った日から、おっ母さん、と呼びました」

「それは、よく存じて居りますが……」

「おっ母さんは、お父つぁんの亡くなったのち、近江屋の身代を、倍にふやして下さったのですよ。……おっ母さんは、なにか、ふかい仔細があって、喜和というひとに、遺産をおくりたかったのです。六千両が一万両でも、遺言通りにおくらなければなりません」

「仰言ることは、よくわかるのでございますが、なにぶんにも、おくるあいてが……」

「たとえそうでも、いたしかたありますまい。おっ母さんの遺言なのですから――」

寿美に、そう云われて、佐助は、やむなく、「はい――」と、うなずいた。

それから、しばらく、佐助は、顔を伏せて、黙っていた。

「佐助、茶室で、一服進ぜましょうか」

その言葉をきかされたとたん、佐助は、顔をあげた。

必死に思いつめた表情になっていた。

「お嬢さん！」

「なんでしょう？」

「お嬢さんは、どうして、持ち込まれる縁談を、片はしからおことわりなさいます？」

「……………」

「お聟さんを、迎えなさるお気持は、すこしもおありではないのでございますか？」

「……………」

「お嬢さん！」

佐助は、すすっと膝を進ませた。

「てまえは、お嬢さんを……、ほかの男には、渡しとうはございません」

うわずった声音で云いざま、佐助は、寿美の手をつかんだ。

「なにをするのです！」

「お嬢さん！　てまえは――佐助は、お嬢さんを、ずっと、前から……」

「手をはなしなさい」

「いえ、はなしません！……いのちがけで、おうかがいいたして居ります！　お嬢さんのお気持を、おきかせ頂くまでは、この手を、はなしません！」

「佐助——、おちつきなさい。お前は、一番番頭なのですよ。わたしは、お前だけを、たよりにして、くらして居ります」

「それは、ただ、番頭としてだけでございますか？　てまえを、一人前の男として、考えては下さいますまいか！」

「わたしはね、いまは、こうして、一人で、しずかに、くらしていたいのです。……さ、手をはなして——」

「は、はい」

佐助が、手をはなすと、寿美は立ち上って、

「茶室で、一服進ぜます」

と、云った。

佐助は、俯(うつむ)いて、立ったが、次の瞬間、

「お嬢さん！」

と、呼んで、抱きすくめようとした。

ぴしっ！

寿美の平手打ちが、佐助の頰を鳴らした。

六

「……という光景を、目撃しちまった次第なんで、へい」

月心寺の庫裡にとび込んで来て、佐平次が、報告したのは、その日の宵も、かなり更けてからであった。

左近は、腕を組んで、黙ってきき了えたが、なお、口をひらこうとはしなかった。

「先生、どうお思いですかね？　あっしゃ、その夜鷹の子を、さらった下手人は、どうも、あの一番番頭くせえ、とにらみましたがねえ」

「さあ、どうだろうな。娘をくどいて、平手打ちをくらって、すごすごとひきさがるような男に、人さらいなどができるかな」

「子供一人、さらうことぐれえ、ちょいと性根が曲っている奴なら、なんの造作もねえしわざじゃありやせんかねえ」

「佐平次――」

「へい」

「お前は、むかし、子供をさらって、親をおどした、というおぼえはあるか？」

左近は、訊ねた。

「とんでもねえ！　人さらいをやったか、なんて――人ぎきのわりいことを仰言らねえでおくんなさい。盗みはすれども非道はせず、って――、ちゃんと、分は心得て、裏街道を歩いて来たあっしですぜ」

「それみろ。盗賊にも三分の理があろう。人さらいは、冷酷な性情を持った人間のやることだ。お前にさえやれぬしわざではないか。……その佐助という一番番頭が、そのような非道を行なう男に見えたか、どうかだ」

左近から、そう云われると、佐平次は、首をひねらざるを得なかった。

左近は、やおら、差料を把って、立ち上った。

「ものはためしに、これから、嗅いでみるか」

「どこへお行きなさるんで――？」

「夜鷹を買いにだ」

夜鷹――江戸の私娼の一種で、橋の袂や柳の下や材木屋や石置場などに、夜になると現われて、野天で、客を取る最下等の淫売であった。
夜鷹の巣窟は、本所吉田町にあった。なかには、五十、六十の老婆が、白粉を塗りたくり、白髪を染め、振袖衣裳などまとって、ござ一枚かかえ、吹き流しに手拭いをかぶって、あきなったものである。

その枕相場は二十四文で、対象の客は、中間（ちゅうげん）、折助（おりすけ）のたぐいから、商家でも中以下の使用人であった。

左近が足をはこんだのは、夜鷹の巣窟である本所吉田町のなめくじ長屋であった。

佐平次が、ついて来て、ひと足さきに、木戸をくぐって、駆け込んだが、すぐひきかえして来て、

「おかん婆（ばば）あ、ってえのが、かしらだそうで——」

と、告げた。

その家は、長屋のいちばん奥にあった。

「ごめん」

左近が、戸口で呼ぶと、

「だれだえ？」

しゃがれ声が、応じた。

戸をひきあけてみると、意外に小ぎれいな屋内であった。

長火鉢の前で、ひとり酒を飲んでいるのは、一瞥（いちべつ）して、夜鷹がしらと合点できる、名状しがたい陰惨な形相をした老婆であった。

「おかん婆さんだな！」

「そうだよ。おまいさん、何者だい？」

「先頃まで、お前の下で、春をひさいでいた喜和という女について、たずねたい」

「ふうん。喜和ねえ、そんな名の女がいたかねえ」

「そらとぼけている、とその目つきが正直に教えているな」

左近は、微笑した。

「なんだって?! おい、素浪人野郎、ここをどこだと思ってやがるんだ。下手な因縁つけやがると、生きて、ここから出られねえんだぞ!」

おかん婆あは、長煙管(ぎせる)をつかむや、湯音をたてている鉄瓶を、かぁん、と叩いた。

――これが、合図のようだな。

左近は、鋭く察知した。

はたして――。

おもてに、殺意をみなぎらせた者たちの気配が迫った。

七

「先生! ご用心!」

佐平次の声が、おもてから、かかった。

泥溝(どぶ)板に立っていた佐平次は、いつの間にか、身軽く跳びあがって、屋根の上に身を移していた。

おかん婆あが、長煙管で鉄瓶を叩いた合図で、五、六人の破落戸どもが、一斉に、出て来たのである。

夜鷹を食いものにしている最下等の手合で、いずれも、兇状持ちの無宿者と判る形相をしていた。

奉行所に狩られれば、佐渡の金山送りになる運命にあり、いわば、明日の判らぬくらしをしている連中であった。

それだけに、このなめくじ長屋を守る捨身の根性がすわっている。ここから追い出されたならば、かれらには、五尺の身の置きどころがないのであった。

仕込み杖をひっさげている者、ふところの匕首へ手をかけている者、手槍の柄を短く切ったのを得物にしている者――それぞれ、人を殺した経験を、その五体に示していた。

左近は、しかし、かれらが迫って来ても、振りかえろうともせず、おかん婆あに向って、云った。

「喜和というのは、実は、おとなしい、心根のやさしい女で、飲んだくれのあばずれなどではなかったのではないかな。……酒毒に罹ったあばずれであった、というのは、おかん婆さん、お前が、わざとつくりあげて、夜鷹たちに、人からきかれたならば、そう教えるように、命じたのではあるまいか」

「置きゃあがれ！　喜和は、手のつけられねえ、途方もねえ酔っぱらいだったのさ。……おれが、なんで、嘘をつかなけりゃ、ならねえんだよう！　ふざけるない、素浪人め」

「たったいま、喜和という女なんぞ、知らぬ、とこたえたのは、お前だぞ、嘘つき婆さん」

左近は、微笑して、云った。

次の瞬間――。

左近は、風の迅さで、長火鉢のわきに躍りあがっていた。

おかん婆あが、遁れるいとまはなかった。

左近は、白刃を抜きざま、おかん婆あの頸根にあてて、

「静かにすることだ、お主ら！」

と、戸口へ殺到した破落戸どもへ、冴えた視線を送り、

「こちらは、うじ虫退治に来たのではない。喜和という女が、あわれな夜鷹であったことを、つきとめに来たまでだ」

と、云った。

「殺ってみやがれ！　幽霊になって、とり憑いてくれるぞ！」

喚きたてたおかん婆あは、すうっと頸すじへ薄傷を負わされ、血汐がたらたらと胸へ

つたい落ちるや、

「ひいっ！」

と、悲鳴をあげた。

「六十を越えていても、悪銭をため込んでいると、おいそれと、死んではたまらぬだろう。正直になるんだな、婆さん」

「お、おれは、なんにも知らねえよ！　殺されたって、知らねえものは、知らねえんだ」

「喜和を飲んだくれのあばずれにしてくれ、とお前にたのんだ者がいるだろう？」

「知らねえ！　おれは、知らねえ！……ひいっ！」

おかん婆あは、またひとすじ薄傷を負わされると、恐怖の悲鳴をほとばしらせた。

その時――。

破落戸の一人が、匕首を左近めがけて、投げつけた。

左近が、それを、払った――その隙をのがさず、おかん婆あは、長火鉢の灰を手づかみにするや、「くらえっ！」と、ぱっと左近の顔へぶちつけておいて、畳を一廻転した。

破落戸どもが、跳びあがって来た。

「やむを得ぬな。生きていても、世の中に益にはならぬお主らのことだ。無縁仏になるのも、自らが招いた因果と、あきらめるがよい」

左近の剣が、一閃する毎に、顔面が割れ、腕が飛び、脚が両断された。

修羅場は、屋内からおもてへ移り、破落戸どもは、またたく間に、そこへ、ここへ、仆れ伏した。

八

おかん婆あは、別の家へ遁げ込んだが、そこには、佐平次が先まわりしていた。

忽ち、ねじ伏せられたおかん婆あは、下肢をばたつかせ乍ら、喚きたてた。

「佐平次――、その婆さんは、よほどたんまり、口止め料をもらって居るらしい。泥を吐かせるのは、容易ではあるまい」

破落戸どもを、一人のこらず片づけた左近が、戸口に立って、そう云った。

「婆あ！　泥を吐かねえと、この片腕を、へし折るぞ」

佐平次は、ぐいと、ねじりあげた。

「こ、殺せえっ」

おかん婆あは、あらん限りの叫びをあげた。

「このくそ婆あめ！」

佐平次は、本気になってその片腕を、ぎりぎりとねじりまわした。

ぼきっ、とにぶい音とともに、おかん婆あは、ぐたっ、と気を失ってしまった。

佐平次は、舌打ちして、立ち上った。

左近は、木戸口で、ふところ手になっていた。

佐平次がいまいましげに、首を振りながら、近づくと、左近は、

「徒労であったな」

と、云った。

「破落戸どもを片づけなすっただけでも、人助けになりましたぜ」

「肥溜(こえだめ)がある限り、うじ虫はわく。五匹や六匹殺したとてなんにもならぬ」

吉田町から長岡町を抜けて、南割下水に沿うた往還をひろいはじめた折であった。

とある横丁から、

「もし」

と、呼びかけた者があった。

視線を向けると、麹屋(こうじや)の倉蔭(くらかげ)に、ひっそりと、一瞥して夜鷹と判る女が、佇(たたず)んでいた。

「おっ！　おめえ、さっきのなめくじ長屋の者か？」

佐平次が、訊ねると、女は、うなずいて、

「喜和さんのことだけど……」

「きこう」

「喜和さんは、酔っぱらいのあばずれなんぞじゃ、ありませんでした」

「やはり、そうだったか」

左近は、自分のカンが的中していたのを知った。

佐平次は、しかし、

「けど……、市ケ谷谷町の裏店の連中は、喜和というのは、朝から酒をくらって、酔っぱらうと、誰かれの見境もなく、からんで、毒吐く、全くしまつのわるい女だったと云って居りましたぜ」

と、自分の聞き込みがまちがいないことを、主張した。

すると、女は、

「それは、たぶん、おかん婆さんが、喜和さんが亡くなったあとで、その裏店へ行って、小銭をばらまいて、そう云ってくれ、とたのんだのだろうと思います」

と、云った。

「婆さんをあやつった者が居るはずだが、お前は、知らぬか？」

「知りません」

「なめくじ長屋を訪れて、婆さんに会った者がいるだろう？」

「はい。室町二丁目の近江屋という大店の一番番頭さんが、一度——」

「それだ！　やっぱり、あん畜生だ！」

佐平次が、手を鳴らした。

「佐平次、早合点するな。一番番頭は、六千両もの遺産を受け継ぐ女が、どういう女であったか、ただ、たしかめに来たのかも知れぬ。……つまり、一番番頭にもきかせるために、何者かが、婆さんを買収したと考えられる」

左近は、そう云ってから、女に向い、

「喜和は、お前に、素姓を語ったことがあるか？　谷中の感応寺前のいろは茶屋で、茶汲みをする前に、どこで生まれて、育って、どういうくらしをしていたか――？」

と、訊ねた。

「あたしたちは、こんな身に落ちるまでのことは、互いに、語らぬしきたりをつくって居ります。……喜和さんも、ほとんど、口にしませんでした。ただ、生まれは、木更津で、堅気（かたぎ）の家に生まれた、ともらしていました。……いろは茶屋につとめた時には、悪い男に食いつかれていて、どうしても、のがれられぬ身になっていたんだそうです。あたしが、きいたのは、それだけなんですが、喜和さんは、決して、飲んだくれのあばずれじゃありませんでした。……胸を患いながら、しかたなく、夜鷹になっていた、かわいそうなひとでした。市ケ谷の裏店の知りあいに、あずけた子供の養育費を、仕送りしなければならなかったので……」

「喜和は、病状が悪化して、働けなくなったので、死ぬのは、子供のそばで、と考えて、市ケ谷へ行った、というわけだな？」

「はい。そうでござんした。……なめくじ長屋を出て行く時、喜和さんは、さみしく笑いながら、子供はまだ五つだけど利発なので、きっと、自分の末期の水をとってくれる、と申して居りました」

「子供は、利発だ――と、そう云っていたのか？」

「はい」

「………？」

根岸の志仏院の尼僧慈容が、月心寺にともなった少女は、白痴であった。

慈容は、千弥というその少女は、去年、熱病をわずらって、こうなった、と語っていた。

――慈容がひきとった時には、まだ、利発であったのだ。

九

その夜鷹と別れて、南割下水を、まっすぐに西へ歩き出した左近は、

「あの少女は、故意に、熱病をわずらわされた。つまり、一服毒を盛られたうたがいがある」

と、呟いた。

「そいつ、もしかすれば、喜和に食いついていた毒虫かも知れませんぜ」

「かりに毒虫のしわざとして、どうして、千弥を痴呆にしなければならなかったか――その理由を解かねばならぬ。六千両の遺産相続人になったのであれば、べつに、痴呆にする必要はあるまい」

「そういえば、そうでござんすねえ」

佐平次は、首をひねった。

南割下水を出ると、突きあたったところは、御竹蔵であった。すなわち、天領（徳川家直轄地）からはこばれて来る米の貯蔵所であった。

三万坪の広い敷地をとってあった。

その御竹蔵の塀に沿うて南へ行けば、亀沢町であった。

亀沢町と御竹蔵のあいだに、旗本たちが馬責めをする馬場があった。

その前にさしかかると、馬場の土手の上から、

「おい！」

鋭く呼んだ者があった。

深編笠をかぶった着流しの武士であった。

――浪人ではないようだな。

左近は、看て取った。

武士は、ゆっくりと土手を降りて、左近の行手をふさぐと、

「出る釘は打たれる。お主、ちと、出すぎたまねをしたようだ。一命を申し受ける」

と、云った。

「お手前は、直参らしいな」

「………」

「御家人の身が、夜鷹の用心棒にまでなり下らねば食えぬご時世とは、政道のゆがみもきわまれり、というべきか」

「おれは、夜鷹の用心棒ではない。と申して、あまり自慢にならぬくらしをしていることは事実だ。――ま、そんなことは、どうでもよかろう。理由はなんであれ、久し振りに、真剣の勝負をできるのが、うれしいのだ、おれは」

左近は、対手の態度を眺めて、

――避けられぬ。

と、自分に云いきかせて、佐平次に、

「一足さきに、月心寺にもどっていてくれ」

と、命じた。

「先生！」

「心配せずともよい。おらんだ左近は、これからさき、やらねばならぬことが、山ほどある。ひとつしかない生命を、弊履のように棄てる気は、毛頭みじんも持って居らぬ」

左近は、きっぱりと云いきってみせた。

決闘場所は、馬場であった。

対手は、十歩をへだてて、対峙すると、編笠をすてた。

家柄も血統も正しい生まれであることを、その容貌が示していた。

——こういう公儀直参の偉丈夫を、用心棒にやとうことのできる者は？

そのことに、左近は、思念が働いた。

「参ろう」

対手は、草履をぬぎすてると、すらりと、差料を抜いて、青眼につけた。

「勝負の前に、ひとつだけ、うかがっておこう」

左近は、まだ抜刀せずに訊ねた。

「金のためか、それとも、ほかに、なにか、仔細があってのことか？」

「金のためでもある。また、金のためだけではない、とも申せる」

「というと？」

「女は、魔ものだ、ということだ」

謎のような一言をもらして、

「抜け！」

と、うながすと、すすっと距離をせばめて来た。

やむなく――。

左近は、相青眼の構えをとった。寒風が、空で鳴っていた。

十

約五歩の距離を置いて、左近と秀貌の御家人との対峙は、つづいていた。

すでに、半刻（はんとき）近い時間が、経過していた。

場所が場所だけに、野次馬の見物はなかった。往還をへだてて、亀沢町の町家があったが、土手が高く、通行人は、目撃できなかったのである。

土手の上には、松がならんでいた。

その一本の松の幹の蔭に、ちらと、人影がひとつ、うごいたが――左近は、気づいたかどうか？

紫の御高祖（おこそ）頭巾をかぶった若い女であった。頭巾の蔭から、冷たく双眸（そうぼう）を光らせて、この決闘をじっと見まもっている。

通りすがりの者ではないことは、彼女が、両者が対峙する以前から、そこに、身をかくすようにして佇立していたことで明白である。

左近も動かず、対手も不動であった。

こうした真剣の勝負は、おのずと、鋭気をたかめて、汐合をきわまらせるものである。業前が互角ならば、なおさらのことである。

ところが――。

この決闘に於いては、汐合がきわまる気配は、さらになかった。

左近が、みじんの鋭気もおもてに発しなかったからである。闘志を内にひそめているに相違なかったが、面上にも、切先にも、水のように、無色の静けさをたたえているのみであった。

したがって、対手は、いかに殺意の凄じい気魄を放っても、手ごたえがなく、誘うことも、挑むこともできなかったのである。

しかし、左近の静けさに、こちらが苛立てば、不利となることは、自明の理であった。業前が秀れていればいるだけ、自身もまた、次第に、鋭気を内にかくすことになる。左近が、攻撃の気色を示さぬかぎり、この対峙は、無限につづくかとみえた。

と――。

松の蔭から、

「右馬之助様、はよう、なされ！」

御高祖頭巾の女が、待ちきれぬように高く鋭い叫びを投げた。

右馬之助と呼ばれた御家人は、耳がないかのごとく、その叱咤(しった)に乗って、初太刀(たち)を使おうとはしなかった。

「はよう、なされ、右馬之助様！　日が暮れますぞ！」

御高祖頭巾の女は、せきたてた。

御家人は、その叫びを、なお、無視した。

すると――。

左近の方が、ふっと、薄ら笑って、

「お手前の魔ものが、あせって居るぞ」

と云った。

「……むっ！」

御家人は、ひくい唸(うな)りをもらすと、はじめて、すっと、一歩進んだ。

左近は、待つ。

御家人は、さらに一歩進むや、ぱっと、構えを上段に変えた。

左近は、その一撃必殺太刀に対して、切先を、すうっと、地摺(じず)りに移した。

上段に対して地摺りにとるのは、受太刀として、青眼よりもさらに不利に、おのれの身を置くことであった。

一瞬――。

御家人の双眼には、疑惑の色が滲(にじ)んだ。

左近が、自らのぞんで、身を不利にしたのを、

――なぜだ？

と判断しかねたのである。

わざと地摺りにしたのは、まっ向上段からの初太刀を、かわして、飛鳥のごとく反撃する意外の秘業をそなえているからに相違ない、と御家人は、受けとった模様であった。

そこで、そのまま、固着の状態が来た。

いくばくか経って、左近が、再び薄ら笑った。

「お手前の魔ものが、また叫びたてぬうちに、かかって来ては、如何(いか)に？」

「………」

御家人は、眦(まなじり)を裂いた。

十一

御家人が、猛然と斬りつける代りに、大きく一歩後退したのは、それから、数秒の後であった。

「邪魔が入った。勝負は、後日──」

そう云って、白刃を、腰に納めた。

「あの魔ものにそそのかされて、わたしを討とうとしたのではなかったのか？」

「そうだ。しかし、真剣の勝負にあたって、おれの心を奪っている女に、見物されているのは、やりきれぬ」

「ははは……」

左近は、笑い声をたてた。

「お手前は、わたしが、地摺りに構えを変えたのを、意外の業がある、とみたのではないか？」

「…………」

「なァに、わたしに、意外の業など、なにもありはしなかった。お手前の買いかぶりであった。お手前が、斬り込めば、わたしは、血煙あげて、まっ二つになっていたかも知れぬ」

「……うむっ！」

御家人は、呻いた。

左近は、その時、はじめて、土手へ視線を送った。

もうすでに、御高祖頭巾の女の姿は、そこにはなかった。

「お手前は、魔ものと知りつつ、惚れつづけるつもりであろうか？」

左近は、訊ねた。

「お主は、女に惚れたことがないのか？」

「ないな」

「これは、底なしの泥沼だ。匍いあがることはできぬのだ」

「だが、お手前は、この立合いを中止した。わたしを討たなかった。……あの女に、さげすまれたではないか。お手前が、なんと弁解しようと、あの女は、肯き入れまい」

「その通りだな。……お主を討てば、からだを与える、と約束していたが、どうやら、のぞみは断たれた」

「それでも、惚れつづけるのか？」

「やむを得ぬ」

御家人は、踵をまわした。

左近は、その背中へむかって、

「喜和の子をさらったのは、お手前のしわざか？」

と、問うた。

「そんなことは、知らぬ」

御家人は、歩き出しながら、かぶりを振った。

左近は、敢えて、それ以上、訊ねかけようとはしなかった。

左近が、月心寺にもどり、春太とさし向って、夕餉の膳に就いている折、佐平次がとび込んで来た。

左近から、一足さきに月心寺にもどって居れ、と命じられていたが、もどってはいなかったのである。

「先生！　あきれちゃいけませんぜ。あの御家人をそそのかして、先生を討とうとした悪党が、何者だか――おわかりですかい？　とんでもねえ奴でしたぜ」

佐平次は、馬場の決闘を、見とどけずに、立ち去ることができず、どこかに、かくれて、固唾をのんでいたのである。

そして、御高祖頭巾の女のあとを尾けたのであった。

「およそ、見当はつく」

「おっ！　そいじゃ、見ン事、あてて頂きましょう」

「あの御高祖頭巾をかぶっていたのは、根岸に住んでいるあの娘だろう？」

「あたったあ！……どうして、おわかりになったんですかい？　あの娘が、足をひいて土手を降りるのを見とどけなすったので？」

佐平次は、目をみはって、首を突き出した。

「いや、べつに、見とどけては居らぬ。……このたびの一件で、舞台に登場する役者のうち、若い女、といえば、近江屋の一人娘寿美だけであるし、また、利発な少女に、毒を嚥ませて、痴呆にする残忍性をおびているのは、ひがみを持つ女、と考えられる」

「じゃ、先生は、あっしが、近江屋の根岸の寮の光景を、お報せした時、もう、張本人は、寿美という娘だな、と見当をつけなすったので？」

「いや、あの日は、そこまでは、推測できなかった。今日、あの右馬之助という御家人を、せきたてる残忍な声をきいた時、――もしや？　と疑いがわいたのだ」

「あっしの方は、あの御高祖頭巾が、土手を降りるのを眺めて、あっ、となったんでさ。ひどく足をひいてやがるんで、寿美と判ったとたん、御家人が、女は魔ものだ、と云った言葉が、ぞうっと、身にしみわたりやした。それでも、もし万が一、別人じゃねえか、と三分の疑いをのこして、尾けて行くと、やっぱり、駕籠でもどり着きやがったのは、根岸の寮だったんでさあ」

佐平次が、無性に腹を立てたのも、むりはなかった。

一番番頭の佐助が、六千両もの莫大な遺産を、夜鷹の子などにわけるのは、納得がいかぬ、としぶってみせると、寿美は、遺言は守らねばならない、ときっぱりとこたえたのである。

その時の寿美の優しい表情を、佐平次は、天井裏から、見下しているのである。

『近江屋』の財産や儲けなどには、なんの関心もなく、ただ、ひっそりとその日その日をすごしていることで、満足している様子を示していたのである。

げんに、その口から、

「わたしはね、いまは、こうして、一人で、しずかに、くらしていたいのです」

その言葉が吐かれるのを、佐平次は、きいているのであった。

十二

「あの阿魔！　芯底からの悪性でさあ！　八つ裂きにしても、足りやせんぜ！」

佐平次は、嘔吐を催しそうな顔つきになって、首を振った。

「人間は、善根と悪性を、背中合せに持っているものだ。佐平次、そう目くじら立てるな。……張本人の正体が判ってみれば、この一件、片づけるのは、かんたんだ」

「さいですかねえ。あっしにゃ、そうかんたんに片づけられる、とは思えませんや。……あの阿魔、一筋縄じゃいきませんぜ」

「いかに悪性であっても、所詮、娘は娘だ。地獄の世路をくぐって来た海千山千とはちがう」

「そう仰言っているあいだにも、あの阿魔は、先生を討つ刺客をえらんでいるかも知れませんぜ」

「公儀や大名の極悪家臣ではない。わたしを討てる刺客を、たやすくえらび出せはすまい」

「あっしは、おちついていなさる場合じゃねえ、と思いやすがねえ」

「先生！」

春太が、いっぱし大人ぶった面持で、

「おいらが、根岸へ、ひとっ走りして、様子をさぐって来ようか」

と、口をはさんだ。

「冗談じゃねえ。おめえの出る幕じゃねえやな。忍び込むなら、この佐平次だが、……どうも、あっしは、今宵うちにも、この月心寺へ、人殺しどもが、押し寄せて来る気がしてなりませんぜ、先生——」

「先手を打て、というのか？」

「そうでさ。ぜひ、そうして頂きてえ」

「では、夜働きの忠告にしたがうか」

左近は、やおら、腰を上げた。

「ありがてえ。そう、来なくっちゃ——」

佐平次は、ぱんと手を鳴らした。

凍てついた夜道を、肩をならべて歩きながら、

「先生、あの阿魔を、ひっくくって、奉行所へ突き出しやすか？」

「夜働きが、こうして、岡っ引のまねをしているご時世だ。近江屋の娘は、べつに、人を殺しているわけではない。わが家の財産を守ろうとしているだけではないか。罪を問うわけには参るまい」

「だって、先生を、あの御家人に斬らせようとした阿魔ですぜ。利発な子供を、白痴にして、どこかへ、さらってやがるんですぜ。きっと、もう、殺しちまったにちげえねえんですぜ」

「生死の有無を調べて、もし死んでいたなら、縄目の恥をかかせることも考えられる」

「きまってまさあ、殺したにちげえねえんだ」

「佐平次――」

「へえ？　なんですかい？」

「わたしには、近江屋の後家が、どうして、夜鷹になったあわれな女に、六千両の遺産をわけようとしたのか――そのことの方に、興味がある」

「姪かなにか、血のつながった縁じゃねえんですかい？」

「あながち、そうとは限るまい。これには、なにか、深い仔細があるような気がするのだ」

闇のひろがる前方を、見据えながら、左近は、云った。

「あるいは、近江屋の後家は、遺言状に添えて、その仔細を記したものも、のこしているかも知れぬ」

「あの阿魔が、にぎりつぶしている、というわけですかね？」

「そんなところであろうな」

二人は、やがて、根岸の里に入った。

当時、江戸の金持の別荘は、この根岸の里にあつまっていた。現代でいえば、さしずめ、軽井沢というところである。

『近江屋』の寮で、左近と佐平次を待っていたのは、予想もしていなかった異変であった。

十三

「先生、ここでさ」

根岸の里に入って、ほどなく、佐平次が指さした寮の門をくぐった左近は、植込みに沿うて、いったん、まっすぐ玄関の前に立ったが、なにを考えたか、

「夜働きのまねをしてみるか」

と云って、踵をまわし、十歩あまりひきかえすと、植込みのあいだに設けられた枝折戸を開けた。

数寄屋づくりだけあって、庭も凝っていた。夜目にも、一木一草にいたるまで、吟味されているのが、うかがわれた。南天の蔭のつくばいや、枯山水の畔の高麗燈籠など、おそらく、千金のねうちものらしい。

「佐平次、あの母屋の雨戸を一枚、音をたてずに、はずしてもらおう」

「合点で――」

佐平次は、身ごなし軽く、縁さきに近づいて行った。

その時であった。

突如、屋内で、女の鋭い悲鳴があがり、つづいて、断末魔の呻きが、ひびいた。

佐平次が、おどろきつつ、馴れた手早さで、一枚の雨戸をはずした。

左近が、すっと、縁側に上って、正面の障子戸を開いた。

惨憺たる光景が、その座敷にあった。

血汐が、畳に、壁に、そして、天井までも飛び散っていた。

斬られて、斃れているのは、若い女であった。

仰むけになって、事切れていたが、かっと双眸を、瞠いていた。双手は、文字通り、虚空をつかんでいた。

この寮のあるじ――『近江屋』の一人娘寿美であった。

下手人は、床の間を背にして、佇立していた。血ぬれた白刃を、ダラリと下げて――。

左近は、下手人へ、冷たく冴えた眼眸をあてた。

「わたしを討つ代りに、やとい主を斬るとは、どういうわけだ？」

下手人は、亀沢町の馬場で、左近に決闘を挑んだ秀貌の直参御家人――右馬之助と呼ばれていた男にまぎれもなかった。

「ふふふ……」

御家人は、こたえる代りに、自嘲のふくみ笑いをもらした。

「女の魔性を、敢えて断った、という次第か？」

「そういうことだな。おれは、この娘に惚れたが、この娘はおれに惚れなかった。……いや、惚れたかも知れぬが、絶対に肌身を許そうとはしなかった。操を与えたならば、自分は、すぐ、おれにすてられる、と計算したのだろう。この娘にとっては、おれよりも、金の方が大切であった。金は、自分を見すてぬからな」

「…………」

「外面は菩薩で、内面は夜叉――まさに、そのことわざ通りの娘であった」

「…………」

「ただ、この娘が、罪を許されるとすれば、それは、拉致した白痴の少女を、生かしておいたことだ。裏の土蔵に、少女は、とじこめられている」

佐平次が、それをきくと、その土蔵へ、すっとんで行った。

左近は、御家人に、訊ねた。

「お手前は、近江屋の後家が、何故に、夜鷹に落ちた女に、六千両もの遺産を与えようとしたか——その理由を、ご存じか？」

「知らぬな」

と、かぶりを振った御家人は、ふと思い出して、

「おれが、無断で、跫音（あしおと）を消して、踏み込んだ時、寿美は、手文庫をひらいて、何やら、手紙らしいものを読んでいたが、あわてて、おれにかくした。……それ、そこに——」

と、示した。

手文庫は、倒れた寿美がぶっつかり、ひっくりかえしたらしく、蓋がひらき、かなりの小判と書類と、そして、手紙が、畳に散乱していた。

それらは、いずれも、血汐に濡れていた。

左近は、近づいて、その手紙をひろいあげてみた。

それは、まさしく、『近江屋』の後家とよが、したためた遺書であった。

十四

作者が、とよに代って、その遺書を、物語風に書いてみよう。

恰度、十年前の春のことであった。

木更津の町はずれの、松林をへだてて、潮騒の音をきく、小さな丘の麓に——紫雲英の絨毯を敷きつめたような野に、一人の若い男が、寝そべっていた。

若い男は、渡世人であった。長脇差をかたわらに投げ出していた。

仙次郎といい、父親仙兵衛は、木更津一円を縄張りとした、羽振りをきかせた親分であった。乾分の数は、一時は、三百人を越えていた、という。

仙兵衛が、中風に罹ってから、縄張りは、下総や安房や相模から乗り込んで来た山犬どもによって、あっという間に、食いあらされた。仙兵衛が逝った後、山犬どもは、互いに食い争った挙句、とも仆れになった。

その隙をうかがって、いっぴきの狡猾な狐が、木更津へ匍い込んで来て、漁夫の利を占めた。

それは、佐貫の勘蔵といい、仙兵衛の弟分であった。弟分というより、少年の頃、仙兵衛にひろいあげられて育てられたのだから、養子のようなものであった。勘蔵は、仙次郎より六つばかり年上であった。

仙次郎自身は、やくざをきらい、江戸に出て、室町二丁目の両替商『近江屋』に奉公して、三番番頭にまでなっていた。

もし、佐貫の勘蔵が、よけいな猜疑心を起さなければ、仙次郎は実直なお店者として、つつましい一生を送ったに相違ない。

勘蔵は、仙次郎が木更津へ戻って来て、縄張りを返せ、と迫ることをおそれた。先手を打つつもりで、ひそかに腕の立つ乾分を、江戸へ送って、仙次郎の生命を狙わせた。結果は、その乾分は、仙次郎に、逆に殺された。仙次郎は、その時はじめて、自分に、並はずれた鋭い反射神経がそなわっていることを知らされたのである。仙次郎は、夜更けて、所用をすませて、『近江屋』へ戻る途中、その乾分に襲われたのであったが、躱したばかりか、体当りをくれて、対手の長脇差を奪い取って、斬り伏せたのである。

――自分は、所詮、かたぎにはなれぬ。

ほぞをきめた仙次郎は、そのまま、江戸から逐電したのであった。つまり、急ぎ旅（凶状持ち）の渡世人になったのである。

仙次郎が、父親が中風が重くなって逝ったのではなく、実は、勘蔵に毒殺されたのだ、という事実を知ったのは、それから一年後であった。

三年の歳月を置いて、仙次郎は、ふらりと木更津へ舞い戻って来た。からだの各所に刀痕を持つ、渡世の垢をつけた、目つきの鋭い旅鴉になっていた。

仙次郎は、勘蔵に、出入り状を送りつけて、場所と日時を指定しておいて、おのれ自身は、姿をかくした。

いよいよ、敵討が明日に迫ったこの日、仙次郎は、何処からともなく、このれんげ野に姿を現わしたのであった。

少年の頃の思い出が、ここには、あった。

仙次郎は、遊びたわむれた初恋の女——喜和という、茶舗の一人娘が、まだどこにも嫁がずにいるのをたしかめると、むかし一緒にすごしたその野で、手紙をしたためたのであった。

勘蔵は、大勢の乾分をひきつれて来るに相違なかった。こちらは、たった一人であった。生きのびられるのぞみは薄かった。いわば、初恋の女宛の手紙は、遺書であった。

遺書をしたため了えると、仙次郎は、ごろりと仰臥して、ねむった。

ふっと、身近に人の気配をおぼえて、束の間のまどろみを破られて、仙次郎が目蓋をひらくと、いつの間にか、湧き出たように一人の美しい女が、横坐りになって、自分がしたためた手紙を読んでいた。

一瞥して、廓芸妓と判る、水際立った婀っぽい容姿を持っていた。

仙次郎が、黙って、手紙をひったくると、女は、にっこりして、

「お前さん、どこからやって来た渡世人か知らないけど、佐貫の勘蔵親分を、たった一人で討とうなんて、正気の沙汰じゃないよ」

と、云った。

「他人事だ。うっちゃっといてくれ」

「他人事でもさ、あんまり生命をそまつにするのを、見ちゃいられないね」

「男の世界に、女がよけいな口出しをするのは、おれは、大きれえだ。同じお節介をやきてえなら、明日死ぬ男に、そのからだを抱かせちゃどうだ?」

「そうだねえ。お前さんさえ、おのぞみなら、お抱きよ」

小半刻の後、仙次郎は、その廓芸妓の家へ行った。

翌朝、廓芸妓が目をさました時、仙次郎の姿はなかった。

その廓芸妓こそ、のちに、『近江屋』の後妻になったとよであった。

とよは、その日の午後、仙次郎が、勘蔵を斬り殺すと同時に、おのれ自身も、乾分どもから、滅多斬りにされて、死んだことを、知らされたのであった。

とよは、仙次郎が、その手紙を、初恋の女喜和へ、とどけておいて、修羅場へおもむいたかどうか、そのことが、心にのこった。しかし、その茶舗へ出かけて行って、喜和に訊ねることはできなかった。

とよが、『近江屋』へ迎えられた頃、その茶舗はつぶれて、一家は離散したのであった。

十五

『近江屋』の女房になったとよが、意外な事実を知ったのは、かなり歳月が経ってからであった。

自分が一夜だけ、からだを与えた仙次郎は、曽て、『近江屋』の三番番頭であった。

偶然というにはあまりに、因縁ぶかいめぐりあわせであった。

やがて、後家となったとよは、『近江屋』の身代をふやすことに、けんめいになり、そして、倍にしたのであった。とよは、そのあいだ、仙次郎のことを思い出しつづけていた。仙次郎が死ぬ覚悟をした時、最後の手紙を送ったであろう喜和という女を、さがしあてて、せめて、金子で、幸せにしてやれるものなら、と考えたのである。

とよは、つねづね親しくしている、根岸の志仏院の比丘尼慈容に、

「木更津に、芳香屋という葉茶屋がございましたが、先年つぶれて、そこの一人娘は、この江戸の身寄りをたよって出て来た、ときいて居りますが、なんとかさがすてだてはないものでございましょうか？」

と、相談した。

当時、寺院というのは、現代の区役所のような役割をはたしていた。戸別の過去帳を

そなえていたのである。

町年寄すなわち家主は、人別帳を持っていたが、江戸の戸籍法が整っていないので、人別帳にのせられていない人間も、江戸には大勢住んでいた。すなわち、無宿者であった。

寺院には、必ず、檀家の過去帳があった。こちらの方を調べるのが、人さがしには、便利であった。木更津の葉茶屋『芳香屋』はつぶれて一家離散したが、他家に嫁がなかった一人娘の喜和は、先祖の位牌を持って、江戸へ出たからには、きっと、どこか同じ宗旨の寺院に、それをあずけたに相違なかった。

志仏院の慈容は、とよからたのまれると、木更津の各寺院に問い合せることからはじめて、三年目に、ついに、喜和の行方をつきとめたのであった。

喜和は、夜鷹にまで転落し、労症（肺病）をわずらい、市ケ谷谷町の裏店で、垂死の牀にあった。

喜和には、千弥という利発な可愛い子がいた。とよは、その千弥に、六千両の遺産をおくる、と遺言し、また、慈容にも、その旨を告げて、今春、亡くなったのであった。

左近が、その遺書を読み了えるのを待って、御家人は、

「理由は、判ったか？」

「相判った」

「案外、くだらぬ理由ではないのか？」

「いや、近江屋の後家は、人間が最も大切にしていなければならぬまごころを持っていた。そのことが、明白となったので、わたしは、気分がいい」

「ふふふ……、まごころか。そんなものは、おれは、いつ、すてたのか」

御家人は、吐きすてた。

「失礼いたす」

左近は、一礼して、庭へ降りた。

御家人は、その場を、動こうとはしなかった。

門ぎわで、佐平次が、少女を連れ出して、待ち受けていた。

「一件落着いたしやしたね」

「うむ」

「ところで、あの御家人は、どうなるんですかねえ？」

「自身の手で、おのれを裁くであろうな」

「切腹する、と仰言るんで？」

「たぶんな」

「もったいねえ、直参御家人で、あれだけの腕前をしていて、男っぷりも上々だし、なにも、切腹しなくたって……」

佐平次は、かぶりを振った。

「人それぞれ、他人には窺知(きち)できぬ苦しみを持って居る。どうしても、切腹を中止させねばならぬ理由を、わたしは、思いつかぬ」

左近は、歩き出しながら、

「わたしには、この子を、もとの利発な頭脳にもどしてやる役割が、のこされている。あの御家人は、不幸にして、わたしのような生きる目的がないようだ」

そう云ったことだった。

解説

末國善己

　時代小説のヒーローは、大きくニヒリスト型と明朗型にわけられる。

　老巡礼を理由もなく斬殺する中里介山『大菩薩峠』の机龍之助、実利主義の柳沢吉保にも、理想主義の大石内蔵助にも共鳴できないまま、赤穂浪士を探る密偵になる大佛次郎『赤穂浪士』の堀田隼人、兄弟分に裏切られ義理人情を信じなくなったまま旅を続ける笹沢左保『木枯し紋次郎』の紋次郎などがニヒリストのヒーローなら、陰謀家の父親とは正反対で人を疑うことを知らない白井喬二『富士に立つ影』の熊木公太郎、善意とやさしさでトラブルを解決する山手樹一郎『夢介千両みやげ』の夢介、将軍でありながら乱世に終止符が打てない無力さに苦しみながらも絶望せず、剣の修行を通して成長する宮本昌孝『剣豪将軍義輝』の足利義輝などが明朗型のヒーローといえる。

　キリシタンのオランダ人医師が幕府の拷問に耐えられず棄教、その怨みから旗本の娘を犯した結果生まれた陰惨な過去から虚無的になり、平然と女性を手籠めにし、刀を武士の魂ではなく人を斬る道具と考え、敵を空白の眠りに陥れて殺す円月殺法を遣う柴田錬三郎が生んだ眠狂四郎は、戦後を代表するニヒリスト・ヒーローである。

長崎で阿蘭陀（オランダ）医術を学んだことから姓はおらんだ、桜が満開の日に生まれたことから名を左近（京都御所の紫宸殿（ししんでん）正面の左にある左近桜に由来、右側には右近橘がある）とした浪人者が活躍する本書『おらんだ左近』も著者の代表作といえるが、阿蘭陀医術で人助けをし、医師であるので剣の腕に覚えはあるのに人を斬るのを嫌い、女性に淡泊な左近は、眠狂四郎とは人物像が百八十度違う明朗型のヒーローとなっている。

ただ左近と眠狂四郎には、共通点もある。眠狂四郎は、二十歳の頃、自身の出生を調べるため長崎に向かうが、その帰りに船が難破し瀬戸内海の孤島で隠棲（いんせい）している老剣客に出会い剣を教えられた。この設定は、第二次大戦中に南方に送られるも輸送船が敵の魚雷で撃沈しバシー海峡で七時間漂流し救出された著者の経験が元になったとされる。実は左近も、江戸を出奔して長崎に向かう途中、対馬に渡り世に知られざる剣の達人に師事し奥義を会得している。難破か自発的に渡ったかの違いはあるが、左近も眠狂四郎に似た海から帰ってきた剣客なのである。それなのに眠狂四郎はニヒリスト、左近は明朗型とされた。この違いは、著者の思索の変遷、戦後日本をどのように見ていたかなどを考える手掛かりになるので、本書は著者の作品の中でも重要な一冊といえるのである。

左近が、瀬戸内海の商都・尾道の旧街道を馬車で疾走する派手な初登場をする「海賊土産」では、天保初年（一八三〇）に江戸初期に活躍した武芸者・宮本武蔵が現れる。

この冒頭だけで、物語に引き込まれる伝奇小説ファンは少なくないはずだ。暴走ぎみの馬車を止めるのを手伝った素走りの佐平次、番士に追われているところ左近が匿った少年・春太は、左近ファミリーの一員としてシリーズに不可欠のキャラクターになる。

左近は、馬車がどれほど牛車や騎乗より優れているかを佐平次に語り、ついに馬車を考えつかなかった日本人の愚かさを痛罵する。発想が硬直化し改革に及び腰な日本人への批判は本書の随所に見られるが、イノベーションができないままグローバル競争に遅れつつある現状を思えば、本書に織り込まれたメッセージの先駆性に驚かされる。

春太に事情を聞いたところ、舎利塔に住み着いた宮本武蔵を名乗る男に、ある品物を運んで欲しいと頼まれたという。春太に連れられ武蔵と会った左近は、いきなり宿敵の佐々木小次郎と間違われるが「狂人」には思えなかった。左近は、医師らしく武蔵の身体的な特徴からその正体を看破し、そこから鎖国をしていた江戸時代であるにもかかわらずワールドワイドな国際謀略小説へと物語を発展させた壮大さは、小説の基本を「エトンネ」（人を驚かすこと）とした著者の面目躍如といえる。

「仇討異変」は、備前岡山に到着した左近が、仇討に巻き込まれる。

木下備中守家中で勘定方を務める利倉数右衛門が、目をかけていた部下の啄間五郎次に斬られ、娘の佐江と助太刀の従兄・利倉又三郎が仇討の旅に出た。だが五郎次は結核が悪化しており、佐江たちは病死する前に本懐を遂げたいと考えていた。

豊臣家は大坂の陣で滅んだが、根絶やしにされたわけではない。秀吉の跡を継いだ秀頼は大坂の陣で敗れ自刃し、秀頼の子・国松は処刑されたが、娘の天秀尼は助命され縁切寺の鎌倉東慶寺に入っている。佐江たちが仕える木下備中守家も、秀吉の妻・高台院の兄（弟説もあり）家定が祖で、秀吉と血縁はないが係累として明治まで存続した。「海賊土産」が天保初期の国際情勢を題材としたとするなら、「仇討異変」は天下人になった秀吉縁者の子孫を出すことで、歴史ロマンを使って奇想を描いたといえる。周到な伏線から佐江たちの仇討に意外な幕切れを用意したところはミステリとしても切れ味が鋭く、無常観が漂うラストも強く印象に残る。

徳川幕府十一代将軍家斉には男女併せて五十人以上（早世した子供も含む）子供がいたので、結婚相手を探すのに苦労したようだ。将軍の子を迎えれば迎えていない他家よりも優位になるので、家斉の二十四男・斉省を養子に迎えた川越藩が内証豊かな庄内藩への転封を願って政治工作を続け、川越藩を庄内藩へ、庄内藩を長岡藩へ、長岡藩を川越藩に移す三方領地替えが計画されるが、庄内藩の領民の抵抗で断念する事態が起きている。この事件を題材にしたのが、藤沢周平『義民が駆ける』である。徳川御三家の一つ尾張藩の十代藩主・斉朝には子供がなく、養子に迎えた家斉の十九子・斉温が十一代藩主になった。「江戸飛脚」では左近の過去が明かされるが、それは家斉の子の結婚相手探しが生んだ悲喜劇の一つとされており、虚実を操る確かな手腕は圧巻である。

左近は、公儀隠密に手裏剣を打ち込まれた飛脚が絶命する前に、三度箱（荷物入れ）を京都の質屋・佐倉屋に届けて欲しいと頼まれる。佐倉屋に行き女主人の前で三度箱を開けると算盤が出てきた。価値があるように思えない算盤だが、それを手に入れるべく壮絶な戦いが始まるので、本作は伝奇小説の王道である宝の争奪戦になっている。剣は強いが医師ゆえに人を斬るのを躊躇っている左近が、「江戸飛脚」では凄腕の隠密が介入するのでやむなく戦いに身を投じることもある。そのためアクロバティックなチャンバラを得意とする著者らしい活劇が楽しめるのも嬉しい。

「白髪鬼」は、江戸に到着し月心寺を拠点に貧しい人たちの治療を始めた左近が、人を白髪にするほどの怪事件を、ダイイングメッセージから調べることになる。

ある日、春太が、幽鬼のように痩せほそった白髪の老人を連れてきた。老人に見えた男は実はまだ若く、話を聞いた左近は、恐怖が原因で記憶喪失になった可能性を指摘する。左近と佐平次が入った居酒屋の女将おもんによると、瓦町の道場主が三日ほど家をあけた後、やせ細り白髪になって帰宅し亡くなったという。道場を訪ねた左近は、道場主が亡くなる直前に宙に指で「卍」を書いたとの情報を摑む。

一八八六年、イギリスの作家マリー・コレリが、殺害されて埋葬されるも墓の中で蘇生し、恐怖のあまり白髪になった男の復讐を描く“Vendetta! or, The Story of One Forgotten”を発表した。この作品は原書の刊行から七年後に、黒岩涙香が『白髪鬼』

のタイトルで翻案、一九三一年には少年時代に涙香の『白髪鬼』を愛読した江戸川乱歩（えどがわらんぽ）が、涙香の文語体が若い読者には馴染（なじ）まないと考え再翻案、涙香の遺族の許可を取って同じ題名『白髪鬼』で刊行している。名作の翻案探偵小説からインスパイアされたと思われるだけに、本作には怪しい建築物やからくり仕掛けといった西洋の幻想小説風の道具立てが描かれている。それだけに本作は、若い頃にプロスペル・メリメやヴィリエ・ド・リラダンらの怪奇幻想文学に傾倒した著者の趣味が、色濃く出ている。

薩摩藩九代藩主の島津重豪（しげひで）に命じられ、借金をしている豪商に二百五十年の年賦払いを認めさせ、砂糖を専売にするなど殖産興業を進め、さらに密貿易に手を染めるなどして破綻寸前の藩の財政を再建した実在の家老・調所笑左衛門が重要な役割で登場する「暗殺目付」は、史実とフィクションの鮮やかな融合にも注目して欲しい。

持病の喘息（ぜんそく）の治療に月心寺を訪れた幕府の大目付筆頭・土屋右京亮政晴は、左近に二人の大目付が相次いで急死した事件の調査を依頼する。被害者二人はキリシタンを取り締まる宗門改で、宗門改は寺社と関係が深く、上野寛永寺は大名に金を貸す御府庫金貸付をしていて、その担当の僧と調所が密会している事実が判明するなど、知られざる時代考証をリンクさせ事件の全貌を徐々に明らかにしていくので、スリリングな展開が続く。

現代でも知能犯や、官庁、大企業といった巨大組織の不祥事は摘発が難しいとされる。

本作も狡知に長けた犯人、証拠集めが簡単ではない巨大な組織がからんでいるだけに、普段は快刀乱麻の左近もあと一歩が詰め切れない。そのため僅かな隙を見つけ、そこを突破口に事件を解決に導こうとする左近たちと、苦境に追い込まれながらも逃れる道を探す犯人が頭脳戦を繰り広げるクライマックスには引き込まれるのではないか。

薩摩藩の財政を支えた調所だが、十一代藩主斉興の後継の座を斉彬と久光が争い（斉興の側室だったお由羅の方が、息子の久光を藩主にするため暗躍したとされることから通称お由羅騒動）が起こると久光派に付いた。斉彬は、幕府老中の阿部正弘らと結んで久光と調所の追い落としを計り、調所は密貿易を咎められている最中に急死（久光を守るため自殺したとの説も）したので、華々しい業績とは裏腹の寂しい最期を迎えている。

「暗殺目付」が〝欲〟の事件ならば、「血汐遺書」は〝色〟が起こした事件といえる。熱病で思考力と感情を失った少女・千弥を連れた尼僧が月心寺の和尚を頼ってくるが、留守だったため左近が事情を聞くことになった。尼僧によると、両替屋近江屋の後家の遺言により、少女の母・喜和は遺産六千両を相続することになったが、喜和が亡くなり千弥が相続人になったという。ただ喜和は最下層の娼婦である夜鷹をしており、千弥の父親は不明、近江屋との接点も分からなかった。左近が調査を始めると、喜和は態度が悪く、夜鷹の仲間からも、暮らしていた長屋の住人からも嫌われていたことが判明する。千弥は誘拐され、左近の周囲には刺客が出没し、千弥の高熱の原因が毒を盛られた可能性が浮上するなど、夜鷹が相続人に選ばれた謎と、遺産六千両の争奪戦は混迷を深めていく。

左近が目的のためなら手段を選ばない犯人の奸計を浮かび上がらせるだけに、どこまでも醜くなれる心の闇は衝撃的だが、喜和が相続人に選ばれた理由には救いがあるので、暗くならずに本書を読み終えられるはずだ。

どんな時も明るく前向きな左近は癒しを与えてくれるが、その明朗な性格は、逆説的に見え難いところで蓄積された社会の闇、人の心に潜む悪意を照らし出している。事件の捜査を通して陰惨な一面を掘り起こしても、決してダークサイドに引きずり込まれることはない左近は、厳しい現実に立ち向かうには何が必要かも教えてくれるのである。

（すえくに・よしみ　文芸評論家）

本作品には、一部不適切と思われる表現や用語が含まれておりますが、故人である作家独自の世界観や作品が発表された時代性を重視し、原文のままといたしました。これらの表現にみられるような差別や偏見が過去にあったことを真摯に受け止め、今日そして未来における人権問題を考える一助としたいと存じます。

（集英社　文庫編集部）

本書は一九八四年十二月、集英社文庫として刊行されたものを再編集しました。

初出「週刊小説」一九七二年二月十一日号〜同年九月二十二日号

集英社文庫　目録（日本文学）

篠田節子　介護のうしろから「がん」が来た！
司馬遼太郎　歴史と小説
司馬遼太郎　手掘り日本史
柴田錬三郎　柴錬水滸伝　われら梁山泊の好漢（一・二・三）
柴田錬三郎　英雄三国志一　義軍立つ
柴田錬三郎　英雄三国志二　覇者の命運
柴田錬三郎　英雄三国志三　三国鼎立
柴田錬三郎　英雄三国志四　出師の表
柴田錬三郎　英雄三国志五　攻防五丈原
柴田錬三郎　英雄三国志六　夢の終焉
柴田錬三郎　われら九人の戦鬼（上）（下）
柴田錬三郎　新篇　眠狂四郎京洛勝負帖
柴田錬三郎　新編　剣豪小説集　梅一枝
柴田錬三郎　徳川三国志
柴田錬三郎　新編　武将小説集　男たちの戦国
柴田錬三郎　柴錬の「大江戸」時代小説短編集　花は桜木

柴田錬三郎　チャンスは三度ある
柴田錬三郎　眠狂四郎異端状
柴田錬三郎　貧乏同心御用帳
柴田錬三郎　御家人斬九郎
柴田錬三郎　真田十勇士（一）　運命の星が生れた
柴田錬三郎　真田十勇士（二）　烈風は凶雲を呼んだ
柴田錬三郎　真田十勇士（三）　ああ！ 輝け真田六連銭
柴田錬三郎　眠狂四郎孤剣五十三次（上）（下）
柴田錬三郎　眠狂四郎独歩行（上）（下）
柴田錬三郎　眠狂四郎殺法帖（上）（下）
柴田錬三郎　眠狂四郎虚無日誌（上）（下）
柴田錬三郎　眠狂四郎無情控（上）（下）
柴田錬三郎　おらんだ左近
地曳いく子　50歳、おしゃれ元年。
地曳いく子　槇村さとる　ババア上等！　大人のおしゃれDO! & DON'T!
地曳いく子　若見えの呪い

地曳いく子　槇村さとる　ババアはツラいよ！　55歳からの「人生エベレスト期」サバイバルBOOK
島尾敏雄　島の果て
島﨑今日子　安井かずみがいた時代
島崎藤村　初恋―島崎藤村詩集
島田明宏　ダービーパラドックス
島田明宏　キリングファーム
島田明宏　ジョッキーズ・ハイ
島田明宏　絆　走れ奇跡の子馬
島田明宏　ノン・サラブレッド
島田明宏　ファイナルオッズ
島田裕巳　0（ゼロ）葬――あっさり死ぬ
島田雅彦　自由死刑
島田雅彦　カオスの娘
島田雅彦　英雄はそこにいる　呪術（シャーマン）探偵ナルコ
島田洋七　がばいばあちゃん　佐賀から広島へ　めざせ甲子園
島村洋子　恋愛のすべて。

集英社文庫　目録（日本文学）

島本理生　よだかの片想い
島本理生　イノセント
島本理生　あなたの愛人の名前は
志水辰夫　あした蜉蝣（かげろう）の旅（上）（下）
志水辰夫　生きいそぎ
志水辰夫　みのたけの春
清水　朔　神遊び
清水義範　偽史日本伝
清水義範　迷宮
清水義範　開国ニッポン
清水義範　日本語の乱れ
清水義範　新アラビアンナイト
清水義範　イマジン
清水義範　夫婦で行くイスラムの国々
清水義範　龍馬の船
清水義範　シミズ式 目からウロコの世界史物語

清水義範　信長の女
清水義範　夫婦で行くイタリア歴史の街々
清水義範　会津春秋
清水義範　夫婦で行くバルカンの国々
清水義範　ifの幕末
清水義範　夫婦で行く旅の食日記 世界あちこち味巡り
清水義範　夫婦で行く意外とおいしいイギリス
清水義範　夫婦で行く東南アジアの国々
下重暁子　鋼（はがね）の女（ひと） 最後の瞽女・小林ハル
下重暁子　不良老年のすすめ
下重暁子　「ふたり暮らし」を楽しむ 不良老年のすすめ
下重暁子　老いの戒め
下川香苗　はつこい
下村敦史　絶声
下村一喜　美女の正体
朱川湊人　水銀虫

朱川湊人　鏡の偽乙女 薄紅雪華紋様（うすべにせっかもんよう）
小路幸也　東京バンドワゴン
小路幸也　シー・ラブズ・ユー 東京バンドワゴン
小路幸也　スタンド・バイ・ミー 東京バンドワゴン
小路幸也　マイ・ブルー・ヘブン 東京バンドワゴン
小路幸也　オール・マイ・ラビング 東京バンドワゴン
小路幸也　オブ・ラ・ディ オブ・ラ・ダ 東京バンドワゴン
小路幸也　レディ・マドンナ 東京バンドワゴン
小路幸也　フロム・ミー・トゥ・ユー 東京バンドワゴン
小路幸也　オール・ユー・ニード・イズ・ラブ 東京バンドワゴン
小路幸也　ヒア・カムズ・ザ・サン 東京バンドワゴン
小路幸也　ザ・ロング・アンド・ワインディング・ロード 東京バンドワゴン
小路幸也　ラブ・ミー・テンダー 東京バンドワゴン
小路幸也　ヘイ・ジュード 東京バンドワゴン
小路幸也　アンド・アイ・ラブ・ハー 東京バンドワゴン
小路幸也　隠れの子 東京バンドワゴン零

集英社文庫　目録（日本文学）

小路幸也　イエロー・サブマリン　東京バンドワゴン
白石一文　彼が通る不思議なコースを私も
白石一文　光のない海
白岩玄　たてがみを捨てたライオンたち
白河三兎　私を知らないで
白河三兎　もしもし、還る。
白河三兎　十五歳の課外授業
白澤卓二　100歳までずっと若く生きる食べ方
城山三郎　臨3311に乗れ
辛永清　安閑園の食卓　私の台南物語
辛酸なめ子　消費セラピー
新庄耕　狭小邸宅
新庄耕　ニューカルマ
新庄耕　地面師たち
真堂樹　帝都妖怪ロマンチカ　～猫又にマタタビ～
真堂樹　帝都妖怪ロマンチカ　～狐火の火遊び～
新堂冬樹　ASK　トップタレントの「値段」(上)(下)
新堂冬樹　虹の橋からきた犬
眞並恭介　牛と土　福島、3.11その後。
神埜明美　相棒はドM刑事　～女刑事・海月の受難～
神埜明美　相棒はドM刑事2　～事件はいつもアブノーマル～
神埜明美　相棒はドM刑事3　～横浜誘拐紀行～
真保裕一　ボーダーライン
真保裕一　誘拐の果実(上)(下)
真保裕一　エーゲ海の頂に立つ
真保裕一　猫背の虎　大江戸動乱始末
真保裕一　ダブル・フォールト
真保裕一　脇坂副署長の長い一日
周防柳　八月の青い蝶
周防柳　逢坂の六人
周防柳　虹
周防柳　高天原――厩戸皇子の神話
周防正行　シコふんじゃった。
杉本苑子　春日局
杉森久英　天皇の料理番(上)(下)
杉山俊彦　競馬の終わり
鈴木遥　ミドリさんとカラクリ屋敷
鈴木美潮　昭和特撮文化概論　ヒーローたちの戦いは報われたか
瀬尾まいこ　おしまいのデート
瀬尾まいこ　春、戻る
瀬尾まいこ　ファミリーデイズ
瀬川貴次　波に舞ふ舞ふ　平清盛
瀬川貴次　ばけもの好む中将　平安不思議めぐり
瀬川貴次　闇に歌えば　文化庁特殊文化財課事件ファイル
瀬川貴次　ばけもの好む中将　弐　姑獲鳥と牛鬼
瀬川貴次　ばけもの好む中将　参　天狗の神隠し
瀬川貴次　ばけもの好む中将　四　踊る大菩薩寺院
瀬川貴次　暗夜鬼譚　春宵白梅花

集英社文庫

おらんだ左近(さこん)

2022年6月25日　第1刷　　定価はカバーに表示してあります。

著　者　柴田錬三郎(しばたれんざぶろう)

発行者　徳永　真

発行所　株式会社 集英社
東京都千代田区一ツ橋2-5-10　〒101-8050
電話【編集部】03-3230-6095
【読者係】03-3230-6080
【販売部】03-3230-6393（書店専用）

印　刷　凸版印刷株式会社

製　本　凸版印刷株式会社

フォーマットデザイン　アリヤマデザインストア　　マークデザイン　居山浩二

ISBN978-4-08-744407-0 C0193